故事会
文摘版
第24辑

合订本

上海故事会文化传媒有限公司
上海文化出版社

图书在版编目（CIP）数据

故事会文摘版合订本.第24辑／《故事会》编辑部编.—上海：上海文化出版社,2021.12
ISBN 978-7-5535-2370-5

Ⅰ.①故… Ⅱ.①故… Ⅲ.①故事-作品集-中国-当代 Ⅳ.①I247.81

中国版本图书馆CIP数据核字(2021)第176719号

主　　编：夏一鸣
副 主 编：高　健
责任编辑：蔡美凤
发稿编辑：蔡美凤　胡　捷　吴　艳　高　健
装帧设计：孙　娳
责任督印：张　凯

故事会文摘版合订本.第24辑

出　　版：上海文化出版社
出　　品：上海故事会文化传媒有限公司
　　　　　（201101 上海市闵行区号景路159弄A座3楼 www.storychina.cn）
发　　行：上海文艺出版社发行中心
　　　　　（上海市闵行区号景路159弄A座2楼206室）
印　　刷：上海四维数字图文有限公司
开　　本：787×1092毫米 1/32
印　　张：9
版　　次：2021年12月第1版
印　　次：2021年12月第1次印刷
ISBN：978-7-5535-2370-5/I·918
定　　价：18.00元

版权所有·不准翻印

上海故事会文化传媒有限公司 出品（01060）

想看更多精彩故事？
扫码下载故事会APP

上海故事会文化传媒有限公司所有图书可办理邮购，免收邮费（挂号除外）
汇款地址：上海市闵行区号景路159弄A座2楼206室（201101）
收 款 人：上海故事会文化传媒有限公司出版发行部
联系电话：021-53204159
如发现本书有质量问题，请与印刷厂质量科联系 Tel:021-37212897

那些微不足道的"事业"

@ 马亚伟

小城的街角有个修鞋的中年男人,大概有十几年了,他一直在那个角落里,默默地为人们修鞋。修鞋匠的手艺,从生疏到熟练。一双鞋子,不管是哪儿坏了,他三下两下就能修好,游刃有余。有人还拿旧鞋子让他翻新,他也总是做得让顾客满意。多年来,他风餐露宿,几乎成了街角的一道风景。他怕耽误生意,就让老婆给他送饭。有次,他一个人埋头吃饭,他老婆在一边看着他,眼神里有疼惜。去修鞋的我忍不住说:"在家里吃口热乎饭多好!"他老婆竟然说:"他呀,太有事业心了,从来不肯在家里吃饭,总说,有顾客来修鞋咋办?"她的眼神里还有一丝欣赏和崇拜。事业心?我哑然失笑了。修鞋,也是事业?用词不当吧。

小吃一条街有个做"老婆饼"的外地男人,他来小城大概有四五年了,推着小车摆摊,几乎风雨无阻。有时看到他,会让我想起生活的艰辛。不过,去买他的饼,他传递给你的始终是乐观向上的"正能量"。他的脸上挂着笑,给人们讲"老婆饼"的传说故事。每卖出一份饼,他都会说:"谢谢,下次还来喽!"有一次,我看他忙得满头大汗,就说:"你大老远来到这里做生意,真不容易啊!"他嘿嘿地笑了:"男人嘛,总得有点事业,现在我把家乡的'老婆饼'带到这里了,觉得自己了不起呢!"原来,他是把卖饼当作事业来做。

我知道,小城的各个角落里,散落着很多这样微不足道的"事业"。他们的舞台很小,但是他们全情投入,倾情而舞,舞出了自己的境界。这样的事业,何尝不是伟大的?

摘自《燕赵都市报》

故事会 2020.6
Stories Digest 总第70期
文摘版

社　长、主　编：夏一鸣
副 社 长：张 凯
副 主 编：高 健
本期责任编辑：胡 捷
发稿编辑：高 健 蔡美凤
　　　　　吴 艳 唐 祯
美术编辑：孙 娌
电话：021-64668742
　　　021-54561119
邮编：200020
地址：上海市绍兴路74号
主管：上海文艺出版总社
主办：上海文艺出版总社
出版单位：《故事会》编辑部
发行范围：公开

出版、发行电话：021-64313938

发行业务：021-64313938
发行经理：钮 颖
媒介合作：021-64338113
广告业务：021-64334376
新媒体广告：021-64450660
广告经营许可证：
沪工商广字3100320080016号

国外发行：中国图书贸易总公司
印刷：上海四维数字图文有限公司
发行：上海邮政报刊发行局
邮发代号：4-900
国外代号：MO9178
定价：6.00元

卷首
那些微不足道的"事业"/马亚伟　01

焦点
我只要帮九十九个人/叶倾城　04
在剧组，给明星化妆的日子/晏紫　11
被诬陷、被追砍，为什么我还在基层做民警/阳光　15

笑点
老板，我想回公司上班/老雷　09
导师给出的脱单建议/杨二平　40
丸子的朋友圈　48
大战鸽群/孙宝成编译　56
牛大姐家乐事多　60
猫界奇葩"二五零"/马海霞　71

视点
美髯等二则/球球的画　19
长颈鹿太难了/[日本] Keigo　57

看点
她姓甘，不怕苦/曾散　21
疫情时期的"财宝"/王月冰　25
你加一万元来娶我吧/甘北　35
彩票/尘归　44
戈壁苍狼（下）/申平　50
母亲和我的"自行车父亲"/王玮　68
怀孕的母亲/刘荒田　73
和房东老太太成了忘年交/明前茶　77
后来/叶子　86
距离/此情也呆 约伯疾风　93

侃点
陪一个"纽约医生"玩玩 / 张春 … 27
早春历"险"记 / 安谅 … 30

零点
好奇的正确打开方式 / 叶孤 … 32
嗨,你好 / 砌步者 … 94

泪点
对母亲的愧疚 / 叶广芩 … 37

盲点
出生证的保质期 / 毕远月 … 42
范仲淹念书时,每月有多少生活费 / 李开周 … 46
论"吃货治灾"的可行性 / 指听 … 75
在非洲乘飞机 / 洛艺嘉 … 79

观点
镜头下的爱 / 华明玥 … 54

亮点
瘫六 / 赵明宇 … 62
残匪 / 赵明宇 … 64
日常与传奇 / 谢志强 … 66
策马少年 / 朱锡琴 … 81

56个民族的故事
金芦笙 / 肖甘牛整理 … 90

评点
读者说&编者说 … 96

故事会 文摘版欢迎投稿

稿件要求:来自最新的报刊、书籍或网络,故事性强,文字明快,主题健康,视野开放,纪实或虚构均可,体现"新、知、情、趣"的特点,同时欢迎第一手的翻译作品。推荐作品须注明原文出处、原作者姓名,确保转载不存在侵害版权的行为,并请留下推荐者真实姓名及通信地址。作品一经采用,即致推荐者50至200元推荐费,并向作品著作权人支付稿酬。

故事会文摘版 投稿信箱
wenzhaiban@126.com

故事中国网:www.storychina.cn

故事会公众号　故事会App下载二维码

本刊所付作者的稿酬,已包括以纸质形态出版的**故事会文摘版**、汇编出版、音像制品及相关内容数字化传播的费用。部分作者因各种原因未能联系到,请通过邮件或电话与我刊联系稿酬及相关事宜。

本刊未署名图片均由视觉中国提供

我只要帮九十九个人

@叶倾城

自己不学好

白老师从教已经二十多年。今年,他接手一个初三班级做班主任。报到那天,讲台上还放着一提课本没有拿,一对花名册,是一个叫凌燕的学生没有来。他问之前的老师,老师说:"凌燕是个小混混,你不用管她。"白老师嘀咕:"义务教育,还是要教育到每个学生的。"

这方面,白老师最有经验。

曾经有一个男学生,也是经常旷课、去游戏机厅。再问下去,学生哭了。原来他父母离婚,他跟父亲,父亲喝酒打他,逼得他不敢回家,只能去游戏机厅打打游戏,在长椅上睡睡。而他的母亲已经改嫁到另一个城市,不让他去找她,因为不想让自己的新家庭知道他的存在。

那一次白老师自掏腰包,到了另一所城市,约见这位母亲,让学生重回课堂。这是上了报纸、上了本地电视台的故事,被称为"特殊的家访"。

因此,白老师得到了一面锦旗。

但是这一次其他老师跟白老师说:"凌燕爸爸妈妈都是本本分分、做点儿小生意的人,她自己不学好,要在外面混……"

白老师想：不管怎么样，也要对学生负责呀。

酒吧里的女孩

凌家家里就是仓库，到处都是原材料，缝纫机的声音震耳欲聋。也因此，家长的声音很大，像吼着一样："她就是个小流氓、白眼狼。她，不住家里的！在酒吧打工，也不知道做什么！"

家长给了酒吧的名字，白老师一看，是个清吧，一颗心放了下来。和妻子一起找到地方，走进去，问在吧台里点货的老板："请问凌燕今天上班了吗？"

老板一愣："凌燕？没有这个名字的呀。"

这时，酒吧已经在陆续准备营业，服务员们在打扫、翻弄椅子。白老师之前看过凌燕的照片，认出一个染着黄发的女孩子就是她，女孩不到十六岁，应该是拿了别人的身份证。

白老师和妻子过去，悄言细语说明自己的身份，凌燕明显很惊慌。白老师想，直接拆穿她年纪不妥，老板把她辞了，就更不好找人了，便大声说："你爸爸让我来看看你，好久不见了，都不认识表叔表婶了。"

老板说："既然是亲戚，那就在店里坐坐吧，店里请两位喝个饮料。"

白老师心想这怎么好意思，而且店里都是年轻人，他和妻子不尴不尬，两人便坐到外面的长椅上等凌燕下班。

月色下的况味

到了半夜，酒吧下班，凌燕出来了。白老师说："凌燕，学校开学了，是你忘了时间吧。"女孩脱口而出："老师不要来劝我。我不想读书，不回学校。和父母关系不好，也不想回家。"

白老师也不气，耐心哄着说："不回学校就不回，但是书是要读的。"白老师将那一提沉甸甸的书本给了她，"你没事儿自己看看也好。"

她的酒吧同事从旁边经过，听了几句，知道个大概，便说："老师对你这么好，书拿上，给老师个面子。"白老师听出是个外地口音，年纪也不大，便问："你是哪里的呀？读完高中了吗？"

那同事快言快语地说："还高中？初中都没读完。我成绩不好，也不爱读书……现在后悔了，学历

低什么都不懂,只好到酒吧打工,天天后半夜才能睡。我要是遇到你这样的老师就好了。"

凌燕听了也不做声,白老师知道今天也就到这里了,便说:"凌燕,你早点儿休息吧,我们先走了。"

拉着妻子的手,踏着月色回家,也别有一番况味。

总会有个办法

过了一星期,白老师又来找凌燕。

白老师说:"你要打工,有一世工可以打,而且你现在还借人家身份证,等你读完初中,有自己的身份证,出来打工还方便些。另外,多读几年书,工作也好找些。"

凌燕低一低头:"我不想回家,家里有机器,太吵了。"

和凌家一商量,凌家人说:"吵什么吵,从小就这样的。老师辛苦你了,那我们给她租个房子。"

一个十几岁的女孩子,一个人租房子住,不是事儿呀。

凌家人想一想,迟疑道:"有个姨奶奶,自己住,不过她有老人味,凌燕不喜欢吧……"

过两天去一看,姨奶奶的家就是小了点儿,还蛮整洁,老人也很欢迎有个晚辈合住,凌燕的住宿问题就解决了。

看着凌燕进了教室,白老师觉得自己功德圆满。不料才一下课,凌燕就进了办公室:"老师,我还是不喜欢上课,坐不住。"

白老师说:"是听不懂吗?"

凌燕说:"跟听天书似的。"

白老师说:"你刚回来,总要有个过程。"

凌燕说:"那我坐着干吗呢?"

白老师说:"睡觉呀。只要你不打扰其他同学,爱干吗干吗。"

凌燕说:"那有什么意思呢?"

白老师推推眼镜,又哄:"知

1. 答案:英国。

识这个东西,就像空气里的水,你只要待在知识里,多少能进入一点点。"

凌燕嘟着嘴不高兴地回去了。

再一节课,任课老师见面就抱怨:"老白,凌燕上课睡觉,说是你让她睡的?"

白老师慢悠悠地说:"学生听不懂,强让她醒着,何必?"后者几乎要翻白眼:"那强让她进教室,又何必?"白老师耐心好似永远用不完:"总归会听懂一些的。"任课老师摇摇头,满脸都是:你这人不可理喻。

背后讲闲话的人

凌燕其实脑子很快、情商很高,进校没几天,就交到了要好的小姐妹。

一天,白老师特别叫了这小姐妹来给卷子抄分数,他在一旁一边忙一边跟任课老师聊天。

"我看凌燕,实在不错。"白老师说,"对她来说,上课这么难,这么辛苦,脱胎换骨一样,但她还是天天来上课,这个毅力,这个自律能力太强了。"

任课老师嗤笑一声。

白老师怕她说出不好听的,赶紧截断:"你不要拿老眼光看人。学生只要肯学,没有不成的。凌燕我看有大出息,能屈能伸。而且她也是能吃苦的,打工那么苦,都能坚持。我们班上好多成绩好的同学,都做不到……"

白老师知道,这些话小姐妹都会告诉凌燕,而凌燕会当真。人,是很奇怪的动物,当面讲的好话,总没有背后讲的闲话有力量,既然这样,白老师就当一个背后讲人闲话的小人吧。

果然,凌燕之后的学习态度端正了很多,也肯交作业了。

忽然有一天,凌燕来找白老师:"白老师,他们说,现在只要能上普高就能上大学,是真的吗?"白老师:"基本上是的。"凌燕说:"那我……如果能上普高,也能上大学了?"

白老师惊得几乎要从椅子上跌下来,眼泪都快弹出来了:凌燕,有了大志,想上大学了。原来,是凌燕酒吧里的同事在路上遇到她,那人正在自考本科,很羡慕凌燕现在的学习环境。凌燕问同事读大学有什么用,同事说读了大学再去考个教师资格证,就能出来当老师了,就是个体面人了。

"体面"两个字打动了凌燕。她是有些瞧不起父母的,他们觉得做

老板、老板娘就是莫大的荣誉。她也并不看得起酒吧街上的富二代,不就是米虫吗?她其实也希望做白老师这样的人,做一份有尊严的事。白老师一时也不想去教育她对父母的态度,只说:"我会帮助你。"

再后来,凌燕果然更奋进了,上课听不懂,都会下课哇哇哭了。这一次哭是真着急:听不懂,就考不上呀,考不上,哪来的体面?白老师还是不着急:"不要紧,那都是难点,讲这些是要上重点中学的,你只要上普高。"一边说一边将一捆书提给凌燕,"这一套书,你全做完,保证你上普高。"

九十九面锦旗

中考后,白老师的办公室里多了一面锦旗,是凌家爸妈送的。

凌家是知恩图报的,知道凌燕考上了普高,非常感激,按着当地礼节,准备了烟、酒、茶、点心和猪头,还找来家族的亲戚,抬着礼物,一路吹吹打打送到老师家,满街人都出来看热闹。

白老师就爱喝个茶。再,他要一面锦旗,算是贪名也好,算是证明自己成绩也好。白老师不是圣人,有自己的小念头。

家长走后,妻子来的时候,白老师正在数自己的锦旗,妻子明知故问:"多少面?"白老师说:"五十七面。"妻子抿嘴笑:"离九十九面还差多少?"

> "
> 我不贪,九十九面锦旗就够了,能帮助九十九个人,我就满意了。

很多年前,白老师还是个高考失利少年,上了一所普通的师范大学,没有像家族里的堂哥一样上浙江大学,一直是白老师心中的憾事。所以上了学,他也是整日郁郁不得志,学习也学不得劲,直到某一天,他在图书馆里读到一本旧书,被一段故事吸引了,那是上个世纪的棋坛旧事,日本的木谷实与中国的吴清源之间发生的一段故事:木谷实被吴清源打得落花流水,眼看着夺得"棋圣"称号无望,转身广开门庭收学生,他立志,教出越多九段棋手越好,到最后,木谷实的弟子们的段位加起来超过一百段。

读完,白老师立下志向:"我不贪,九十九面锦旗就够了,能帮助九十九个人,我就满意了。"

王耀清摘自《女友》

老板，我想回公司上班

@老雷

就在都市白领们快忘了自己的英文名叫 Sam 还是 Smith 的时候，开工之日不期而至，他们裹上小棉袄，穿越最短的通勤距离，从床头来到电脑前——在家办公。2020年春节过后，全国有2亿人开始了云办公的工作模式。刚开始相信很多人心中暗喜——"在家躺着把钱赚了"这个终极梦想，终于要实现了！

在家办公第一天，坐在阳台躺椅上的小王怡然自得地跷着二郎腿，他啜了一口蓝山咖啡，不紧不慢地打开电脑，开始了充实而有序的一天。办公室政治？不存在。老板？山高皇帝远，压根儿不放在眼里。打卡？没有的事。在家办公，就是这么优雅。

然而没过多久，小王发现自己心态要崩了。1小时没看手机，微信里就多了8个未接语音电话、9个新拉的微信群。优先点开领导的信息，发现被布置了6个新任务。一句话总结：在公司是996，在家成了007。

家里的网速时常把小王折磨得没脾气。10点电话会议，6人连线卡成"翔"，本来10分钟就能解决，最后搞了40分钟。左手电脑右手

电话,满屋乱窜找信号,最后蹲窗台开会,这不是偶尔一次,而是一天10次……

在家找一个理想办公地点也是难上加难。偌大的家怎么容不下一张安静的办公桌子呢?现在小王每天睁眼第一件事,就是琢磨今天在哪儿办公。躺在床上办公容易睡觉;其他地方比如沙发、洗衣机、行李箱……要么蹲着嫌高,要么坐着嫌矮。唉!餐桌还有泡面碗没收拾,但挪挪总能腾出点地儿,今天就它了。

被困在农村老家的同事小李有着相同的苦恼,"陶渊明式办公"已经持续一周了,他每天闻鸡起舞,把电脑摆在饭桌上,靠着爷爷家的炕头,练就了盘腿神功,代价是腰椎间盘又突出了。开视频会议,背景里鲜艳的胖娃娃年画和鸡舍猪圈此起彼伏的合奏让他备感魔幻。

说实话,和那些上有老下有小、家里还有哈士奇的兄弟姐妹相比,独居青年小王觉得自己还算不上难。同事老张在家办公的日子跟"闹着玩"似的。

一会儿爸妈看电视声音大,一会儿被叫去做饭,一会儿还要下楼遛狗取快递……最恐怖的是,熊孩子鬼哭狼嚎扑过来,往键盘上来一爪子,后果就是"写代码一小时,找bug一整天"。当这个场景恰好发生在视频会议时,老张觉得自己尴尬到原地爆炸。

今天的视频会议,如果小王的第六感没错,10个人里有3个在床上打瞌睡,2个在喂猫,剩下那几个则不知不觉偏离了议程,开始讨论宅在家里如何改善伙食。经此疫情,小王才明白啥叫"当时只道是寻常",此时此刻,他万分想念食堂的红烧大鸡腿。在家办公,做风一样的打工仔曾是每个社畜的梦想。可现在小王怎么也想不到,他鼠年最大的梦想,不是度假、升职、加薪,而是老老实实、安安稳稳回公司上班。

朱权利摘自《环球人物》
图:小黑孩

电子邮箱

编辑部	wenzhaiban@126.com
蔡美凤	836361585@qq.com
胡 捷	gxy1987@foxmail.com
吴 艳	976248344@qq.com
杨怡君	499081339@qq.com

2. 答案:网球运动。

 特别策划 强势围观

在剧组，给明星化妆的日子
@ 晏紫

一

我热爱化妆，萌生了在剧组当化妆师的梦想。剧组不对外招聘，用群演角色混进去也看不到未来，我辗转找到一家学费一万多的化妆学校，通过老师打开了剧组的大门。

剧组化妆一般分为负责妆面伤效的化妆和管头发饰品的梳妆，有时也梳化不分家。

我接的第一部戏，是在山东梁山拍摄的古装戏。筹备古装戏需要钩织头套、胡子，制作饰品和发包，我跟着采购道具。

早上8点，在批发市场，服装组长健步如飞，一边看，一边买，我负责拎东西，在后面一路小跑。

在剧组这个浓缩的社会中，每个部门如同金字塔，等级分明。电视剧的化妆部门一般分为"现场"和"家里"："家里"给主要演员梳化；"现场"则侧重群众演员的梳化，细分下来，又分为小助、二助和主盯。像我这样的新手，就是现场小助，处于金字塔的最底层。

采购完毕，我负责熨烫服装，看着堆积如山的衣服，我一边熨，一边自我催眠——"这是给我家爱豆穿的"，就这样坚持下来。

进组后，我就拿到了统筹发放的通告单，是第二天的任务安排。

考虑到演员的档期、场地的时间等，拍摄不按剧情的时间顺序，而按通告单走。因此，每天出工的时间和地点都不固定。

一天，主盯临时让我给她送现场化妆箱，但我在路上碰到了一大片半人高的草地，等抵达主盯那里时，他们轮番数落我"行动慢"。我只能忍下委屈。

由于经费不足、时间短，我们经常通宵拍摄。那一年，梁山下了好几场罕见的大雪，冬夜里，我的双腿冻得青紫，还站着睡着过，手因为天天接触酒精，痛得开裂。

戏杀青后，我马上回学校补上了毛发钩织课和古代梳妆课，也在老师的推荐下，加入了一家工作室。工作室有点像化妆师的经纪公司，它会帮化妆师接戏、指定剧组。我逐步学习钩头套、钩胡子和化伤效妆。三个月后，我接到了第二部戏。

"这个伤，你要做多久？"在片场拍戏时，导演问我。我抿了抿嘴，回复："20分钟。"

这一幕里，男演员脸上被砍了一刀，由我来做刀伤效果，这是我第一次负责现场伤效。我有点紧张，深呼吸了几下，先用刷子和油彩，在演员脸上定好伤的大概位置，然后用调刀抹上调肤蜡，用棉花、血膏和血浆营造刀疤效果。不知不觉，20分钟过去，我化完了妆，导演对刀伤很满意，我暗暗攒下了信心。

深入接触剧组后，我发现化妆师的工作量比我预期的要大得多。一般拍戏过程中没有假期，古装戏比现代戏任务更繁重。早上所有男演员都要粘头套，晚上收工回来，也不能马上休息，要洗演员卸下来的头套，这样明天才能正常使用。

但经过高强度的工作训练，我的化妆水平逐渐提升。第三部戏，我很幸运地接到了电影《建军大业》。电影的化妆模式和电视剧不同，所有演员都在现场出妆。名气大点的明星都有自己的房车，特约演员和群演则在帐篷里化妆。现场不再有小助、二助和主盯的分级，大家出完妆，就去盯现场，化谁盯谁，互不干扰。

电影常有大场面，《建军大业》有个场景需要上千名群众演员。没有台词的群众演员不需要怎么化妆，但发型一定要弄，化妆师要根据当天的剧情和衣着来梳头。

凌晨4点，我已经抵达了现场，比我们来得更早的是场务，此时帐

特别策划 强势围观

篷、桌椅和梳妆台都已经搭好,我们赶紧开始梳头,一人接一人,但一千多人,感觉没有尽头。这时,负责人对着群众问:"有没有会梳头的?可以加入我们。"

听到这句话,我愣住了,那一刹那,我仿佛又回到了每天等待进剧组的时期,那时从没想过自己真的能实现愿望,在剧组生存。

《建军大业》上映的时候,我和同事特意去了电影院。电影散场时,周围的人陆续离开,我静静坐着,直到在一长串字幕里找到我小小的名字。

"你觉得主盯应该具备什么职能?"在公交车上,我突然接到了考核电话。工作室给我接了一部战争戏,职位是主盯。

我一字一句慢慢地说:"除了化妆的基本功底和工作经验,我认为战争戏的主盯,第一,需要有沟通能力;第二,一定要会做各种伤效……"

挂完电话,我长长舒了一口气,对方没有提出异议,考核算是正式通过,我把握住了升职的机会,从小助成长为主盯。

拍戏时,我被分到了这部戏的武戏组,和文戏组相比,武戏组离不开血和伤。每天一到现场,我就和血浆、炭灰、炮灰、油彩打交道,整个人灰扑扑的,现场的脏乱程度一言难尽。

演员也有一些"难言之隐"。有次,一个男演员拍蹴鞠戏,每拍一个镜头,我们就要给他的头套后纱补一次透明的酒精胶,补之前先要用酒精卸掉残胶。反复擦了许多次,演员脖子的皮肤开始脱皮、红肿。结束拍摄时,我给他卸头套,头套一直在淌汗水。

整个剧组也会面临非常多的意

外状况。一天上午,我们在河北的微型沙漠"天漠"拍摄,刚到现场不久,突然刮起一阵大风,我当时没在意,去了卫生间,等回来才发现,天地变色,飞沙走石,只剩下我们化妆的三个女孩,其他人都不见踪影。

我掏出手机,赶紧给化妆车的师傅打电话。挂了电话,我们在狂风急雨中等待。

远远地,一辆陌生的金杯车驶了过来,我们扑过去使劲敲门,但车没有停。天越来越暗,豆大的雨点砸在脸上,我们陷入无法走出沙漠的恐慌,年龄最小的女孩忍不住放声大哭。终于,司机过来接我们上了车。

虽有意外,好在这部戏顺利杀青,筹备加拍摄,用时1年零35天,它也成为我职业生涯中浓墨重彩的一笔。

后来,因为影视行业面临寒冬,我能接到的工作也越来越不固定。心里打退堂鼓时,朋友给我推荐了一部电影的项目,入组需要申请,几天后才能反馈结果。同时,另一个好友给我推荐了一部网络大电影,要马上进组。考虑到职业上升空间,我拒绝了网大,决定等待电影的消息。

终于,消息传来,电影定下了我。它开机的第一天,就是拍有500个军人的大场面。军人的要求是短发,而500个群演发型各不相同。我们兵分两路,一些人去给主演们梳化穿衣,一些人去给群演剪头发。我被分配了剪发任务。剃着头,我看到头发茬和头皮屑在空气里共舞,一些群演十天半月不洗头也是常事。第二天,我就戴上了帽子、口罩、护目镜和围脖,全副武装。回归忙碌的剧组生活,我的心又安定了下来。这份工作,我走走停停,看过很多人和很多风景,也被许多细微的温暖感动过。

> 这份工作,我走走停停,看过很多人和很多风景,也被许多细微的温暖感动过。

剧组如同造梦的工场,所有演员和我们这些工作人员一起来造梦。现在我依然觉得,能做自己喜欢的事情,我很幸运。

林冬冬摘自微信公众号真实故事计划

图:豆薇

特别策划 强势围观

被诬陷、被追砍,为什么我还在基层做民警

@阳 光

只有帮助别人才能体现出你活在世上的价值,而警察的职责就是帮助别人。

救人反被举报,越想越气

我毕业后顺利通过公安联考,分到本市一所派出所上班。

领导安排我先负责辖区内的巡逻工作,顺便熟悉一下辖区环境。

一天深夜,我按例出去巡逻,当走到一条偏僻无人的深巷里时,一个打扮艳丽的女孩朝我扑了过来,使劲摇晃我的胳膊求我救救她。

我往她身后一看,两个贼眉鼠眼的男子正慢慢踱步往这边走来,一名男子朝我骂了句脏话,然后停下来从兜里掏出个东西,借着月光我看清那是把银闪闪的匕首。

场面瞬间僵持住了,我们警惕地望着对方,谁都不敢轻举妄动,直到二人跑出了巷子,我才感到胸口凉飕飕,上半身已被冷汗浸透。

女孩是邻省一个村子的人,原本想打工挣点钱,却被骗失足,当天瞅准机会逃出来,幸亏碰见我,要不肯定得被抓回去。后来,我们给女孩买好回家的车票,派专人把她送回家去了。

我救女孩的事迹很快传了出去,一个报社的记者找到我做了场采访,那是我第一次感觉到当警察

的荣耀。

可没过几天,市局的督察找到我,说我救的那个女孩把我举报了,原因是我借她炒作,根本没有警察救失足女这回事,那天她只是和路人吵架。

这件事说大不大,说小不小,其实只要把那篇报道删了,再给女孩道个歉就解决了。可我实在咽不下这口气,凭什么我救人还要道歉。

师父见我不肯让步,便对我说:"你这件事上了报纸,流传得太广,你要是不去跟女孩道歉,一旦人们以后知道她的过往,甭管是不是被骗,她的名声都毁了。"

听完师父分析,我只得和单位请了假,赶往她家登门道歉,并承诺回去让记者删了报道。

回去的路上,我越想越气,从小我脾气就倔,宁挨一顿打都不一定认错,谁承想这次竟是为了救人,向人低头道歉,想到这我恨不得回去就辞职。

无奈再出外勤,猛然醒悟

那之后我对任何出外勤的工作都特别抵触,于是申请调到了内勤。

直到2019年初,市里为了加大扫黑力度,从我们所抽调了不少人手。我们所原本就极缺警力,这回更是雪上加霜,我不得不又重回一线。

不过这回我留了个心眼,能不出的警,坚决不出。

2019年3月初的一天,我沏好茶坐在值班室里玩着手机。突然,一个老人闯了进来,他和他的孙子小毅吵了一架,其后小毅便离家出走,已经三天没有任何消息了。

人口失踪是大事,我急忙通报了接警中心,让他们向各个派出所发协查寻找。

忙完后我告诉老人让他回家等消息,老人急得不行,恳求我陪他出去找找。

我心里一百个不愿意,找人这种事费力不讨好,首先,市区这么大,上哪去找一个半大小子,而且一旦我去找了,那孩子要是出了问题,我肯定脱不了责任。

正当我心里盘算该怎么回绝老人时,老人突然进出两行眼泪,腿一软就要给我跪下,看着老人那副既着急又担心的神情,我答应了他。

听老人说小毅爱打游戏,这倒是个线索,半大的孩子身上没多少钱,又没身份证,肯定跑不远,也去不了正规网吧。于是我决定以我们辖区为中心向四周画圆形寻找。

找了足足两天后,终于在第三

天下午在快到南二环的一个黑网吧里找到了小毅。

老人两行眼泪当时就像自来水似的哗哗往下流,搂着小毅脖子不住摸着他头。

第二天,我刚到单位,老人和小毅已经在值班室等我了,小毅递上来一面锦旗,上面写着:为民解忧,情系百姓。

那一刻我猛然感觉到自己的价值,更意识到警察的价值,那就是帮助别人。

意外又遭诬陷,打开心门

2019年11月23日,我们接到报警,有人吃完饭不给钱还打人。我和同事迅速赶到现场,原来闹事的人是我们辖区一个惯偷周某。看他已经醉意浓浓,我们和饭店经理协商好,先送他回家,等他明天清醒了再来赔钱。

他住在棚户区里,我和同事七拐八拐才给他送到家。正当我俩准备走时,没想到周某竟提了把60厘米长的砍刀冲了出来。我和同事赶紧分开方向拔腿就跑,周某紧追着我不放,眼看就要冲出棚户区跑到马路上了,我心一横,转身和周某对峙起来。

寒风一吹,我稍微镇定了一些,从地上抄起两块砖头朝他扔了过去,趁他躲砖头的空当顺势把刀夺下来扔到一旁,接着给他戴上手铐。这通操作前后不到五秒钟,要是慢一点说不定倒下的就是我了。

> 你是好警察,要是你反而被害了,那以后哪个警察还愿意保护老百姓?

待我喘匀了气,忍不住打了周某两耳光,就是这两耳光害得我差点丢了工作——三天后,网上流传出一段警察打人的视频,转发量多得吓人,底下骂声一片。不用说就是我打周某两耳光那一段。

市局很重视这件事,很快我被停职了,接受督察组调查。

因为我同事也算是本案中的当事人,所以无法给我作证。且棚户区没有监控,而我和同事的执法记录仪在把周某送回家后便关了。拍视频的人也没看见周某行凶,只看到我制服周某后打他。

现在只有周某亲自给我出来作证才有用,但他一副小人得志的样子,竟让我下跪求他。

这我哪肯,我立时冲上去恨不得再抽他两耳光,而他尝到了甜头丝毫不怕我，直接把脸伸过来，一脸得意地说："有种你再打啊？"

我的手僵在半空迟迟不敢落下，我心里明白这两巴掌要是再打下去，我的警察职业路就要彻底终止了。我努力压住心里的火，狠狠瞪了周某一眼，摔门离去。

可是第二天，周某竟然把我告到了检察院，说我威胁他。

这下事情可大了，检察院派人接替了督察组的调查工作，当天下午，两名工作人员来到我家，给我戴上手铐，带回检察院询问室。一连八天，白天审问，晚上扣留，绝望在我心里一点点堆积。

就在我已经做好脱下这身警服的心理准备时，周某的妈妈找到检察院。她表示愿意替我作证，那天晚上她在屋里，她亲眼看到周某拿刀冲了出来。

这确实出乎了我的意料，我没想到周母竟愿意替我说话。

后来周母和我说："那天晚上你完全可以自己跑了，任由他拿着刀冲到马路上，可你没有这样做，而是冒着生命危险制服了他。你是好警察，要是你反而被害了，那以后哪个警察还愿意保护老百姓？"

周母的话就像打开我心门的那把钥匙，我再也控制不住积累多天的压抑，蹲在地上，两行眼泪止不住地往下流。

一缕阳光照在门口的国徽上，闪闪发光，我的心顿时也如国徽一样明亮起来。

—一二三摘自微信公众号我们是有故事的人

图：黄煜博

【编者的话】本期焦点，我们聚焦那些并不那么寻常的职业人。资深教师，他只想帮助九十九个人；剧组化妆师，剧组是造梦工厂，他是造梦人；基层民警，纵有误解与不忿，仍恪守警察职责。职业不分贵贱，每一个行业都有坚持，每一个职业人都有梦想。

美髯等三则

@球球的画

美髯

视点

镖师的珠宝

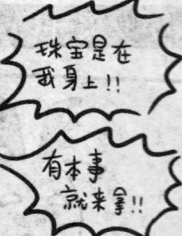

祎祺摘自作者新浪微博

大千世界 时代之帆

她姓甘，不怕苦

@曾散

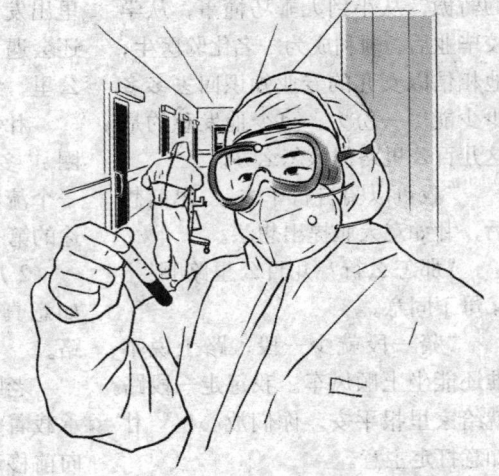

我是医生，骑车也要回武汉

武汉关闭离汉通道的消息铺天盖地传来的时候，甘如意有些懵了。

作为一名从武汉回来的基层医生，甘如意的内心颇不平静。

1月25日，大年初一。"我要赶回医院！"她的决定比武汉关闭离汉通道的消息更让父母惊慌。

"你才刚刚回家几天？还在过年啊。"母亲急着接过话头，马上又补了一句，"现在回武汉太危险了！"这句话才是母亲真正的想法。

"现在情况紧急，哪怕是普通感冒，居民都会恐慌。我们科室只有两个人，我同事都58岁了，也一直没休息。"甘如意又望着父亲。

父亲轻轻地叹了一口气："你回去工作我不拦你，这是你的职责。一定要注意安全啊，你不但是医生，也是我们的女儿！"

"到处都封路了，明天去办通行手续，后天走。"甘如意当机立断，马上跟单位领导申请提前返岗。

1月26日是大年初二，没等手续办齐，传来消息，所有去武汉的公共交通停运，就连甘如意所在的杨家码头村去往县城的主路都只能通行两个轮子的车辆。

"怎么办呢？"甘如意的父亲自言自语，又像是在跟女儿说话。他们村距离武汉300多公里。

未满24岁的女儿一直是父亲

的骄傲,从小到大乖巧懂事,从学校毕业后,顺利成为一名化验医生,他相信以女儿的专业知识回去多多少少能尽一份力,可令他发愁的是这几百公里路程该怎么办。

"我可以骑自行车去。"思前想后,甘如意大胆提出想法。

"那怎么行?几百公里路啊!"父母不同意。

"骑一段就少一段,路上说不准还能坐上顺风车。我每走一段路就给家里报平安,你们放心!"甘如意打定主意。

接下来几天,甘如意一边规划骑行路线,一边办理各种手续,等单位返岗证明和临时通行证办好就出发。

骑行路,
泪水伴着雨水,被风吹落

1月31日,上午10点,阳光灿烂,甘如意开始了她的"远征"。

甘如意那张编号为"009"的临时通行证,车牌号一栏填写的是"自行车",通行事由"到武汉江夏区金口中心卫生院上班"。

父亲坚持要送上一程。父女俩每人一辆自行车从家里出发,农村的路弯弯绕绕,经常还会遇上路障。爬坡过坎走了近50公里,到达县城时已是下午3点。

甘如意那天发了一条微信朋友圈:"多年没有骑自行车,膝盖疼。"一个流泪的表情。看得出,漫漫征途的第一步给了她一个下马威。

2月1日上午,告别父亲,甘如意真正踏上了一个人的逆行之路。

老旧的蓝色单车"哗哗"作响,承载着瘦瘦弱弱的甘如意,一点点向前移动。这辆车伴随她长大,如今又随她奔赴抗疫战场。

对复杂的路况甘如意虽然早有心理准备,但有时候冤枉路还会让

她沮丧，她只能靠手机导航一段一段前行。

下午1点，甘如意到达荆州长江大桥。工作人员告诉她，桥上已经不让自行车通行。她只好把自行车寄存到一个副食店里，打电话让父母日后抽时间取回去。

失去唯一的交通工具，甘如意步行经过荆州长江大桥，等她走到荆州市区，天已经黑了。她找不到开门营业的旅馆，手机也已没电，只能向一个未营业的旅馆老板求助。老板多方打听，终于找到一家还能安排住宿的地方。

2月2日，甘如意一大早就起了床。她在路边拦了十几辆出租车，都被告知不能出城。中午11点，看到路边停放的共享单车，她艰难地决定继续单骑远征。沿着318国道骑行，她下一站目标是70多公里外的潜江。

冬天天黑得早，一场雨不期而至。甘如意心中万分沮丧，可她没有退路，只能冒雨前行。她打开手机电筒照明，累了就下来推着车走一截，走走停停。

冬雨细细碎碎，冷风咋咋呼呼，浓雾缭缭绕绕，甘如意慌慌张张。外套淋湿了她不怕，带的干粮快吃完了她也不怕，但天黑让她恐惧，夜色张牙舞爪扑面袭来。前不着村，后不着店，手机微弱的灯光能见度有限，眼前朦朦胧胧，影影绰绰。这个未满24岁的小姑娘终究忍不住了，她记不清路上哭了多少次，泪水伴随着雨水，被风吹落。

318国道不断延伸，依稀的路牌和导航指引着甘如意前行。九个多小时后，灯光闪现，路口站着三四个警察。潜江终于到了。

300多公里路程，四天三夜

还没等甘如意到跟前，警察赶忙迎了上来。

"这么冷的天，又这么晚了，你怎么一个人在外面啊？快回家吧！"潜江市公安局民警熊陶虎边走边说。

甘如意冒雨走了一天，饥寒交迫。此时见到灯光，见到警察，仿佛见到了希望。她跳下自行车，赶紧回答："我是武汉市江夏区金口中心卫生院的医生。我要去武汉。"

看了甘如意的身份证、通行证和返岗证明，又听她讲了一路的骑行，执勤民警被深深地震撼了。

熊陶虎立即联系了执勤点附近的一家酒店，安排甘如意住下。反复叮嘱她，去武汉的事不要着急，大家一起想办法。

当晚,潜江市公安局决定派车送甘如意回武汉。民警施虎给甘如意打去电话,甘如意当然高兴,但她转念一想,非常时期,哪能过多麻烦他们。

"你们有你们的岗位要坚守,我这也是要奔赴我的战场!我们各有不同职责,哪能让你们专门送我去武汉?"甘如意婉言谢绝了他们的好意。

"你早点休息,明天再想办法。"施虎深受感动。

经过多方协调,最终为甘如意找到了一辆去汉阳送血液的顺风车。

2月3日上午8点半,施虎将甘如意送到沪渝高速潜江收费站等待,还给她准备了水果和方便面。

"谢谢你们,要不是你们,我还不知道什么时候才能到武汉呢!"甘如意的内心被感动充盈着。

"不用客气,你是好样的!到了武汉给我们来个信儿!加油!"

上午10点,浓雾渐渐散去,高速公路潜江路段开始放行,甘如意搭乘的顺风车终于驶向了快车道,她的返岗历程也终于按下了快进键。

> 这辆车伴随她长大,如今又随她奔赴抗疫战场。

看着窗外快速后退的风景,连日来的历程也如同电影镜头,在甘如意的脑海里循环播放。后来她告诉我,当时想起父亲曾给她讲过的话。1998年长江流域发大洪水,她的家乡公安县是重灾区之一,老百姓是靠着国家,靠着一方有难、八方支援才渡过难关的。那时她才两岁,没有什么记忆,但是如今,她作为一名医生,必须冲到一线去。

两个多小时后,甘如意搭乘的顺风车到达汉阳区。她怕耽误送血车的事情,向司机道谢之后,急急地下了车。

武汉所有公共交通早就停运。甘如意只好又找了一辆共享单车,靠手机导航,骑过杨泗港长江大桥,到武金堤上,继续向前骑。

经过六个小时的骑行,晚上6点左右,甘如意终于到达她工作的地方——武汉市江夏区金口中心卫生院范湖分院。

300多公里的路程甘如意前后用了四天三夜。

她说,她姓甘,不怕苦。

洛奇狮摘自《光明日报》

图:豆薇

疫情时期的"财宝"

@ 王月冰

"财宝"是个有智力障碍的流浪汉,游荡在我家乡的各个村落。财宝还年轻时,我外公外婆就经常接济他,几年前,两位老人相继去世,财宝跪在灵柩前号啕大哭。后来,我母亲也开始照顾他。

财宝平时很少来我家,他一般混迹在远近村庄的红白喜事场面上。但每年腊月底,财宝准会来我家,因为他要送财神赚钱,这是他最大的事业。

每当腊月一到,我妈就去县城用尽量低的价格帮财宝把数千张财神进回来。财宝一进门就会问我妈:"姐姐,财神进了没?"看到那些财神,财宝满足得很。财宝手笨,财神一张张压得紧,我妈担心他一次会送出去几张,这样对他来说成本翻倍,所以她会帮他一张张撕开来,折好,放到他的背包里。这个活起初只有我妈一个人做,后来我们姐弟、我们的孩子们也都帮着做,每晚财宝回来,我们还要帮他把钱数得清清楚楚,捆扎好,一扎扎告诉他多少钱。其实,我们也不知道财宝的这些钱最后都去了哪里,但我们还是很认真地做了这些事。我妈说:"他常年在外面跑,拿了他钱的人,应该多少会对他好点吧。"

今年依旧,小年一过,财宝就来我们家了。可是,刚过了大年初一,就听说我们县已确诊两例新冠肺炎患者,虽然形势没湖北那么严峻,但亲戚们已纷纷在微信上互相转告今年不登门拜年了。"那财宝怎么办?他天天在外面跑,很可能会被传染。"我们几乎异口同声。母亲

沉默,她没有回答我们。我们再问,她低声说:"难道赶他走?赶去哪呢?现在肯定没人愿意收留他。""我们一大家子人呢!如果他把病毒带回来怎么办?"我们理解母亲的担忧,但我们心中已满是恐惧。

就在这时,财宝回来了,在外面大声喊我妈:"姐姐,我回来了,他们都不开门,说不准我送财神了。"语气里已经带着哭腔。母亲要去开门,弟弟一下子拦住了她,说:"您等等。"弟妹递给母亲口罩和手套,还有一件超大的外套,有帽子的。母亲把自己武装好,出门去了。我们听到她把财宝引到偏房,给他重新铺了床,又给他丰盛的饭菜和足够的水,一再叮嘱他不能再出去了,就待在这。我们稍微松了口气,叮嘱孩子们千万不要去偏房那边。

可是,第二天早上,母亲去给财宝送早餐时,发现他又不见了。

下午,财宝灰溜溜地回来了。母亲几乎要哭了,她了解他,不懂世事,倔强,盼了一年的赚钱机会,怎么能泡汤呢?但母亲不能害家人,她知道,财宝出出进进住在这,就像个定时炸弹。她数落他,一再警告他不准再出去了,出去了就不要再回来,否则会喊警察抓走他。

财宝老实了两天,母亲每天好饭好菜给他端到门口,担心他无聊,还会偶尔隔着门陪他聊几句。

可是,初五那天,财宝又悄悄溜出去了,半天后又回了偏房,还带回一只脏兮兮的枕头。母亲一边数落他一边又全副武装地给他端去了饭菜和水。我们悄悄商量着要打110把财宝接走,政府应该会安顿好他,好好跟母亲解释,她应该会同意。正商量着,派出所的警车竟然开到了我们家的地坪上。

原来,财宝是自己主动去了派出所,派出所把他送去敬老院安顿,谁知他又跑了回来。财宝对民警说:"我不是跑了,我是回来告诉我姐姐一声,免得她担心我。我要告诉她,敬老院我去看过了,那里不冷不饿。"说完,财宝得意地笑笑,"我才不傻呢,有困难,找警察。"

财宝上车了,母亲流着泪笑。车子开动,财宝隔着车窗玻璃大声喊我妈:"姐姐,我的枕头送给你。"

母亲戴着手套拿出财宝送给她的枕头,里面全是一扎一扎的零钱。母亲哽咽,说:"这是他的全部家当。"又说,"我不能要他的,给他收好,疫情过了,他还会回来。"

月亮狗摘自《安庆晚报》

图:小栗子

陪一个"纽约医生"玩玩

@张 春

2020年年初的时候,我在豆瓣上收到一封邮件,是个名字叫Ray的刚注册的帅哥,想认识我。他自我介绍是一个在纽约生活的骨科医生。这么一说,我就搜了一下他的照片,噢,在一个"制服诱惑,魔鬼身材"的集合帖子里,看到了那张照片。行吧,咱们就玩玩吧。

第三天他就说我是他最爱的女人

他又介绍了一些别的事情。比如他心爱的妻子在八年前不幸意外去世,在这八年中,他非常的低落。但是他有一个心爱的女儿Lisa。

总之,他人生的志愿就是来中国生活,并且拥有自己的家庭。他请求我帮他学习汉语。

行。我是一个乐观的人。我就说,我是一个作家,我的文章不少中文老师会在课堂上用呢,你找我真是太对了。一反手我就发了书的购买链接。

他说:"噢亲爱的,我真希望自己现在就能读到它!"

接着不知道怎么回事节奏就很快了,不知道为什么,他开始请求我说可不可以把我当作他最爱的女人,因为自从八年前他老婆死后,他就再也没有这样动心,这样向往和一个人成立家庭。节奏真的很快,我感觉最多就是第三天。

作为一名普普通通的女性,我好像没有收到过这样海量的甜言蜜语。一天几十屏的赞美,而且基本都不怎么要回,我只要回一个笑脸的表情,他就会接着赞美"你的微笑就是我一生的期盼"。

他的女儿已经开始喊我妈妈

又过了一两天,Lisa 加了我。Lis 在伦敦学医,她一加我,就告诉我:想你,妈妈,爱你,妈妈。

我觉得,人家不但派出两个 NPC,还开了两条故事线。每天都发几十条信息赞美我以及表达爱意。我有什么可抱怨的呢?爱有何辜?

他时常描绘他在中国建造大医院,给我买跑车,和我、Lisa 在中国,在人少的地方过着宁静生活的场景。

我说,中国是世界上人口最多的国家。他说只要我们去找,就会找到。

好的。如果不去管可疑的一切,也可以说有点温馨的。

我也真的很想知道这个人到底想干吗。我问我的朋友乐乐:你觉得,这个人会不会在坐牢?每天只有一段时间可以玩手机,然后他也没什么可玩的,就上网找个人释放一下爱意?

还有的时候我甚至想对着他大喊:骗财没有!到底骗不骗色啊?

什么结局最意外?我问。

乐乐说:最后你骗了他 300 万。

那确实是挺意外的。

故事线走到三口之家了。虽然说也不都那么顺利。

比如他给我看他和狗的合影。我说它好可爱,叫什么名字?他说它叫哈士奇。用狗的类别名给自家狗起名儿,我真的有一些惊讶……

他说去了阿富汗挣危险的快钱

一小段失联后,新的地图解锁了。

他被紧急派遣到了阿富汗战地进行支援,住在迷彩帐篷里。他在那里只有第一天可以给我发一些照片,以后的视频、转账、录音等行为都是非法的。他在那里工作 40 天就会得到一大笔钱,这个合同结束,他就可以退休,来中国建造医院,给我买大房子和跑车。

此外,我不能告诉 Lisa 他在哪里,因为 Lisa 还是个孩子。我猜这个设置可以触发关键剧情。

有一天,Lisa 说她的考试需要一台新的笔记本电脑。她找到我帮她买。

我说我没有钱,找你的爸爸。顺便我也发了一个链接。那台塑封机 3000 块,虽然我还不知道买了要干吗以及放在哪。但是万一呢?反正都是要打钱,万一顺便帮我买了呢?

这一天湖北省襄阳市封城,从

那天开始,湖北除了神农架外全部封省。Lisa考试的日子一天天逼近,她说她只是需要一台电脑考试,而她的爸爸却不给她转账,这究竟是怎么回事?为什么我们都不告诉她,她崩溃了。Ray也说他崩溃了,他们没有再和我说话。

我和其他人一样,偶尔看看新闻,看看那些标题,看看书。戴上口罩,去遛一下狗,买一点菜。回到家洗手,用酒精喷洒带回来的东西,把外套挂到阳台上吹风。也想起过他们,我一个人思念我们仨。

> 我感到很孤独。我想要一个真实的朋友。

他说要寄给我500万美元

过了两天,Ray再次联系了我。

他中弹了;营地爆发激烈冲突,时时刻刻,非常危险;他希望提前离开阿富汗;他在和董事会的官员进行交涉;他拿到钱就要带我去美国,直到病毒被清理干净;他们同意了!他们付了他一半的工资,500万美元!

真为他高兴,我说,世道艰难,在这场新冠大流行中,有很多人可能即将失去工作和收入。

他说,我要把这些钱寄给你,现在,你需要把你的资料发给我,然后那家为我运送的船运公司会联系你,你将需要付很少的一笔钱。

亲爱的,我会尽全力尽快离开这里,我的枪伤导致我不能乘坐飞机……

我没法继续和他来回过招地玩这个游戏了,我终于发问了:

你的照片都是假的。照片里也不是一个骨科医生,因为那人穿着牙医的衣服。你究竟是谁呢?我们不要谈这些虚构的钱和故事了好吗?请告诉我,真实的你是谁?你是一个男人还是一个女人?你在哪里生活?我一直知道你说的都不是真的,但是我也不想把你看作骗子,因为我想有朝一日我们不要再演这个故事,而是作为真实的人来交谈……我想认识你。

世界处在一场惊人的流行病里,它的传染性使得许多人都要待在家,接收一些真真假假的信息,隔着网络着急。

我感到很孤独。我想要一个真实的朋友。

他没有再回复我。

裴金超摘自《南方都市报》

早春历「险」记

@安谅

疫情和"大隔离",让人心神不定。但年近八旬的老母亲早就腰腹疼痛,熬过了春节,又持续了一月有余,她坐不住了。明人也决定,陪同老母亲到医院查查。

这家医院近,条件也好,但据说曾有确诊病人。明人惶恐,和老母亲两人武装到牙齿再出发。发现医院的验血等候区今天虽人员稀落,但来者皆是全副武装的。有几位妇人,半圆弧的透明面罩,套在脑袋上。其夸张的装扮,让明人脑海里闪过那些胡编乱造的影片。

明人让老母亲固定一个座位坐着,自己穿梭着挂号、取单等。75度的乙醇在手,凡外人可能触碰处,他必当场消杀,不延误一秒。付款用手机微信,不接触,最踏实。

猛地发现,身后站着一个人,一米距离不到,太不懂规矩了。明人蹭蹭飞快走开,眼角余光瞥见,那是一个头发花白的小老头。不巧了,第二次来这窗口付做CT造影的费用,此人又出现了,还在他前边,在窗口问这问那、磨磨唧唧,之后更禁不住把口罩拽下了一半问。正当明人心堵时,有个女医生说话了:"前面抓紧一点好吧。"小老头悻悻离开。

候着做CT的排起队来了。等候者都隔着一个

热议话题 尖锋论谈

座位坐着,有个少妇咳嗽了几下,人们的目光就聚焦了。又等了会儿,老母亲问:"哪里有厕所?"明人晕,自己不方便出入女厕所,可老母亲需要有人在一旁照顾……顾不上了,他连喊几声"有人吗",没人回应,便径直走进女厕所,拿起酒精喷雾剂一阵消杀,千叮嘱万叮嘱,才退出门去让母亲上厕所。老人尿多,没过多久,母亲又想上厕所了。这回,本楼女厕所不能用了,明人只得带着憋不住的老母亲去男厕所解决问题。

走过楼间的廊道时,竟有一位男子摘下了口罩,在偷偷地吸烟。烟雾随风飘散,明人隔着口罩都闻到了烟味。

他急忙用身子挡住了老母亲,搀扶着她快走了几步,他要避开这身份不明的瘾君子,万一是个"病毒杀手"呢?

取药时匆忙,一盒药掉落在地。犹豫片刻,明人还是垫了一张餐巾纸,把药捡了起来,喷了一阵酒精,才放心地扔进袋子里。

终于坐上了车,可以打道回府了。明人浑身已经湿津津了,额上热汗涔涔。这两个多小时,自己就这么厚衣紧裹,几乎连便意都没了,真够紧张的。口罩严严实实地捂着脸,禁不住要扯开口罩,深深地呼吸一会儿。却见老母亲捏着口罩外面,想露出鼻脸,她也一定憋得不可忍受了。明人急了:"别用手碰口罩呀。"说着,他拿着喷雾神器,就朝她的手开了几"枪",老母亲虽然理解,但也颇感无奈,叫着:"当心,当心,你都弄到我眼睛里了!"

他连忙住手,不知所措起来。

有同事听说他刚从医院回来,不由得退后了几步,保持着足够的距离。他口罩下的嘴角,不为人所知地牵了牵。

"其实,医院的防护是很严格的,何况,我们医院发热门诊在那一头,也只确诊过一例,是在一个多月前。医院也没见谁被感染,之后也未见确诊病人。"这家医院的一位医生,也是明人的一位老同学,事后告诉他。

明人将信将疑。去医院的那天,短短的两个小时,却令他实在太难忘了,遂记下了这篇历险记,并在"险"字上加了引号。险不险的,还是让大家评点吧。

暮春摘自《新民周刊》

图:宋书成

【讨论区】都说最危险的地方就是最安全的地方,此话也不尽然。奔赴医院,全副武装,疫情时期,你"过度"反应了吗?

好奇de正确打开方式

@叶 孤

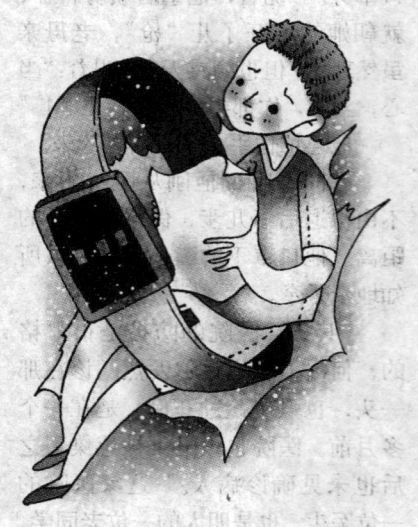

如果你正在看这段文字，就说明你是一个好奇的人。好奇不但能害死猫，还能害死人。你不要觉得好笑，你要能耐心读完以下文字，或许对你的人生有很大的帮助。

我的这辆 Aeroblade 自行车，市场价十几万。你想想看，十几万的车子，怎么会配一把几十块的防盗锁？你看看车把处那个电子表一样的仪器，红色的，一闪一闪的，它是一款先进的指纹防盗识别仪，也就是说，没有我的指纹，你如果强行推走我的车子，它就会报警鸣叫，而且内置芯片是跟警局的报警系统连接的，对，就跟银行的报警系统类似。因此，你需三思而行，小心为妙！

鱼小刀将目光从这张A4纸上移开，移到自行车上，果然发现有一块电子表模样的东西装在车把上。十几万的自行车，真的假的？我鱼氏乃"盗门世家"，会被你唬到？想到这里，鱼小刀摸出手机，百度一下，我的乖乖，这车还真的值十几万呀。

鱼小刀心中一惊，产生了深深的后怕。要是自己刚刚盲目地剪断那把不起眼的车锁，恐怕已是警报四起。这样想想，鱼小刀觉得自己有必要感谢这位善良可爱的车主。要是每个车主都能像这位车主一样，给我们这些可怜的小偷一些警示的话，我们也不至于经常失手被擒，进派出所就跟逛超市一样频繁。

鱼小刀发现这张A4纸没完，还有下文。好奇心驱使，他收拾好凌乱的心情，继续看了下去。

如果你看到这里，请容许我叫你一声偷兄！你肯定有侠义心肠，不然也不会有耐心看我写的这些废话了。这也侧面说明你不仅是个好奇的小偷，而且是个有文化有思想有内涵的小偷。

哎哟，这个车主有点意思。鱼小刀初中毕业出来继承祖业，走上小偷的道路；后来自学了高中知识，拿到高中文凭；去年又参加高等教育自学考试，拿到了本科文凭。这在整个小偷圈内，都是神话般的存在。做一个有思想有文化，并能与时俱进紧跟潮流的小偷，是鱼小刀一直追求的目标！鱼小刀想到这里，得意地继续往下看。

如果不幸被我言中，你也不必心中窃喜。当小偷，决不是你的梦想，只不过是权宜之计罢了！如果不是生活所迫，鬼才愿意当小偷呢。不过，这些都不要紧，苦难是暂时的。虽然今天你没偷到我的车，并不代表你偷不到别人的车。并不是每辆自行车都值十几万，也不是每辆自行车都会配这么高级的指纹防盗识别仪。我这个指纹防盗识别仪三万多，进口的，国内还没有卖。

唉！如果你看到这里，也算不容易，所以我再友情提醒你一声，大润发超市的门口还有几个隐蔽的摄像头，也就是说你现在的一举一动都已经被记录下来了。

鱼小刀看到这儿，大惊失色。四下瞄了瞄，果然有被眼睛盯着的感觉，估计就是藏在暗处的摄像头。啧，这个车主还真是好人。我正准备偷其他的车呢，幸好有他提醒，不然可能又要进派出所了。

鱼小刀忍不住继续看了下去。

不过，你也别慌，要淡定。假装若无其事的样子，这样就不会有人怀疑你是个小偷了。只要你看完我写的话，包你安然无恙。

鱼小刀不由自主地挺了挺从不敢挺直的腰身，拿着A4纸的手也抬高了舒展了，脸上的紧张猥琐、贼眉鼠眼也荡然无存，此刻，鱼小刀的样子，别人看到了，绝不会跟小偷联想到一块。他情不自禁地继续往下看。

你也不用感谢我，我并没有你想象中的那么可爱和善良。要是你实在要感谢我，那就请伸出你的右手食指。

鱼小刀好奇地将A4纸放到左手，然后伸出右手食指。

接着用食指指头触摸一下自己的舌头。

鱼小刀是个好奇的小偷，但同时也是个有文化有思想的小偷，他并没有立即将食指指头伸到舌头上，而是考虑了一下，觉得并无不妥之处，方才将食指指头放到舌头上点了点，然后又继续往下看。

不用疑惑，你用右手食指碰触自己舌头的时候是不是感觉很甜（如果不甜的话，请换左手食指试一下）。如果感觉到甜就对了，我想告诉你，生活是甜的！

鱼小刀看到这里时开心地笑了，是发自内心的久违的笑，他觉得自己的眼角有点湿，心底也油然而生一种迷途知返、回头是岸、浪子回头金不换的感觉——难道这位善良可爱的车主，竟是上天派来拯救自己的天使？鱼小刀跟上了瘾似的，迫不及待要往下读。

虽然生活有时很美好，但现实总是太残酷。生活中有甜蜜也会有陷阱。前面我就跟你说过，好奇不仅可以害死猫，还可以害死人。而你就是一个好奇的人，所以好奇可能会害死你！

鱼小刀陡然觉得车主口气不对劲了。

我现在郑重告诉你，你手里拿的那张A4纸上已经被我抹上了毒药，一种无色带甜味的剧毒药物。如果你惊恐地看到这里……说明你是一个意志力坚强的小偷……不过没用的，我猜得没错的话，你的舌头已经开始发麻，这就是说剧毒开始发作了。再次友情提醒：大润发超市的东头，就是人民医院……

鱼小刀读到这里，心中一阵恐惧袭来，不仅是口腔里有东西在跳跃，舌头好像也开始发麻，整个身体都不听使唤了。但是，鱼小刀可不是一般的小偷，他大概愣怔了不到一分钟，就两腿飞奔赶到附近的医院去了。

纸上有毒，那张A4纸也当然没有被鱼小刀带走，如果他能稍微镇定一点，继续看完最后一段，也许这个故事又会是另一个结局了。

哈哈，上面的话，都是跟你开玩笑的，什么进口的自动报警的指纹识别仪，就是一块普通的电子表；大润发超市门口也没有安装隐蔽的摄像头；自行车就是一千多块的捷安特而已；至于那个无色甜味的毒药嘛，是五毛钱一袋的跳跳粉啦！

其实，我也是这座城市里一个可怜兮兮的小人物，不过你可不要对我的自行车动歪心，我工作的地方，就在超市上面六楼的健身房，如果你抬起头来，透过那个大大的落地窗，也许你就能看到我。

——二三摘自微信公众号我们都爱短故事

图：恒兰

【请您续写】鱼小刀发现真相后会怎样呢？他会报复戏弄他的自行车主吗？请您续写接下来的故事，投稿请发送至：gxy1987@foxmail.com，来稿请注明"续写"字样。

8. 答案：1926年。

你加一万元来娶我吧

@甘北

阿维说,看见明雅的第一眼,就知道他一定会娶她。

明雅大学毕业,她学的是兽医专业,家里为她规划好了人生——毕业以后,回老家的兽医诊所帮忙。像大多数乖巧女孩一样,明雅的小半辈子从来没有过自己的主张,母亲对待她的方式,就像对待那些生病的小动物一样,是不容反抗的。

她的老家太远了,来回十几小时的车程,这意味着他们至少要一个月才能见上一面。阿维是放养长大的孩子,从小到大,父母未曾干预过他的任何决策。他自然无法想象,为什么明雅这么一个大活人,竟无法主宰自己的人生。

明雅回去没多久,阿维发来信息:"如果你不能过来,那么,我过去吧!"阿维辞职了,他放弃了大城市前景广阔的工作,来到了明雅的家乡,进了一家工厂做主管。工资低了很多,工作也清闲了不少。

他们一起去散步、健身,周末一起去露营;他们在阳台养了很多花,还领养了两只被主人遗弃的小狗。阿维算了算银行卡里的钱,认真地跟明雅说:"嫁给我吧,我存够二十万元了。"她曾随口跟他提过,家乡这边的规矩,彩礼钱要二十万元,没想到他真的放在心上了。

可偏偏在这一年的夏天,阿维的父亲病倒了。这一病倒不打紧,牵扯出的债务问题,着实把阿维吓了一跳。这些年来,父母给了他最大的自由,却从未向他开过口,更未跟他诉过一句苦。

父亲病倒了,母亲支撑不住,终于说了实话:"你爸的加工厂早就难以维持了,外面的欠款收不回,这头又欠着供应商许多钱……"父亲就是因为资金链断裂,才抑郁成疾的。阿维直到那一刻才明白为人子女的枷锁。那是父亲一生的心血,他不愿意让它付诸东流。

明雅说:"去做你想做的事吧,像个男子汉一样。"

明雅的父母却不这么看。女儿眼看不年轻了,又有多少青春,来等待一个男孩成家立业?她那个强势的母亲,气势汹汹地找到了阿维:"你要走,就跟明雅分手。你熬得起,她熬不起!"

阿维苦笑,让她一直等下去吗?又或者跟她一起去面对家里的烂摊子?他做不到,也不愿意。五年恋情,戛然而止。

阿维回到了自己的家乡,父亲的身体垮了,他得把重担接过来。他得像个男子汉一样。

他脱胎换骨般地变了一个人,除了始终空白的感情状况。他心里那个位置,总是为一个人留着。他记得她的善良,他记得她有点没来由的小俏皮,他还记得分手那天,她湿润的眼睛未曾抬起过,过了好久才从喉咙里挤出一句:"我会一直等你的。"她还好吗?还在等吗?他不敢问。

这天,阿维出差路过明雅的城市。他突然很想知道她怎么样了。他点开那个熟悉的微信头像,小心翼翼地发出了一句:"在吗?"过了良久,那头才终于回复:"在。"他约她一起喝咖啡,以朋友的名义。

她也爽快地答应了。他这才发现,她变了许多。原先柔弱的姑娘,如今利索大方了很多。她剪短了头发,还把淑女风的裙子换成了利落的西裤。

"你变了。"他说。"你也变了很多。"她笑道。阿维这才知道,分手以后,明雅就从家里搬出来,这个软弱了二十多年的女孩,终于以失恋为代价,鼓足勇气想好好活一次。她开了一个小诊所,以自己的方式,去守卫想要守卫的东西。

"所以,你现在……有对象了吗?"阿维犹豫地问道。"没有,你呢?""也没有。"她一直在等他吗?阿维想问,又不太敢问。

谈话就这么陷入了僵局。嘈杂的咖啡厅里,竟像能听见彼此心跳的声音。阿维起身想走。就在这时,他听见明雅开口:"喂,你现在存够二十万元了吗?"他苦笑:"勉强还清了债务……"

明雅又追问:"那一万元呢,一万元有没有?"

他不解。她眼睛里闪过从未有过的光芒,飞快地说道:"我存了十九万元,你再加一万元来娶我吧!"原来,她一直在等他,用一个女人最勇敢的方式。

朱权利摘自《妇女》 图:小柯

聚焦真情 分享感动

对母亲的愧疚

@ 叶广芩

我妈不嫁人

因为父亲的死,家里的日子开始变得艰难,我无忧无虑的生活也就此打上了句号。家中从此靠典卖来维持生计……母亲不忍与旧物相别,我也觉得悲苦难言,不敢与母亲对视。

1960年,物价奇涨,东西奇缺,母亲的腿肿了,我的腿也按出了坑。街道补助我们五斤黄豆,那是救命的豆子啊!我们却迟迟没有去领,因为,就是那五斤豆子的钱,我们也拿不出来。

母亲从箱子里摸出一个鼻烟壶,让我去把它卖了。那是个乾隆年间的套料鼻烟壶,粉料的底,淡蓝的彩,制作之精美细致,一望便知是出自宫廷作坊的物件儿。这是父亲生前最喜爱的一个,也是家里可以变卖的最后物件了。

我拿着它奔了寄卖店,要用它来换回那救命的五斤黄豆。古玩商并不看那壶,却说:"你们家又揭不开锅了吗?"

我低低地回答:"是的。"

他说:"你们家没有大人?"

我说:"父亲死了。"

他说:"你妈何必死守着,她应该改嫁。"

我看着他,紧咬着嘴唇,一句话也说不出。

他说:"你们这么卖东西总不是长事。"

我说:"我妈不嫁人。"

他还说了很多改嫁有益的话,他是什么目的,我不清楚,但我认为他跟我说这些是明显带有欺负人的性质,是欺负我们孤儿寡母,欺负我们叶家无人。情急之中,我大声说:"我有七个哥哥!"

"七个哥哥"保护了我,慑于"七个哥哥"的威力,那个人不敢造次了。

我进一步高声说:"我大哥叫

叶广厚,二哥叶广生,三哥叶广益,四哥叶广明,五哥叶广延,六哥叶广成……"

还没有报出老七的名字,那人已从柜台里面甩出来一元五角钱。

是啊,有七个哥哥的主儿,谁敢惹!尽管他们并非母亲亲生的。

我一路小跑回家,将实情一一相告,母亲听了当下红了眼圈。母亲说:"你长在贫困之家,要争气,此时咬得菜根,即便他年得志,也不能为绮丽纷华所动。"

我将母亲的话深深地刻印在心底,至今不敢忘记。

母给儿下跪

1962年,有邻居为母亲介绍了"一个人"。只是提起,并未见面,我便将此视为世界末日的降临。

外面的人欺负我们,我们可以跟他们去打,但我们不能自己从里面就散了。为了"那个人",我跟母亲有一场好闹,我当着四姐的面大声指责母亲,从四姐的尴尬里我应该完全体会到母亲的难堪,但是我不,我有意地让她下不来台。

我以绝食来抗议这件事,这件在别人看来似乎是无所谓的事,我把它看得过于认真,孩子们当中,也只有我一个人在跟母亲对着干。

而我的执拗、我的霸道,在叶家又是出了名的,这就苦了母亲。

绝食的第三天傍晚,母亲端着一碗红豆粥来到我的床前,将粥放在桌子上,搓着手并不离开,明显地她是想跟我说什么。我将身子掉过去,把后背冷冷地甩给了母亲。

半天,我听见母亲声音低低地说:"……那事儿,我给回了……"

泪水由我的眼中涌出,依着我的本意,该是抱着母亲大哭一场,但倔强的我有意不回过头去,以继续显示我的冷淡,显示对她行为的不屑,让她做进一步的反思。

无奈中的母亲再没有说什么,

聚焦真情 分享感动

她……跪在了我的床头。

母亲这一跪,无异于给了我一个响亮的耳光,我实在是个禽兽不如的东西,我知道,我这一刀,直扎进母亲的心里,我对母亲的伤害太大了。为此,我后悔一辈子、内疚一辈子,什么时候想起来,都恨不得把自己揍一顿。

是我,将母亲生活中最后一点希望也给掐断。

三日不咽气

愁苦憔悴的母亲变得沉默寡言了,病从心起,贫病交加。母亲的生命在油尽灯枯的摇曳中苦熬,其情其景之悲,令我至今难以回首。

后来,我由学校分配去了陕西,母亲越发地虚弱了,她说:"不到万不得已,不要让孩子们回来。"这"孩子们",指的就是在关中农场养猪的我和在陕北插队的妹妹。

心血耗尽的母亲在弥留之际保存着最后一口气,她在等待着两个女儿的归来,她有话要对我们说。那口气足足拖延了三天,那是一种什么样的等待,什么样的毅力啊!世间大约只有母亲才会有这种等待吧?当我和妹妹风尘仆仆地从外地赶回来,扑在母亲的床前时,母亲已经昏迷,已经没有气力说话了。

我们千百遍地呼唤着母亲,她没有反应,只有一行清泪由眼角淌下,滴到枕头上。

三十二岁出嫁,四十七岁守寡,六十六岁故去,一生坎坷,艰辛备尝,何曾有过舒心?

我问七哥,母亲临终到底要跟我和妹妹说些什么?七哥说,母亲所念,只有两个未出阁的小女儿,她反复叮咛,两个女儿将来择婿,一定要门户相当,年龄相当……

为此吃尽一生苦头的母亲是怕了。

春天,我再次去香山墓地看望母亲,与母亲的维系已被冰冷的石板隔开,再难触摸得到了。母亲在灿如云霞的桃花中安然睡去,不再为人情冷暖揪心,不再为红盐白米犯愁,她得到了永久的安宁。

我在墓前站立许久,母亲无言,我亦无言。

我要离去了,正待转身,大风忽起,山林呼啸,花雨纷飞如雪,远望近观,湖光山色尽在扑朔迷离之中。风将石桌前的鲜花果品吹乱,风将我的心祭与无数花瓣高高扬上天空。

山大恸,人亦大恸。

林冬冬摘自《我喜欢通透的人生》
江西人民出版社 图:陈明贵

导师给出的脱单建议

@杨二平

小张同学：

你好。

听说你正在和一个工科女博士搞对象，为师忍不住激动起来：这么多年，门下终于有博士可望在毕业前脱单了。

昨天你不在，我召集师门和你师母连夜开了论证会，为你找对象出谋划策。会上，大家认真听取了你舍友汇报的你脱单的先进事迹，高度赞扬你找工科女博士的想象力和勇气，充分肯定你的参与式实践对其他师兄弟脱单的积极意义。你为师门脱单带了一个好头，这是你的一小步，却是我们师门的一大步。

但是，大家也对你可能遇到的困难做了充分的心理准备，对我方是文科博士而对方是工科博士的残酷现实做了充分的分析论证和逻辑推演，就你的择偶基础、择偶依据乃至择偶的内容、方法、创新之处和预期成果逐一进行了讨论，制订了以情怀取胜、以境界取胜和以格局取胜的战略规划，供你参考。

大家认为，对找对象这事，你一定得从思想上高度重视，抓好落实，把这件事情上升到与发论文、报课题、写毕业论文同样的高度，注重理论与实践结合，做好打持久战的准备，即便延期一年也不能气馁。当然，你也得吸取你师兄的教训，他是遭遇了延期也没放弃爱情，但人家女方按时毕业了，结果没成。

要张弛有度，不能咄咄逼人。

比如，你总爱和人家谈科研，但是谈科研不是为了在气势上碾压人家，而是让人家感觉你很上进。你鼓捣了几年终于攒够了三篇C刊论文，但人家一年就发了五篇SCI，这条路似乎走不通。我这里有两本科学哲学的书，里面有批评某些工科博士只讲技术而不讲社会伦理的问题，你研究研究，在气势上应该能取得压倒性的优势。

但我个人认为,谈恋爱氛围比较重要,不能在谈话间赢了科研,输了爱情。你师兄建议你们聊聊电影和音乐,或者在聊天时放首歌。不过,你也不能全听你师兄的,他上次约会放了《烛光里的妈妈》,感觉效果并不好。

要学会换位思考,培养共同语言。

你舍友说你为了约会,精心整理了柏拉图、笛卡尔、康德、尼采、叔本华等话题。我们分析后认为,这些话题虽然立意很高,但这些人找对象都不怎么在行。当然,你总和人家聊哈贝马斯,我感觉效果也不好,我这里有本《道德经》,你下次约会时聊聊,看看效果咋样。

对于你自学理论力学、材料力学、高等数学的事情,我感觉并不靠谱,谈恋爱应该往咱们熟悉的话题上引,不能导向对方熟悉的领域。

另外,我几次告诉过你,微信聊天时别加参考文献,你得注意。

抓住机遇,关键时不能掉链子。

你舍友说你恋爱谈了半年,没有任何结果。我们认为,你约会时别老去人家实验室,要不然人家做起实验就把你忘了,也很麻烦。你师弟认为去操场散散心,或者去酒吧喝个酒,应该可行。不过,上次你约人家喝酒,结果喝醉了被人家送回来,让为师感觉很没面子。

注意细节,不要不拘小节。

我个人建议你别看那本《断舍离》了,你本来就没几件衣服可扔,再断舍离一下,就只能光着膀子出门了。当然,谈恋爱,外表并不重要,重要的是灵魂。你师母就经常夸我,说我是被腰上一串钥匙耽误的有趣灵魂。你也买本笑话书,争取让自己有趣一下。为师就因为灵魂有趣,外加学问扎实,所以早在42岁时就找到了对象,你虽愚钝得让为师着急,但因为下手较早,前景乐观,我对你充满信心,感觉你不到40岁就能结婚。

小张同学,经过讨论,我们一致认为,当举师门之力助你。你的师兄虽嫉妒焉,但仍答应把他刚买的电动三轮车借给你用,我也会每个月多给你发500元的科研补助,并做好向对方导师推荐你的准备。

当然,门下也有硕士生建议你浪漫一点,送点花,我认为很有道理。你师母刚买了一盆万寿菊,我看不错,你拿去,等成了再还我。

祝,学业精进,爱情美满,开足马力,年前脱单。

为师:杨二平

果果摘自微信公众号学术志 图:小黑孩

盲点

出生证的保质期

@ 毕远月

我儿子生在巴黎。

在他出生前，一堆急人所急、无微不至的亲朋好友便曾再三叮嘱我：小孩生下后的三天之内一定要去办出生证，逾期就不能办了，那样你的麻烦可就大了。我这才知道，原来在法国办理出生证这一事项是有时效性的，不把握住时机，就会前功尽弃。我真的很想知道我要是晚去几天到底会面临何等严重的后果，父子关系会由此改变？还是法兰西政府就不承认我有个诞生在平等、自由和博爱土地上的儿子？

出于好奇，我很有些以身试法的冲动，哪曾想孩子刚一出生，医院的护士就给了我一张办理出生证的通知。我将母子俩从产房接入病房，只见墙上赫然又是一张告示：切记在三天内办理出生证！结果儿子生下来的第二天一早，我便颠颠地跑到市政府去给办出生证了。

接待我的是一位端庄的中年太太，儿子的出生证很方便就办好了，中年太太在我确认了小儿姓名生日无误后问道："您需要多少份出生

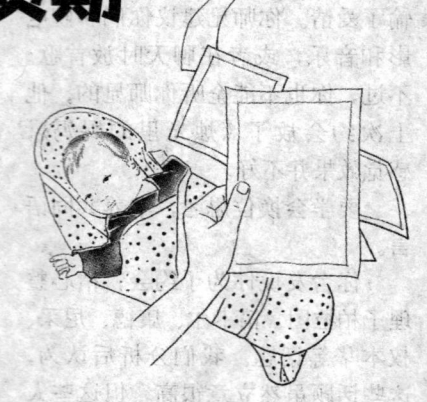

证？"法国的出生证与世界其他地方的略有不同，以美国和中国为例，一个人生下来后只能领到一份出生证，但在法国却可以领到很多份。其原因亲朋好友们早已告知：小孩出生后办医保、看大夫、打预防针、申请身份证、入托、上学、申请护照之类的手续都需要向有关部门提供出生证，"人家收去后是不退还的"这句话我记得特清楚。于是我怯生生地开口道："请给我二十五份。"我注意到那太太眉头微微一皱，仅此而已。随后她轻轻敲了一下电脑键盘，一台打印机便哗啦哗啦地吐出了一大堆我儿子的出生证。于是，中年太太便在每一份上

签名,盖章,再压上一个市政府的钢印。

把儿子从产院抱回家,他的出生证就开始派用场了。而且正如我曾被提醒的那样,相关部门没有一个退还了出生证。这也包括那家我太太去磨好几次、最终也没收我儿子的幼儿园。可那厚厚一摞出生证在不到一个月的时间里就减少了一半。儿子九个月大时凭着出生证办了护照。可他母亲觉得护照只是个人的旅行文件,待在巴黎则无须处处用护照办事,我们还应该给儿子办一个普通的身份证。而警察局申请身份证的须知上也清楚地写着,除了本人照片和父母的证件外,需要交纳办证人的出生证。这份须知让我再次窃喜:幸亏自己当时向市政府那位太太要了二十五份出生证。

办理身份证的巴黎警察总局签证科人山人海,让人等个把小时是很正常的事。两个多小时后,电子显示屏上终于出现了我的号码,按照屏幕上的指示,我坐到了一个满脸倦容的中年女办事员的面前。中年女办事员接过我的材料匆匆翻阅一遍,忽然大声叹道:"你儿子的出生证是今年三月出具的,现在已经是十二月了。过期的出生证怎么可以用来申请身份证!"我以为自己听错了,赶紧问道:"您说我儿子的出生证过期了?""是的,过期了。"她答道。

我一下糊涂了:"出生证怎么会过期?"女办事员扶了一下眼镜,字正腔圆道:"根据法兰西共和国政府的规定,出生证的有效期为三个月,超过三个月的出生证不具备法律效力。也就是说,这份出生证现在是废纸一张。"她边说边晃了晃手中的那份出生证。

这下我才明白,原来法国的出生证如同法国超市里出售的牛奶,一过保质期就会坏掉,就成废物了。说实话,在我遇见这位巴黎警察总局女办事员前的人生中,我一直认为出生证只是记录一个人诞生的法律文件,它的有效期应该涵盖持有者的一生,只要此人一息尚存,那张小纸片尽管再破再烂也应该是有效的。当然,规定就是规定,特别是对一国政府的规定,我这么个小老百姓也只能俯首听命。可一想到从今往后只要给儿子办事就需要出具保质期内的出生证,还不知道要为此事跑多少趟市政府,心里便叫苦不迭。或许,这也是市政府之所以还存在的理由之一?

彼岸花开摘自《巴黎,很烦人》上海人民出版社

图:豆薇

看点

彩票

@尘归

十几年前,在中山打工的时候,我就守号式买彩票,基本上期期买不同的两注号码。

那时候我和妻子刚刚结婚没多久,还没有生孩子,租房子住。我在制衣厂上班,她在工艺厂。制衣厂工作比较忙,每天晚上十点下班。

那天,妻子休息,我中午下班直接回来,忘记买彩票了。午休起来,又赶着上班,就吩咐妻子帮我买。她说:"买什么号码?""按照前天那张票的号买。"我说完就走了,直到晚上下班才回来,也忘了问她买没买彩票。

第二天中午,经过彩票店,看到昨晚出的号码,我守的号中了5+1,我问打票员有多少奖金,她看了看说五万多呢。我兴奋极了,这注号码,我跟踪了半年,今天,终于守得云开见月明。我高兴得似一阵风回到出租房。妻子正在炒菜,我一把把她抱起来,在她脸蛋上深深地亲了一口。我的热情让妻子很意外,妻子推开我,瞅瞅门口没人经过,又高兴又嗔怪地说:"不要这样了,被人家看见了。"

我说:"我中奖了。"

妻子说:"中奖了,中什么奖?"

我把彩票中奖的事说了。她停下手,小心翼翼,勉强地笑了笑说:"不好意思,昨天我一个工友病了,我和她去了一趟医院,就、就忘了帮你买彩票的事了。""什么?"我跳起来,五万块钱说没就没了,心里那个难受,瞬间怒发冲冠,指着

她说:"你、你怎么可以忘记!你太不把我的话当回事了!"我身体里仿佛有一股巨大的气体,要喷薄而出,无法控制,手一拨,把灶台上她洗好的菜打翻,撒了一地。五万哪,就这么没了。我一脚踢门,反而踢痛了脚。我像一只发怒的狮子,想打她,瞅见她一脸的害怕,心里冒出个念头:不能这样,不能这样,要理智,不能打。我跑了出去,我真的怕我控制不住自己。我跑了一段路,实在累了,就坐在路边,看着过往的车辆。经过我的行人,用狐疑的眼神看着我,我开始自我反思。心情慢慢平复,但还是有气,我也不想回去,走着走着,不知不觉就到了厂里。

当天晚上,厂里赶着出货,要求留个人加通宵,我自告奋勇留下了,一是不想见妻子,二是怕自己会动粗。

第二天早上八点下班,我拖着困乏的身子回出租房,远远见到一片烟熏火燎的痕迹。我心一紧,想到妻子,想到昨天我发脾气的事,叫着妻子的名字冲了过去。门口聚集的人说:"不用叫了,受伤者送人民医院抢救了。"我看到屋里已经被火烧得黑洞洞的,来不及多想,转身去了人民医院。一打听,说伤者正在手术室。我又赶到手术室,医生拦着我不让进。我担心妻子,不知她怎样了?烧得严不严重?她素爱自己的容颜,万一脸上烧伤了怎么办?我心里直怪自己昨晚没回家,不然,不会出这样的问题。想着想着,我又后悔又伤心,眼泪流了下来。后悔啊,我哭着蹲下,想着妻子会不会出什么意外,岳父岳母知道会怎样,结婚时,我可是跟岳父说过要一辈子对妻子好的话。想到这些,我既伤心后悔,又难过害怕。突然,一个女人号啕着过来,边哭边叫着我的名字。我抬起头,看到妻子的那一瞬间,心里是又高兴又难过又愧疚,一把抱着她说:"我在这!我在这!"妻子看到我好好的,伏在我怀里恸哭起来。

妻子告诉我,昨天,她见我走了,她也去工友那里,想着等我认错道歉才回家。昨晚不见我找她,一夜没睡着,今天一早,放心不下,怕我睡过头迟到,还是过来看看。结果,和我一样,以为进医院抢救的是我。

我们因彩票而不愉快;因不愉快,都一夜未归;因一夜未归,而躲过一劫。真是冥冥之中,自有天意,塞翁失马,焉知非福。

图:宋书成

范仲淹念书时,每月有多少生活费

@ 李开周

范仲淹年轻时是一个自费生。

范仲淹两岁丧父,他母亲带他改嫁到一户姓朱的有钱人家。两岁大的孩子,当然没有记忆,他在朱家长大,在朱家的家塾里读书,一直以为自己就是朱家的子孙。

直到二十岁那年,他劝朱家的两个同辈兄弟不要铺张浪费,人家非但不听,还嘲笑他:"吾自用朱家钱,何预汝事?"(南宋楼钥《范文正公年谱》)俺们花的是俺朱家的钱,跟你这个外姓有啥关系?听闻此言,范仲淹大惊,开始调查自己的身世,才知道他不姓朱,而是姓范。

知道了身世以后,范仲淹不齿于寄人篱下,背上书箱离家出走。他母亲跑出来追他,他说:"母亲不要担心,儿子可以自立,等儿子金榜题名那天,再回来接您。"

然后范仲淹单枪匹马来到当时的南京应天府,也就是现在的河南商丘,凭借优异成绩考进应天府的府学。那一年,他二十三岁。

范仲淹在商丘官学昼夜苦读,学到打瞌睡,就用冰冷的井水来提神。他脱离了朱家的供养,断绝了经济来源,所以衣食拮据,生活上十分节俭。根据宋人笔记《东轩笔录》记载,范仲淹自做自吃,一天只吃两顿饭：每天睡前熬一锅粥，第二天早上，粥会凝结，他切成四块，用布包起来，带到应天府学，上午吃两块，傍晚再吃两块。冷粥寡淡无味，他只能用咸菜疙瘩下饭，天天如此。

二十六岁那年，范仲淹得到应天府学的推荐，进京参加礼部考试，顺利通过；第二年又参加殿试，金榜题名；第三年参加"铨试"，也就是国家公务员选拔考试，再次通过；二十九岁那年，他获得了做官的资格，被派到安徽亳州做官，将母亲接到了任上。

后来范仲淹当上大官，用积攒的俸禄在祖籍苏州买下几千亩地，为苏州范氏家族创办了一所义学，让所有该入学的范家子弟都能免费入学。

范仲淹的故事非常励志，现在我们来估算一下，范仲淹这个自费生在应天府学就读时能花多少生活费。

前面说过，范仲淹每天只吃两顿冷粥，用咸菜疙瘩下饭。那时候，他二十岁挂零，正是能吃的时候，按照宋朝成年男子的正常饭量，每天大约要吃掉两升米，把咸菜算进去，总共相当于三升米。

北宋中叶正常年份，一升米售价三文钱，三升米就是九文钱，一个月三十天，吃饭这方面的开支总共不到三百文。拙著《君子爱财：古代名人的经济生活》考证过北宋中叶铜钱的综合购买力，一文钱相当于现在人民币八毛，三百文就是两百多元。也就是说，如果不考虑其他开销的话，范仲淹每月生活费最多两三百元就够了。

当然，范仲淹除了吃饭，还要穿衣、看病、购买纸笔。这些开支过于琐碎，很难统计，不过我们可以间接推算。

查宋神宗在位时建康（今南京市）府学的补贴标准，每名"上舍生"（在籍学生当中成绩最优异的）每月可以领到三百文的生活补贴，每名"内舍生"（在籍学生当中成绩中等的）每月可以领到两百文的生活补贴。

如果范仲淹想按"内舍生"的标准去生活，只需要在每月两百多文的饮食开销之外再加上两百文钱，总共也就是四百多文而已，折合人民币大约四百块钱。

林冬冬摘自《北京青年报》
图：小栗子

【编者的话】当下的年轻人总抱怨生活费不够，还有人欠下网贷，苦不堪言。如此，开销上不如学学范仲淹，你说呢？

丸子的朋友圈

郭美眉

其实我和其他公主一样,每天都有骑士带着不同的吃的来看我,唯一不同的是,我的骑士要收配送费……

快递员小马:开门,你的外卖来了!
大老板张富贵:我不收配送费的!

发现她把截图发朋友圈了,还配了三个红心!

我是不是被套路了?

丸子:这套路不错。
金融小王子刘思聪:几个菜啊,喝成这样……

快递员小马

有位女同事给我转了520块,我顿时懵了,发了好几个问号给她。她回:不好意思,发错了,你名字跟我老公有点接近。我:你上周不是还要我给你介绍对象吗?她:那你看着办吧,如果你愿意,就还给我。于是我就把钱转了回去。刚刷手机,

大老板张富贵

改天是哪天?下次是哪次?以后是多久?有时间是什么时候?

丸子:改天是32号;下次是星期八;以后是13月;有时间是25点。社交小常识要牢记哦。
王大脸真的不是女汉子:@郭美眉

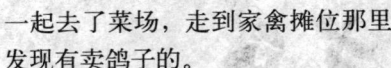

丸子

今天看到一对超有爱的父女,女儿对爸爸说:"爸爸,我好丑啊!"爸爸捧着小姑娘的脸说:"你永远是爸爸最美丽的宝贝!"看得我超级感动,就给我爸也发了一条短信:"爸,我好丑啊。"

郭美眉:你爸怎么夸你的?
丸子:他刚回:爸也丑……
金融小王子刘思聪:是亲生的。

哲学系二师兄

20多岁的男生要做什么,将来才不会后悔?

丸子:每次理发的时候都搜集自己的头发,以备三四十岁开始谢顶时做假发用。
郭美眉:@大老板张富贵 富贵,还来得及。

金融小王子刘思聪

今天跟老板外出工作时老板的女朋友临时call老板买点菜,我也一起去了菜场,走到家禽摊位那里发现有卖鸽子的。

突然想起老板前两天放了我鸽子,我灵机一动指着鸽子说:"老板,你看这只鸽子像不像你上次放我的那只?"老板看我一眼说:"你看看自己脚上那双鞋,是不是有点小了?"

郭美眉:@大老板张富贵 你还挺会说的嘛。
大老板张富贵:隔壁摊位上的海鲜,有没有适合炒的鱿鱼?
金融小王子刘思聪:老板饶命。

王大脸真的不是女汉子

太久没出门了,这两天天气又好,就想学别人去野餐。收拾好吃的出门找了块空地,刚把野餐布铺好,东西放上,一大爷上来就问我苹果多少钱一斤。[表情:捂脸]

郭美眉:人家野餐就放几个,谁让你放得跟小山似的。
丸子:众所周知,野餐去哪都可以,唯独不能在菜市场。
金融小王子刘思聪:不考虑摆个收款码吗?

戈壁苍狼（下）

@ 申平

扫码看《戈壁苍狼》(上)

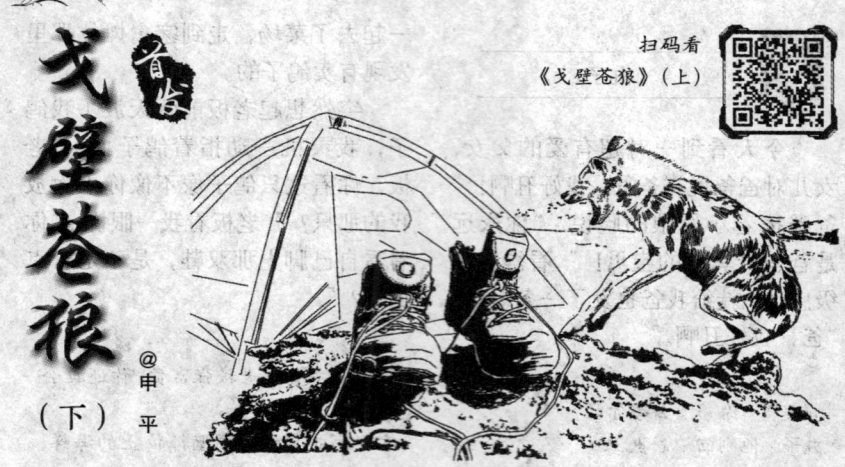

（接上期）

两个人下了车，这才感觉身上湿冷。原来刚才冷汗已经把衣服浸透了。他们哆哆嗦嗦地搭帐篷，搭完了，就抱起各自的睡袋钻进去。幸亏保温瓶里还有热水，他们喝了点水，吃了点面包，这才缓了过来。

老段点起一支烟，吸着；老唐则掏出一个笔记本，打开手电筒，在上面匆匆记录起来。他要把今天的遭遇和感受都记下来，以便将来写进书里去。老段知道他的计划，也不打扰他，只是在旁边默默地抽着烟，想着心事。

老唐记得差不多了，就对老段说：今天这经历，真够刺激的。

老段叹了口气说："丢人啊，没想到咱们两个人，还有一部车，干不过几条狼，倒让它们追着跑。我这辈子，还没这么窝囊过！"

老段这话老唐相信。这老段，身材高大结实，性格风风火火。早年当兵，后来又到地方武装部工作，和枪炮子弹打了大半辈子交道。他退休之后就开始探险，一心要成为一个探险家。大概在他的人生字典里，还没有过"失败"二字。老唐便安慰说："老段，其实也没啥丢人的，我们毕竟安全撤离了嘛。不过呢，咱们也是打扰人家吃饭。你不让人家吃饭，人家还不跟你拼命？"

老段笑道："那头野骆驼好可怜。据我所知，这戈壁滩上的野骆驼可是没几头了。今天,等于一块死了两头。"

他们沉默了一会儿,老唐忽然问:"老段,我发现你对野骆驼特别关注,为什么?"

"哦,这个还真给你问着了。"老段坐起身说,"这个和我的一段经历有关。我当兵的时候,有一次去执行任务,遭遇了暴风雪,迷失了方向,眼看要冻僵了,还清楚地听见附近有狼在叫。这时候,我突然发现前面土坎下趴着一群骆驼,我就走过去挤在它们中间。一是取暖,二是避险。你说怎么着,那些骆驼竟然接纳了我。在那个风雪之夜,它们用身体保护了我。等到天亮了,我也找到方向了。这时我发现,周围雪地上真的有许多狼的脚印。要是没有骆驼群,我早就喂了狼了。"

老唐听完故事,兴奋地又打亮了手电,说:"你这故事太精彩了,我要记下来。我终于知道你为什么有骆驼情结了。"

第二天早上,他们发现,附近有一条干河床。老唐走过去,竟然很快找到了一块奇石。这块石头,很像一张人脸,有眼睛、鼻子、嘴巴,简直活灵活现。老唐兴奋地大叫,老段也很高兴。他说:"那我们今天不走了,就在这里寻找奇石吧,也恢复一下体力。"

这一天,他们收获颇丰。没想到下午的时候,天气骤变。刚进入九月的戈壁一下子就像到了冬天。他们赶紧加固帐篷,两个人早早就钻进睡袋睡觉。他们谁都没有想到,他们在这里停留了一天,其实是向死神大大迈近了一步。

戈壁之上,才五点多钟就已经天光大亮。透过帐篷的缝隙看出去,老唐不由惊叫起来:"哎呀,老段,外面下雪了。"

老段凑过来一看,外面果然是银装素裹。二人一边欣赏雪景,一边就感叹这戈壁的神奇,才进九月竟然下起雪来。老唐拿起相机,兴奋地要出去拍照,没想到老段突然喊住他说:"老唐慢着,外面有狼!"

老唐一听吓了一跳,返回小窗,按老段的指点一看,不由倒吸一口冷气。但见他们的越野车前车盖和车棚顶上,竟然趴着四五条狼。它们的身上都盖着雪,所以他刚才没有注意。这还不算,车底下,还有帐篷周边,还有许多条狼。它们大概已经听到了里面的动静,现在都开始蠢蠢欲动了。看样子,它们是在黑夜里悄悄完成对帐篷的包围的。

然后,就静等帐篷里的人出来一拥而上。不用说,那五条狼肯定就在里边,或者说它们就是始作俑者。

一时间,老唐的大脑一片空白,不知道该如何是好。前天只有五条狼,就赶得他们狼狈逃窜。今天面对这么多的狼,而且看样子都是饿狼,他们的手里又没有刀枪,只有两把小铁锹,实力如此悬殊,他们还能再次脱险吗?如果就这么被狼吃了,那可太不划算了,自己写书的计划才刚刚开始,而且他还有许多事情没有去做啊!

老唐想着,鼻子竟有点发酸,再看老段,脸也变成土黄色。但是他并没有慌乱,一双眼睛在帐篷内到处寻找,忽然他说:"有了!"

老段拿起一个塑料桶,说:"这些汽油是昨天生火留下的,狼怕火,我们就指望它了。"

老唐怀疑地看着那半桶汽油说:"这点汽油能有多大作用?"

老段说:"你忘了,咱们来的时候不是还带了两挂鞭炮吗?就放在车后座上。这样,咱们先点火把它们吓退,然后我们一人一把铁锹杀出去,这里离车也就五六米远,我们只要上了车,就赢了。"

老唐一听,信心大增,他立刻脱下身上的羽绒服说:"来,先把它点着,扔出去!"

老段就往羽绒服上浇了一些汽油,然后走到门边,用打火机点燃,突然开门扔了出去。羽绒服形成一个火球,突然飞出,群狼果然大惊,一起后退。老段和老唐手持铁锹,正要乘势冲出,不料那羽绒服落在雪地上,立即被雪洇灭了。群狼一看,立即又返了回来。

这时就听一声嚎叫,一条个头很大的狼跑了过来,它嗅了嗅灭了火的羽绒服,又仰天叫了一声。老段和老唐这时都认出了它,正是前天以头撞车的那条头狼。在它的指挥下,群狼开始从四面八方向帐篷发起了攻击,有撕咬的,有刨地的,有用爪子抓的,定要把帐篷里的两个人拖出来咬死吃掉而后快。

情况万分危急,简直千钧一发!

老段,这个久经沙场的人此时镇定了下来。他对老唐说:"来吧,最危险的时刻到了。你把咱们的两个睡袋合起来,下面的浇水,浇壶里的水;上面的把所有的汽油都浇上去!等下我冲出去,你守住门,要是我失败了,也好有个退路。"

老唐来不及思考,只是机械地按照老段的话去做。却见老段戴上手套,拿好打火机,然后把两个睡袋披在身上,走到门口,自己回手

大千世界 时代之帆

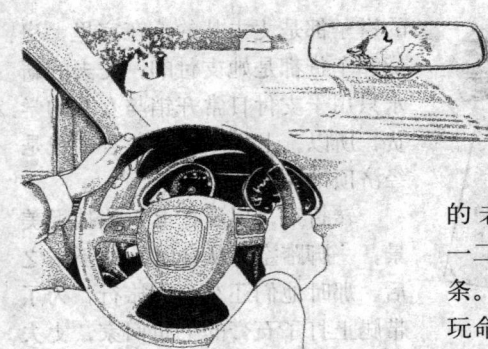

点着了睡袋,随着"腾"的一声火响,又听见"啊"的一声大叫,老段拖着火龙冲了出去。

群狼一看,不知道这是什么怪物,火焰熊熊,还在扭动蹦跳,立刻吓得纷纷后退,就连那条头狼也退出去很远。老段顾不得火焰也烧着了手套,烧疼了双手,他直扑车门,迅速打开,又把火球往狼群眼前一抛,然后嗖地上车,立即锁死了车门。

群狼惊魂甫定,这才发觉上当,立即气急败坏地一起朝越野车扑来,有的撞门,有的咬胎,一心要把这辆该死的车撕碎咬烂。但是一切都已经晚了!

车里的老段很快找到了鞭炮,他边摇车窗边点燃鞭炮,就听见一阵"噼里啪啦"的狂响,火花四溅,硝烟弥漫,山摇地动。群狼大骇,包括头狼在内的所有野狼,只恨爹娘少生两条腿,全部拼命向远处逃窜,甚至连头也不敢回一下……

那边,激动万分的老唐乘机开始数狼的数量,一二三四五六七八……竟然一共38条。天啊,要不是老段沉着果敢,玩命出击,杀出一条血路,他们今天恐怕连尸骨也找不到了!

老唐打开帐篷的门冲了出来,热泪盈眶地大喊:"老段,好样的!老段,英雄啊!"

这时老段也下了车,脸上挂着胜利的微笑,他也喊:"老唐,你也是好样的!"他们不禁都向对方跑过去,紧紧地拥抱在一起,久久没有分开。

为了防止狼群卷土重来,他们迅速收拾东西,然后驱车上路。有好长一段时间,他们都沉默着不说话。他们的脑子里,都在回想这两天的生死经历。后来老唐说:"老段啊,我想明白了:我们以后探险归探险,不要再整没用的。你想,野骆驼也好,野狼也好,本来都有各自的生存之道,我们人类非要横插一杠子干啥?还差点丢了命,值吗?"老段看了老唐一眼,许久没有作声。

图:点点

镜头下的爱

@ 华明玥

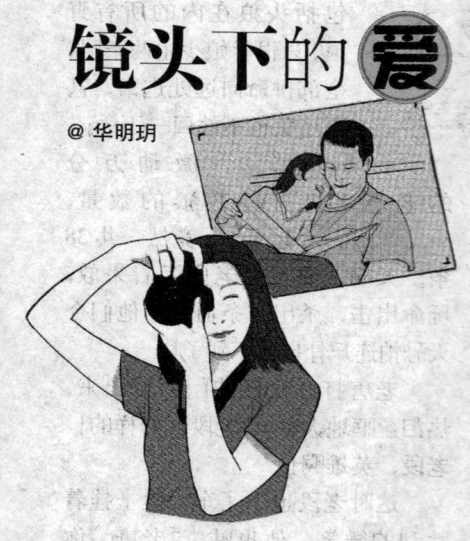

在这世间生活久了,我们总是对别人最动人的一面熟视无睹。

要不是出门旅行,意外摔断了腿,身为商业摄影师的七姐,恐怕这辈子也不会把镜头对准已经结婚十年的丈夫。

商业拍摄是七姐重要的收入来源,尤其是婚礼跟拍、淘宝五星级店铺与服装公司新产品的拍摄。为了应付接二连三的拍摄工作,她一般早上5点30分就出门,一直要拍到夕阳收尽、光线暗淡,才精疲力竭地回家。身为公务员的丈夫默默承担了所有的家务琐事,连女儿的辫子都是丈夫扎的。在家里,房贷和车贷都是她支付的,丈夫的薪水只用于支付日常开销与女儿的学费,所以,七姐一向有一种"我是经济顶梁柱"的优越感。

转折点,出现在七姐为捕捉美景,一脚踏空,从台阶上摔下来之后。那时他们还在深圳旅行,为了带腿上打了石膏的七姐回家,丈夫临时买了轮椅和拐杖。地铁站居然没有无障碍直达电梯,坐着轮椅的她,又无法乘扶梯。于是,每下一层台阶都是一项大工程:丈夫先要把轮椅运下去,再把她背下去,第三趟,再上去接女儿和行李。地铁站建得很深,台阶陡峭,从下面往上看,像一架天梯。当丈夫满头大汗地在轮椅上安置好七姐,再次向上攀爬时,七姐抬头仰望,看到了震撼心魄的角度与光线:高处的乌云被浓艳的霞光镶上了金边,而眼前的男人像是从深井里向上攀爬,向井口攀爬。

来不及拿出自己的相机,七姐匆忙用手机拍了一张照片。在对焦的时候,她热泪盈眶,这十年,丈夫对她、对这个家的付出忽然涌上心头,让她隐隐自责:她所有的注意力都给了摄影,何曾有一点儿留给要与她携手一生的伴侣。

丈夫背着行李、牵着女儿下来之后,见她在抹眼泪,急忙安慰她:"你哭啥啊,虽然说伤筋动骨100天,可暑天本来就是商业拍摄的淡季;你不是一直想放慢生活节奏吗?也许是老天爷看你劳碌了很多年,想让你停下来,才安排你歇歇的……"

七姐脸上的泪水更为汹涌。

在这无法动弹的三个月里,她的活动范围从方圆千里,缩小到这小小的90多平方米的家中。她像褓褓中的婴儿一样需要被照顾:洗澡,需要人帮忙;从轮椅上移动到床上,需要人帮忙;连上厕所这种尴尬事,离了丈夫的帮助也变得异常艰难。为了消解这无处不在的不便带来的烦躁,她依旧在拍摄,模特儿只有两个:她的女儿和她的丈夫。

对她认真执着的拍摄,女儿表现出惊喜,丈夫一开始却很抵触:"我有什么好拍的,发际线都盖不住脑门了。"但过了一会儿,敏感如他,也领会了拍摄对于她的重要性。如果拍摄能让她在养伤的日子里不再那么烦躁和委屈,为什么不让她拍呢?丈夫马上就像一名对镜头熟视无睹的路人一样,操持起里里外外的一切事宜,把她的镜头给忘了。

新婚蜜月结束后,七姐便再未这么认真地在镜头里打量过丈夫。他在温度达到40℃的厨房里煎炒烹炸,赤裸的脊背上是密密麻麻滚圆的汗珠;他在灼热的阳台上晾晒衣服、床单,女儿在床单间与他躲猫猫,发出阵阵欢笑声;他安静细致地为所有的盆栽喷水,脸上是吊兰与绿萝筛下的光影;他甘之如饴地翻动书页,桌上的茶杯与茶壶散发着温润如玉的光泽;他倚在床头给女儿讲睡前故事,而孩子的100次发问也不会令他急躁,他的侧影依旧被心平气和的光晕所笼罩……七姐一向焦躁冲动的心,犹如被清泉浸没,被微风拂过。

动人的摄影从来不是技巧的炫耀,而是情感的定格。同样,反映伴侣品格与气质的瞬间,也从来不是什么激情四射的时刻,而是充盈着细节的张力、温暖的光晕和相亲相爱的默契。七姐反思自己,就算是一名缺乏出众摄影能力的女子,只是用手机拍一拍,也应该不时透过镜头去捕捉、聚焦丈夫最打动自己的一刻,为彼此的相处创造细腻感人的"高光时刻",何况她这样训练有素、饶有天赋的女性?她之前是多么粗心啊。

丁丁摘自《好日子》 图:小柯

大战鸽群

@孙宝成 编译

鸽子困扰我家周围,我是个要脸面的房主,可以把一只愤怒的猫扔上屋顶,不过太冒险,搞不好猫掉下来会砸我头上。我决定买一支克罗斯曼气枪。傻鸽子,知道老子是干啥的吗?

我提前几天放了一个喂鸟器,尽量把这些随意排泄鸽粪的家伙都引到后院。领头的鸽子得意扬扬,大摇大摆地围着喂鸟器转悠。我透过厨房窗户看它,我发誓它对我笑了……邪恶的鸽子。

气枪到了,要用暴力了。

我早上五点起床,穿着迷彩裤,站在一堆草坪椅后面。我把气枪设定在全自动,可惜瞄准器不长眼,我只打中了喂鸟器,直到中午十二点半都没有打到鸽子,一只都没击中。鸟食撒得到处都是,鸽子们对我还以颜色,在遮阳篷和露台上又留下大堆的垃圾。我发誓,一天之内要让这些鸽子去天堂大门口的门柱上鸣叫!

我需要加强伪装。很遗憾,尚未生产出与橙色西班牙瓷砖相配的伪装服。我买来橙色的裤子和衬衫,把旧鞋也涂成橙色。噢,我搭配起来,在镜子里看起来可能像个小丑。

黎明时分,我趴在屋顶上,浑身橙色伪装,气枪定在全自动,走着瞧。

很快,鸽子成群结队地到达,为数众多。有四只鸽子落下时,把鸽粪拉在我身上,弄脏了我的伪装服,但我一动不动。领头的鸽子进入我的视线时,行动开始。再一次,我盲目地开了枪……闭着眼睛,大量的六毫米塑料弹击中一道裂缝,向我弹回来——迎面而来。事后想想,也许我应该买一副护目镜。我从屋顶掉下去,新鲜的鸽粪让我滑得更快。我像一枚橙色导弹击中了地面,随之而下的是十四块西班牙瓷砖。我躺在地上,透过尘雾看到领头的鸽子从屋顶边看下来,脸上露出邪恶的微笑。

在那一刻,我认输了,鸽子赢了。事后得出三个非常重要的教训:1. 真枪实弹之际,须首先调整好瞄准器。2. 身穿全套橙色的衣服乘坐救护车,将会遭到嘲笑。3. 鸽子没那么笨。

悔不当初,我该把一只愤怒的猫扔上屋顶。

珠珠摘自《讽刺与幽默》

长颈鹿太难了

@ [日本] Keigo

❶

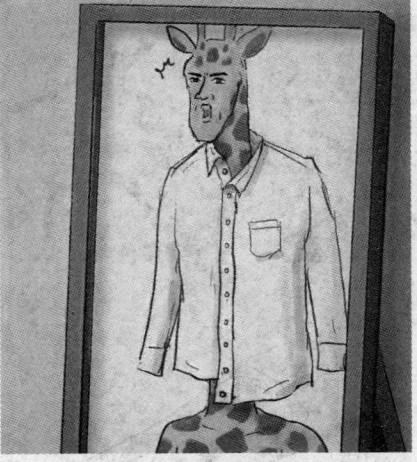

视点

58 14. 答案：长 2.74 米，宽 1.525 米，离地面 0.76 米。

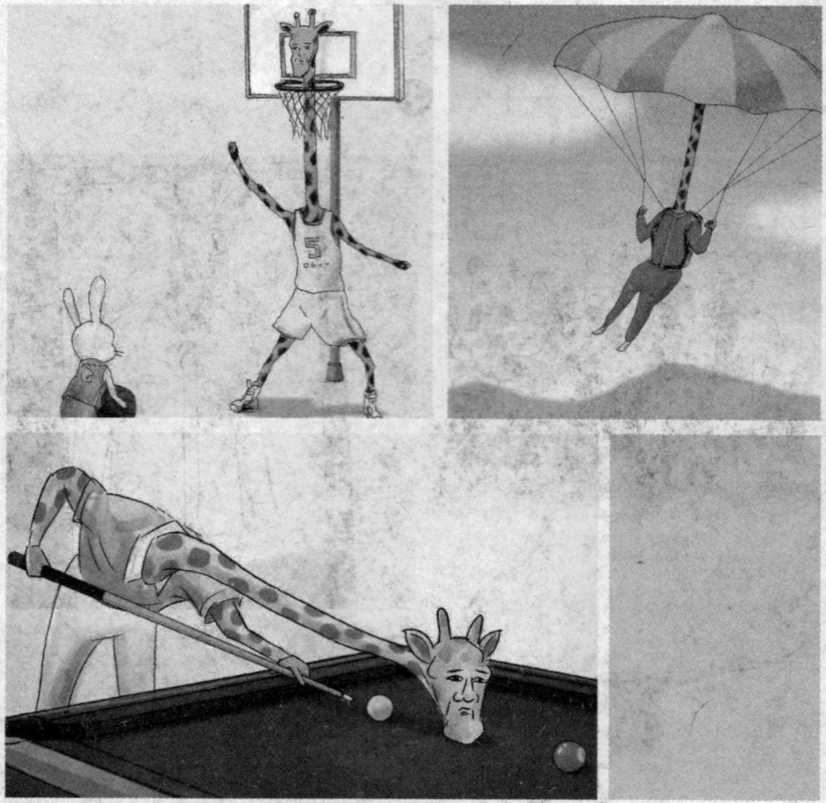

图说世相 漫话天下

❸

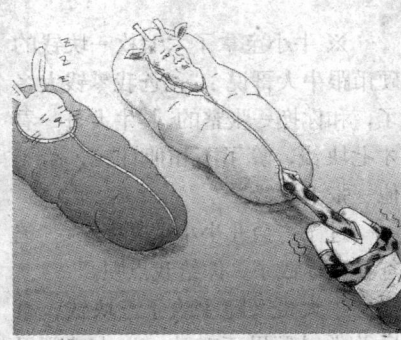

祎祺摘自 Boredpanda.com

牛大姐家乐事多

主要人物：牛大姐（妈妈）　牛大哥（爸爸）　牛小美（女儿）　牛小宝（儿子）
钱多多（牛小美的男朋友）　刘姥姥（牛小美的外婆）

※ 牛大哥："老婆，明晚我要请一位同事来吃晚饭。"

牛大姐："什么？！你疯了吗？家里已经很久没有打扫过了，我也很久没有去超市买东西了，家里的三十个盘子都还没有洗，我也不愿意下厨房去做点什么像样的东西招待客人！"

牛大哥："我知道。"

牛大姐："那你干吗还请同事来吃饭？"

牛大哥："因为那个傻小子居然满脑子想着要结婚。"

※ 牛大姐问牛小宝觉得网课怎么样，牛小宝说："太难了，比学校上课差多了。"

牛大哥插嘴："我感觉你学得挺好啊，老师布置的课后作业你不是都会做吗？"

牛小宝哀怨地回答："不是说那个，我学习的时候你在旁边一边嚼薯片一边吃杧果，我还得专心上课，这太难了。"

※ 牛小宝拿了六七枚一块钱的硬币跟牛大哥说："爸爸我零钱太多了，和你换一张整的。"牛大哥一看才七块钱，算了不和他计较，给了他一张十块钱。

过了一会儿牛小宝又来了："爸爸我没零钱了，你给我点呗。"

牛大哥又随手给了三块钱，事后总觉得哪里不对劲，牛小宝哪里是换钱，分明是来赚钱的，这熊孩子！

※ 某天中午,就牛小宝和牛小美两个人在家。

牛小宝跟牛小美说:"姐姐,今天下午要停电,咱把冰箱里那两块蛋糕还有冰激凌吃了吧。"

牛小美想想也是,不吃说不定就坏了,就拿出来两人给吃了。吃完了突然想起来问牛小宝:"你怎么知道今天下午停电的?"

牛小宝拍着肚子抹抹嘴说:"我猜的!"

牛小美:……

※ 牛大哥一大早去逛农贸市场,意外看到了新鲜的猪血,决定买回家早餐做个猪血粉给牛小宝尝尝。在厨房里一不留神,手指被刀划破了,牛大哥痛得"哎哟"一声,牛小宝闻声赶来,正巧看到牛大哥手指上几滴血滴到了猪血里。牛小宝疑惑了:"爸爸,这是不是电视里常放的滴血认亲啊?你和这只猪是亲兄弟吗?"

※ 牛大哥发现家里多了三个花盆,于是天天不落地浇水,浇了一个多月了。

这天牛大哥问牛大姐:"这三个花盆里种了什么啊?怎么一个多月了什么都没长出来呢?"

牛大姐满脸的莫名其妙:"啊?这三个花盆里什么都没种呀!"

※ 牛大姐和刘姥姥吵架,俩人谁也不让着谁,牛大哥左右游走。

牛大哥哄牛大姐:"老婆,说你想吃啥?老公满足你!"

牛大姐:"我想吃鲍鱼、龙虾、燕窝……"

牛大哥一听扭头就走,边走边嘀咕:"还是哄你妈吧,你成本太高了。"

※ 牛大哥在厨房做饭,牛大姐辅导牛小宝默写古诗。牛大哥不停地问牛大姐,煮多少米,青椒炒什么,肉切多少,黄瓜怎么炒。牛大姐耐心地一一回复完,再一看牛小宝的作业本,给她气了个倒仰:"你写的什么鬼?床前明月光,青椒炒黄瓜,半斤大米肉丝汤?"这时,牛大哥握着锅铲跑了出来:"大米肉丝汤怎么做?"

※ 牛大姐昨晚放在桌子上的钱不见了,问牛小宝:"有没有看见?"牛小宝扬起小脸说:"是那张一百的吗?"牛大姐点点头,然后牛小宝一本正经地说:"我看那钱是2008年的,过期了,就给扔了。"

亮点

瘫六

@赵明宇

【作者寄语】用凝练、鲜活的语言，讲述一个精彩的故事，塑造一个有个性的人物，是我在创作上的追求。并且有平中见奇的结尾，给读者带来阅读的快感和震撼。

瘫六是元城沙圪塔人，民国二十六年闯关东回来，变成了站不起来的瘫子，用小板凳搓动着，在地上爬行。跟他一起闯关东的人说，瘫六当了两年兵，一次战斗中被枪子击中大腿，在雪地里昏迷了三天，冻伤了下肢才成为瘫子的。

但是瘫六有绝技，他不仅识文断字，还会算卦。以至于听说小鬼子要来的时候，有人找他，说老六你算算，小鬼子能打到咱元城不？

瘫六没说能，也没说不能，咬着牙齿挤出几个字：小鬼子，畜生！

小鬼子来了，在于旺庄村西修了炮楼。臭火在炮楼里做伪军小队长，隔三岔五带着人到村里抓壮丁，挖战壕。臭火进村的时候，瘫六蹲在墙根下晒太阳。臭火认识瘫六，逗他说，你他妈的算算，你什么时候死？瘫六笑笑，放你娘的狗屁，我算准了，你今天下午准挨揍。

臭火气坏了，朝瘫六屁股上踢了一脚，晃了晃手枪说，要不是看你是个废物，老子一枪毙了你。

下午，臭火带着几个二狗子回炮楼，在于旺庄村北遭到抗日大队的堵截，挨了一枪，幸亏打在肩膀上，差点儿要了命。第二天，臭火来找瘫六，老六，你是不是八路？

什么八路、九路，我就知道吃饱了不饥。瘫六翻翻白眼，低头解开棉袄捉虱子。

臭火说，不说实话，给我打！

一个二狗子上前要打瘫六。瘫六伸手制止说，慢着慢着，你们先不要打我，我算卦算得很准的，难道我昨天给你们算错了？

瘫六叹了一口气，又说，唉，我真为你们这伙人发愁啊，你们不要再干缺德事了，小鬼子早晚会滚蛋，回他东洋老家，到时候这三里五乡的老百姓还不找你们算账啊。

臭火愣住了。一个二狗子跟臭

火说，这家伙算卦算得准，咱把他弄走得了，以后去哪里抢粮食、打仗，让他给咱算一卦。臭火沉思一下，小眼睛转了几圈，笑了。

他们把瘫六请到炮楼里，每天好吃好喝养着，让他算卦，看看今天去哪个方向能抢到粮食，能抢到花姑娘。瘫六说，老百姓遇上你这个狗东西，可是遭了殃，你爹娘怎么管教的你？看在你每天给我烧鸡吃的分上，我给你算了一卦，这三个月，你每天都有血光之灾。

臭火将信将疑，你不要吓唬我。

瘫六说，不信拉倒。

过了几天，元城的日军司令部长官麻田一郎要来于旺庄炮楼视察。麻田被日军称作"战神"，摧毁了元城周边的三个武工队。臭火跟瘫六说，你给麻田司令官算算卦，看他能不能升官。他升官，我跟着沾光，你说是不是？瘫六说，那是那是，不过我有话在先，我算准了，可得给我几个钱花花。瘫六伸出右手，两个手指头搓了搓。

臭火说，你若是算准了，我给你三块大洋。

麻田来于旺庄炮楼，翘着仁丹胡，打量着瘫六说，你的，是不是八路的探子？臭火说，他的，不是八路的探子，是他妈的瘫子。这家伙算卦很准的，让他给太君算算吧。

麻田笑了，你的算准了，赏你。

瘫六微微一笑，问了麻田的生辰八字，掐指一算，你今天要见红，小命难保。

臭火说，你别瞎说。

瘫六说，算卦不留情，留情卦不灵。你不信就算了。

麻田说，算，倒要你算算我的，什么灾，算不准，死啦死啦的。

瘫六说，给我一支烟。臭火递给他，瘫六吸几口，吞云吐雾，慢慢悠悠地说，看看手相，伸手。

麻田弯腰蹲在瘫六身边，伸出手，瘫六突然一反常态，双手快如闪电，掐住麻田的脖子，大喊一声：擒贼先擒王！

臭火和在场的小鬼子、二狗子吓坏了，几个小鬼子用刺刀刺向瘫六的后背。瘫六的嘴里涌出了一口血，说，臭火，我算得准不准？你还欠我三块大洋。

又是一声枪响，瘫六的胸口马上出现一片鲜红，瘫六的目光凝滞了，却微笑着，手指像尖刀一样，刺进了麻田的脖子，好几个小鬼子硬是没有掰开。

小鬼子在瘫六的上衣口袋里翻出来一个卡片，上面写着东北抗日联军的番号。臭火吓得尿了裤子。

残匾

@赵明宇

吴家诊所位于元城古槐胡同,是吴家的老宅子,青砖灰瓦,低低矮矮,到了阴雨天,瓦垄间长满绿绿的苔藓,墙头上爬着凌霄。院落不大,被一棵树冠如伞的国槐笼罩着,显得格外幽静。

诊所门楣上一块红色大匾,上书四个金色大字:妙手回春。这块匾,是前任县长刘大琨送的。那年,刘大琨的爹得了一种怪病,脑袋不停地摇摆,止不住,去邯郸大医院也没治好,就把吴子皋请去了。吴子皋亮出一套绝活,点燃酒精灯,取一根银针在灯上烧红,扎病人颈部。那动作快如闪电,眨眼之间,扎了三针,刘大琨老爹不停摇摆的脑袋终于安静下来。刘大琨在一旁看呆了,说吴大夫,你真是神医。

吴子皋微微一笑,雕虫小技,不足称道。老爷子的病是血管痉挛所致,以后多按摩颈部,睡觉平躺,脖子下面枕一个装满黄豆的小袋子即可。

刘大琨身在官场,却喜欢书法,情不自禁地写了一幅字,让人刻在沉船木上,制成匾额,送给吴子皋。

药香袅袅中,那块匾愈发显得幽古。

吴子皋天赋异禀,着装打扮也与众不同,他留长须,穿唐装,端坐在太师椅上,善目慈眉,稳若泰山,一手捋着胡须,一手为患者把脉。时而微闭双目,把脉的手指偶尔弹跳几下,时而睁开眼睛,让病人吐舌头,看舌苔,接下来开药方。那药方更是怪,是用毛笔蘸着墨浆,写在一张草纸上,让病人拿着去隔壁的药房抓药。病人禁不住要问,吴大夫,俺得的啥病?吴子皋不抬头,一字一顿声若洪钟地说,我只看症,不看病,你要相信大夫,按时吃我开的药,三五个疗程,自然会好的。

被家人搀扶着来的病人，吃了药再来，不用家人搀着了，枯黄的脸色变得红润。再抓几剂中药，回家继续熬着喝，吃饭香甜，睡觉踏实，能在大街上转悠了，不由得面带喜色，见人便说这个吴大夫，真是有两下子。

每天一大早，吴家诊所排满了人，骑车来的，开车来的，蹬三轮来的，等着吴子皋叫号。

吴子皋的儿子原本是学医的，河北医科大学毕业，在县医院做主治医生。有了刘大琨这层关系，就走上仕途，到县卫生局做了副局长。去年，刘大琨荣升副市长，安置吴子皋的儿子到一个重要部门担任局长。儿子比老子有能耐，在新城区买了两套房子，让父亲搬到楼房去住，在街上开个像模像样的诊所。吴子皋拒绝了，说你做你的官，住你的豪宅，我是个大夫，在老宅住习惯了，哪里也不去。再劝，吴子皋就不高兴了，说离开老宅子就丢了魂儿。

人丢了魂儿，可不是小事儿。儿子只好依他。

吴子皋是个怪人。病人跟他套近乎，恭维他心地善良，面目慈祥，定然能长寿。他瞪了病人一眼说，现在，你是我的病人，怎么给我看起病来了？

有人腰椎突出，龇牙咧嘴地弓着腰，来找吴子皋，说是看了好多家医院，不管用。吴子皋伸开手指示意来人坐下，在来人的腰间摸一阵子，猛击一掌，来人哎呀一声，出了一身冷汗。他说，站直了，走几步。来人试探着直起身子，走几步，顿时面带惊喜，连说不疼了，不疼了。

也有请他吃饭的病人家属，说吴大夫，晚上我在元城酒家订了房，你给个面子吧。他挥挥手，说几包草药不值一顿饭钱。病人家属心中感激，再来，带了一件名酒，或者一条名烟。他便不客气了，阴着脸，嘴里吐出四个字：赶快拿走。

那断然拒绝的神色，让病人家属对他敬重有加。

日子像水一样缓缓流淌着，花开花落，秋去冬来。

儿子涉及贪污，被判了13年。一开始，家里人瞒着吴子皋，说儿子到外地任职了。但是时间一长，吴子皋还是感觉出了端倪。

这天，吴家诊所大门紧闭，吃了闭门羹的病人在门前叽叽喳喳地小声议论，无奈地猜测一番，摇着脑袋走了。

第二天,病人又来。这事儿对于吴子皋来说,实在是打击太大了,担心吴子皋想不开。只见诊所大门开着,进了院子,掀开门帘,吴子皋没任何异样,依然端坐在太师椅上,留长须,穿唐装,微闭双目,一手捋着胡须,一手为患者把脉。

来人排号看病,提着一兜中药出门,还是不放心,禁不住向后扭头,发现那块红底金字的匾,被砍去半块,只剩下"回春"两个字。

那被砍过的痕迹,豁豁牙牙的,露着白茬。

病人心里一惊,返回屋里,指着半块残匾不解地问,吴大夫,那是?

吴子皋没抬头,说,我是大夫,却医治不了儿子的病,糟蹋了这块匾啊。

摘自《小说月刊》 图:陈明贵

【作者简介】赵明宇,1970年出生于河北大名。邯郸市作家协会副主席,邯郸市小小说艺委会主任,《当代小小说》杂志主编,大名县人民政府史志研究员。

日常与传奇
——谈赵明宇两篇微型小说之表达式

@ 谢志强

赵明宇的《残匾》《瘫六》,分别对应着两种方法和形态。一残一瘫,残的是匾(以匾示人),瘫的是人。瘫也是一种残。

我偏爱《残匾》,理由是,将传奇性落实在平常性上。开头写环境:老宅子,古槐树,瓦垄上的苔藓,墙头上的凌霄。宅院有多大?一棵古槐就能罩着,还点出幽静。其实,写宅就是写人(后又与老宅呼应)。再转入诊所门楣的金字红匾:妙手回春。还点出刻在沉船木上(后边儿子事发,可反观沉船的意味)。

赵明宇写得从容,闲笔不闲,这种从容的叙述语言与主人公吴大夫的活法相吻合。吴子皋的绝活是针灸,微型小说的细节不也如银针,能扎中穴位便全篇舒通了。

笔锋一转,悬置起匾,由匾引出了送匾的县长,由县长升副市长,引出吴子皋的儿子弃医从政:升为副局长、局长。人跟着"进步",财也跟着发展(有豪宅),起因是当初送匾的县长。吴大夫的反应是只要离开老宅就丢了魂。可以见识对官场、对平民的两种写法:具体写官场,概括写民间。

名家经典 新锐先锋

转而写儿子贪腐落马。正副两条线合并，焦点是吴大夫的反应就是其活法，他仍穿着唐装（细节），又一次与古宅、古槐相配套。照常门诊。家人瞒着他，他知晓后以砍去半块匾表达态度：我是大夫，却医治不了儿子的病，糟蹋了这块匾啊。由此，吴大夫的形象完整地立起了。一方水土养一方人，传统的职业道德"养"成了"人"。只剩"回春"，却"回春"无术。儿子的灵魂有病。

《残匾》细节的看似随便，却又精心安置和呼应、勾连，生出某种象征意味。主导细节——匾残了，人却"全"（指做人的境界）。有两点文学上的"残"。一是匾挂在门楣上，与主人公的为人相悖，显然是作家的设计，吴大夫为人低调、本分，那块匾的位置，有炫耀之嫌。二是时间的处理。"去年"后当然是"今年"，却越过，写"日子如流水……花开花落，秋去冬来"。我以为由现在时的"今年"回忆过去时的"去年"呢。小说是时间的艺术，作家如同在时间的钢丝上走，人物也在走钢丝，走不妥，就坠落。

残缺为美，这是小说的审美取向。《瘫六》写了另一种抗日英雄。不过，赵明宇把平常朝传奇上挂靠了。瘫六也有"绝活"——算卦。奇在专门给日本侵略者算命，好像掌握着日本侵略者的命运一般。表面上是一种生存的交易。日军"战神"麻田来炮楼视察，以三块大洋作为算卦的报酬。此作由低往高（日本鬼子的官衔）、由大往小写（小即那一根香烟），然后突转，瘫六掐麻田脖子：擒贼先擒王（由低转高、小转大）。临死还说算得准，欠三块大洋的话。也是由小往大上转，大是以弱制强，表现民族大义。往细节抠：硬是没有掰开那手。再往"奇"上挂：卡片显示他那东北抗联的番号。结尾加一笔：臭火吓得尿了裤子。

两篇微型小说的两个主人公，都有标签：怪人。《残匾》写了怪人不怪，即平常人，《瘫六》写了怪人奇怪，即传奇人。前者做"减法"，减去人生外在之名，后者做"加法"，追加人生的传奇之名。

（作者系中国作家协会会员、中国文艺评论家协会会员、浙江省作协全委会委员，微型小说作家。）

扫码进入中国微型小说学会微信公众号，更多精彩微型小说等您发现。

@ 王 玮

母亲和我的"自行车父亲"

一

我三岁那年,父亲不见了。奶奶和母亲说他去很远的地方打工了。母亲养了百十只鸡、鹅和两头猪,除了自家的田地外,又租种了别人的五亩地。奶奶腿脚不便,帮不了母亲干活。母亲常常要到十五公里外的镇上买饲料,几十斤的饲料压着瘦小的母亲,已经快累瘫了。

有一天,母亲突然骑回一辆大自行车,车后座上驮着两袋饲料。这是母亲第一次轻松地买回饲料。她仔细地抚摸着车。当她发现后座上有饲料的碎屑后,立即拿抹布仔细将后座擦干净。

我们三人围着自行车开心不已。母亲把我拉到一旁,神秘地对我说:"你爸托人给我带信了,说这辆自行车是他的一根毫毛变的,以后它就是你爸。"

母亲总是隔几天就把车的零部件整整,用机油把车擦得锃亮。闲暇时,母亲骑车带我去镇上玩。母亲和我的笑声伴着"父亲"清脆的车铃声,让我度过了清贫却快乐的童年时光。

懂事后我才知道父亲死于一场疾病,花光了家里的积蓄,还欠下了很多外债。但父亲在他贴身的衣袋里藏了一笔钱,因为他早就答应要给母亲买一辆自行车,奶奶原本舍不得这钱,但看到母亲这么辛苦,也为了完成父亲的心愿,拿出这钱给母亲买了自行车。为了让我开心,母亲编了谎骗我,也许,在母亲心里,这自行车就是父亲的毫毛变的。可我一直没拆穿这谎言,因为,正是我的"自行车父亲"帮我和母亲度过了那段艰难岁月。

我升小学四年级时,村里老师建议母亲送我去镇上的中心小学读书,每天早晚用自行车接送我。就这样,我成了村里唯一一个去镇里上学的孩子,我的母亲和"父亲"每天都接送我,我觉得满足又幸福。

可是不久我就变得烦躁。我无法适应中心小学的教育,成绩直往下掉。老师找我谈话,同学笑话我。

一天早上,天气很冷,河里结了厚厚的冰,冰面上有人行走。我在自行车后座上向母亲述说我的烦恼,母亲却无法理解,我更懊恼了,开始在车上挣扎,母亲一下子没控制住车头,车子直冲向河边。我吓得死死抓住车,大叫着闭上眼,最后连着车一起重重地摔在冰上。

我前面不远处就是一个被砸破的大冰窟窿,周围的冰块发出咔嚓声,上面有了数条裂缝,幸好自行车的大杠挡住了我,才没让我滑过去。母亲慌忙抱住我,看着冰窟窿旁边的自行车,眼泪哗啦:"你看,你爸在保护我们,没让我们掉进冰窟窿里。他也是在告诉你,要坚强,慢慢适应,成绩就会上去的。"

我看看自行车,又看看母亲,慢慢平静下来。母亲识字不多,在父亲去世后也知道要想着法子适应生活的变故,我一个学习成绩曾名列前茅的人,却久久无法适应转学带来的不适。为了安慰我,母亲还用善意的谎言来"欺骗"我,我有点惭愧。我一定要坚强起来!

从那以后,我努力学习,很快就将成绩赶上来了。于是,母亲和"自行车父亲"又载着我们的欢声笑语,欢跑在我上学、放学的路上。

一直到我上初中一年级时,我才独自骑着"自行车父亲"去上学。母亲将需要用车的活计,放在我放学后或放假时干。每天母亲都关照我:"慢点骑,别碰坏了车。"

转眼我就快初中毕业了。可就在这时母亲生病了。医生说,母亲由于长期劳累和营养不良,得了重症肝炎,需要住院治疗。

母亲出院后不能再干重活。才还清外债,又欠下一大笔债。母亲愁得整天睡不着觉。

有好事的邻居来帮母亲说媒,让她改嫁,被母亲婉拒。其实自从父亲去世后,就常常有媒婆来找母亲,都被她回绝了。

奶奶说:"要不,小玉就不要去上学了吧⋯⋯"我低下头,母亲站起来,第一次大着嗓门和奶奶说

话："不行！小玉成绩那么好，哪能让她退学？总会有办法的！"

两天后，母亲在她的车后座上装了两个大竹筐放菜。她瘦小的身子和大自行车再加上大竹筐，极不协调。我担心她掌控不住这大车大筐，母亲笑着说："没事，万一摔倒还有这俩竹筐支撑住呢。再说了你爸哪会让我摔倒？"

母亲把家前屋后能种菜的地方都种上了菜，又开垦了几块河岸。青黄不接的时候，她就骑车到更远更大的集市上批发一些菜回镇上卖。从此，母亲和我的"自行车父亲"，奔波在赚钱供我上学的路上。

三年以后，母亲和"父亲"把我供到上海一所重点大学。

四

我毕业后在上海的一家大企业工作，每逢假日，都尽量抽时间回去看看母亲。我让她不要再去卖菜，她不同意，说："一开始骑车买饲料的时候，我在心里把车当成你爸，有他陪着我再苦也不怕了。后来我用车接送你上学，就是我们一家三口在一起，我就更不怕苦了。现在你不在家，我就陪你爸去镇上逛逛吧，顺便挣些钱。"

我的眼泪夺眶而出。这原本只是一句玩笑话，母亲却一直把它当成护身符。母亲在用她特有的方式来开解困苦的人生。

我不再勉强她，只是说："妈，你不嫌辛苦，这车还嫌辛苦呢，用了这么多年。如果爸真的在世，您也希望他能多休息吧。还有，爸最大的心愿是您能幸福。"母亲听后愣了一下。从那以后，她把车收在堂屋里不再去卖菜。

今年秋天，母亲终于敞开心怀迎接了新的爱情。母亲再婚的前一天，她对我说："小玉，你把车骑上再带我走一圈吧。"我含泪骑上车，母亲轻轻地坐上来抱紧我，也抓紧车子。我们一家"三口"在温暖的秋阳下，走了一圈又一圈……

心香一瓣摘自《分忧》 图：豆薇

17. 答案：2020年东京奥运会。

猫界奇葩"二五零"

@ 马海霞

（文中设置了十处差错，你能找出来吗？答案见P74页）

我家那猫，我妈说是二货，喊它"二五零"只为解气。

我家鼠患严重，我妈动了养猫的心思。一日，朱大妈邀我妈去她家看猫，我妈一眼便相中了，小猫黑白色相间，漂亮。最关键前男主人是中学校长，女主人是小学教导主任，因家中有八十老母需要照顾，无瑕顾及猫，便托朱大妈送人。

老师家的猫肯定有规矩，当既答应接手。

小猫抱回家，我妈甚喜，香煎小鱼和牛奶伺候，猫粮辅之，还用小绳栓猫脖上，怕它跑出去误食了药死的老鼠。

我妈通过朱大妈问前主人：此猫是何品种，需如何搭配三餐？得到回复，普通猫，35元从集市上买的。

小猫没有饥饱，刚喂饱也叫，而且叫声之大，堪比狗吠。我妈观察数日，断定：此猫二百五，怪不得老师家不要它了，不惜搬出八十老母这个俗到家的理由。还有那个朱大妈，她家老鼠一窝一窝，她更需养猫，肯定是老师将猫甩手给她，她养了几日，发现此猫傻，又转手送我家的。

我妈几次学朱大妈送猫之策，但来人一看，皆说这猫比狗还厉害，避之不及。

二五零算砸我妈手里了，我妈只好给它立规矩：无事乱叫，小杆杖之。后来，我妈一拿杆子，二五零便躲进猫厕，我妈刚转身，二五零便窜出猫厕，冲我妈狂叫。再打，打完，再叫，如此循环，我妈气得扔掉杆子，任凭它叫。家有半吊子猫，警察也束手无策。

后来,常有野猫深夜跨越院墙前来和二五零洞房花烛,按说它不缺恋情,但它还是天天叫个不停。

若说是栓着所致,村里养猫都栓着或关笼子里,不然四处乱跑,吃了药死的老鼠便会毙命。别人家的猫也没二五零这德行呀。

我妈决定对二五零食物制裁:馒头、虾皮喂之。二五零见不到鱼肉,叫得更凶了,而且二五零还爱盯着屋内大喊大叫,生怕我妈忘了喂它。

我妈气得大白天关着门窗,拉上窗帘,她实在不想看二五零那双贼眼,害她吃啥都得与它共享。二五零看不见屋内场景,叫声更大了。我妈忍无可忍,将二五零驱逐出院,将它栓在胡同口,和王大爷家的狗遥遥相望,我妈想让狗"教训"一下二五零。狗欺生,朝二五零汪汪叫,二五零呲牙回怼,不久,狗败下阵来,躲进狗窝,不再吱声。

我妈说,没见过这样的猫,都是猫怕狗,见到狗吓得眯起眼缩成团才对,这二货不知天高地厚,敢和狗对叫。

二五零的江湖只是半径一米的半圆,但它谁都不怕,即便被打也要扯着嗓子喊,直到喊来食物,吃不得意便继续喊。我妈那么刚强的人都妥协了,听它叫得历害了,便丢给它食物,而且食物日渐丰富,由馒头虾皮变成炸肉,后升级为油煎小鱼。

我劝我妈,不能惯着它,任它鱼肉咱,我妈说,它叫得四邻不安,没法子,只能随了它愿。

我妈提起二五零便有说不完的槽点,发誓等给二五零找到下家,再养猫一定要买一只好的,花多少钱也在所不惜。

上周,朋友家的蓝猫产了崽,要送我一只,我妈一口回绝,不要,家里养不了两只猫。恰好开家具厂的同学不嫌弃二五零,需要它去厂子里镇鼠。

我妈说,想得美,二五零走了,咱家老鼠谁镇?蓝猫只能养在屋内当宠物,它有二五零的猫高音吓老鼠吗?

我妈还是舍不得二五零。我妈回问,你舍得送人?都养一年半了,是块石头也焐热了。

我妈望着门外绿油油的菜地,感慨,幸亏二五零叫声大,菜地、周围邻居家都没老鼠光顾了。

二五零猫假声威,不仅替自己争取到优质伙食,而且让老鼠闻声丧胆。它二?我妈说,在吃和本职工作这两件事上,二五零有勇有谋。

摘自《女报》 图:小黑孩

怀孕的母亲

@刘荒田

大千世界 时代之帆

强的父亲是工厂的工人,窝囊一辈子,强的母亲可是豪杰。他们生了五个儿女,强是老二。幼时家贫,只靠父亲那点死工资维持。1956年强出生,此前的1955年,母亲肚里怀上强时,恰是家境最坏的年头。年关在即,家里一个钱都没有了,明天怕要断炊了。大哥出生以后没断过生病,一年到头在医院进进出出,钱都花在他身上。父亲在单位挨了整,眼看日子过不下去,只有叹气的份儿。

挺着大肚子的母亲咬咬牙,去敲街坊的门。她向开鹅栏的三叔爷说:"求求你,赊我一只鹅。"她又去杂货店找阿才,赊来三瓶"玉冰烧"(九江名酒)。又上集市,找卖龙江鸡的同村姐妹阿香,借来三只阉鸡。她语气坚决地对所有债主说:"你们都听着,明天日头落山前归还,加上利息,到时不还,天打雷劈!"她按着隆起的肚子发毒誓,格外有说服力。

第二天,母亲挑着两个竹箩,里面盛着活鹅、鸡和酒,那是头奖的奖品;一些零碎的小玩意,拨浪

鼓啦,盲公饼啦,麻糖槌啦,那是小奖。来到城隍庙石阶前,摆开摊子。她没有张贴街招,也没打起横额,全靠吆喝。"各位街坊,各位父老,年关在即,图个大吉大利。来来来,我摇骰子,你来买,奖品在这里。"

城隍庙是居民的聚会之处,进庙烧香的不少,闲逛的更多。大家看,摇骰子每次只花两角,却有希望赢肥鹅、阉鸡和好酒,便争先恐后来下注。母亲一边吆喝,一边收钱。摇摇小竹筒,把骰子倒出来,让买家看点数,六点向上,是买家赢,随他拣一样奖品。

背水一战的母亲,受了老天爷保佑,三个小时下来,买家一个个败阵,不伤脾胃的小奖品发了大半,大奖品却没失去一件。买家输红了眼,买得更起劲。一时间,庙前的庑廊上,人声鼎沸。母亲瞄了瞄竹箩,角币已差不多堆到一半。她暗里又高兴又胆怯,高兴的是终于有钱过年关,怕的是眼红的流氓来滋扰。可是,不能中途收摊,这样做会被急于翻本的赌徒骂死,输红了眼的家伙说不定要闹事。

"哎呀,肚子疼,疼,不行了,我怕要生了。"说完,脸色煞白,冷汗直流的母亲匆匆收拾好摊子,把钱压在箩筐下层,用布盖起。三瓶玉冰烧,母亲分别送给下注最起劲的男人,感谢他们的关照,说好待孩子生下来,再摆档,让他们赢回老本。

随即,挑起箩筐,沿热闹的大街回家。把钱倒在地上,数了小半天,这次大大赚了。她赶在天黑前,把鹅和鸡还给主人,加上利息。酒钱也付清了。

林冬冬摘自《刘荒田散文精选》
百花洲文艺出版社　图：小栗子

【编者的话】将活命的希望压在一场破釜沉舟的赌与骗中,母亲的行为浸润了苦难中求生存的胆气与智慧,亦是时代缩影下的一种无奈与挣扎。

《猫界奇葩"二五零"》参考答案

1. 无瑕——无暇
2. 当既——当即
3. 栓——拴
4. 历害——厉害
5. 窜出——蹿出
6. 束手无策——束手无策
7. 制裁——制裁
8. 呲牙——龇牙
9. 半经——半径
10. 焐热——捂热

18. 答案:不少于14米长,7米宽,4米高。

论"吃货治灾"的可行性

@指听

近几个月来,非洲和亚洲部分地区都遭受到了沙漠蝗虫的灾害。乌干达政府甚至宣布派出超过2000名军队人员来应对。面对这样的新闻,国内社交网络上又有人毫不意外地甩出了"吃货治灾"的老套思路。还有人表示乌干达派军队治蝗是小题大做,应该派2000名中国厨子去支援他们。

尽管这类发言大多都是以抖机灵的形式出现的,但是更多人显然觉得这种笑话并不好笑,甚至有些愚蠢。因为早前就曾有人科普过,闹蝗灾的蝗虫是不能吃的。

无论是此次非洲蝗灾的"主力军"沙漠蝗,还是在国内比较常见的东亚飞蝗,都有一个共同的特征:一旦大量聚集,就会变成暴躁的"丧尸状态"。

数量少的时候蝗虫呈现散居型特征,性格温和,食量小,飞行距离短。而群居型蝗虫不仅食量变大,还可以长距离飞行,当大批蝗虫向同一个方向运动,在沿途疯狂进食,也就逐渐形成蝗灾。

这种形态变化的本质是为了防御天敌。因此,群居型的蝗虫还有着另一大武器——会大量合成苯乙腈。这种物质有着鸟类不喜欢的味道,而如果鸟类仍然执意要攻击,蝗虫还会进一步将苯乙腈转化为有毒的氢氰酸。

换句话说,山东人民用来做蚂蚱酱的是普通状态的蝗虫,而成灾之后的蝗虫不仅味道难闻,而且还是有毒的。

尽管目前还没有人类食用蝗虫中毒的报道,但可以肯定的是,能形成蝗灾的蝗虫绝对不是一种安全的食材,大概也没那么好吃。

当然,国内从来就不乏对国人的舌头盲目自信的人。因为这几年来,有关"中国人拯救生物灾难"的传说实在是不少。比如传说中从"入侵物种"被吃成需要养殖的小龙虾;还有所谓"被中国人端上餐桌"，却在美国泛滥成灾的亚洲鲤鱼；更别说在2017年曾掀起了网友热情回应的"丹麦大使馆请中国吃货解决生蚝泛滥问题"。

然而如果认真研究一下这些新闻背后的真相，就会发现：所谓"中国吃货拯救生物入侵"，从来都是一个伪命题。

首先，小龙虾之所以需要养殖，并不是因为入侵的已经被"吃绝种了"，而是因为野生的小龙虾存在捕捉困难、寄生虫等问题。只有人工规模化的养殖方式，才能获得品相更好、更安全的食用小龙虾。现在餐桌上的小龙虾大多都是人工养殖的，而危害环境的野生克氏原螯虾们，仍然在田野里自由生长。

而让"不会吃"的美国人头疼不已的亚洲鲤鱼，也不是很多人想象中的那条自家过年桌上摆着的美味红烧鱼，而是一种刺多、腥味重、还总是有害物质超标的鱼类。美国的亚洲鲤鱼最早被引入就是为了处理水质污染，因此身体里大多沉积了重金属残留物。美国的一些垂钓手册就会标明，某些水域的鲤鱼"一星期只能食用一次"。

这种鲤鱼不仅美国人不吃，中国人也不爱吃。有曾经尝试过的中国网友描述：如果捕到未成年的味道还凑合，但成年亚洲鲤鱼的肉不仅难嚼，而且腥味用重油重酱也很难盖住。

至于当时刷爆中国社交网络的丹麦大使馆那篇一本正经的"生蚝求助信"，更是一次成功的国家旅游营销。生蚝泛滥给丹麦带来了多少损失没看到，一波营销下来，打着"吃生蚝"旗号去丹麦的中国旅游团倒是越来越多了。

说到底，无论是蝗灾还是外来物种入侵，本来就不是靠"吃"就能够解决的问题。

20世纪50年代时，国内为了治理蝗灾，曾花了大力气查明蝗源地，之后通过修水利、垦荒等各种方法，彻底把这些地方改得不适合蝗虫产卵。再加上推广药械、动员民众……才逐渐让蝗灾成为如今年轻人"听过没见过"的东西。而最近总被提到的"鸡鸭治蝗法"，也是结合了当地的植被和蝗虫的具体情况，进行科学的"生物防治"。绝不是网友想象中简单而又颇具喜剧效果的"鸭子追着蝗群跑"。

蝗灾、生物入侵都是冷漠又让人警惕的敌人。当面对它们时，总是千篇一律地喊着"吃货治灾"，只会暴露出我们的自大。

韩祺摘自微信公众号 Vista 看天下　图：恒兰

和房东老太太成了忘年交

@ 明前茶

女儿入职杭州一家事业单位,搬到房东老太太家里才三天,卧室门上悬挂的布兜里就出现了一封信,信以小楷写之,平静的横竖下,压抑着顿挫的恼火:"姑娘:你的落发堵住我浴室的下水道啦!这可不是一个好习惯。另外,不要在晚上9点半后使用吹风机,谢谢。我的睡眠很轻的。"

房子是老太太的儿媳在网上挂出来的。女儿完全符合老太太儿媳的租客标准:"女孩,受过良好教育,在靠谱单位上班且很少加班,安静,不养宠物,没有男朋友。"儿媳特别说了"替妈招个同住的年轻人"的理由:公公去世不到一年,老太太活得太悄没声息了,广场舞也不跳了,她很久没有参与她们的小聚了,连满阳台的植物似乎都感知到女主人精神上的萧瑟,死了一多半。

女儿实地看了看老太太的房子,老小区,周围公交便捷,干净的小吃店和果蔬超市林立,老太太清清爽爽,一副知识分子模样,家里到处贴着小楷写就的提醒小纸条,看了那笔书法,女儿决定将次卧租下来。

开开心心搬进去,女儿没想到,晚上9点半就算"半夜"了。她最好赶在晚上8点半之前回家,洗澡,将浴室玻璃门上的水渍用大毛巾擦

净,吹干自己的头发,捡拾落发,拖地,一切安顿停当,进卧室,才算松一口气。女儿有一次因为加班回家晚了,进门时蹑手蹑脚,只用脚后跟与脚尖触地,也不敢洗澡,准备等第二天早上再洗。结果,第二天早上,老太太眼袋更严重了,她将自己吃的煎饺盛出三只,往女儿面前一推:"昨夜一直没有听到你回来,我担心得呀,大半夜没有睡着。你下次回来还是大大方方洗澡吹风吧。"

陌生城市也有人等她回来,女儿着实被嘴硬的老太太暖了。

时间长了,这一老一少磨合得甚好,不仅小楷写就的声讨信,在门上的布兜里很少出现,两人还经常一起喝茶聊天,成了某种程度的忘年交。双休日,老太太见女儿不出门,还会建议说:"天气甚好,小姑娘不是应该与朋友一同看看电影,逛逛公园,喝喝咖啡吗?总是待在家里,你如何脱单呢?"女儿说她对杭州城不熟悉:"而且,有了男朋友不是要被你赶走了吗?"老太太愣了三秒才说:"哪能为了租房子,就错过可以托付一生的人?"

老太太从柜子里请出老伴的照片,供奉水果与糕点,点一支细香,就在那檀香味道中,女儿听她讲述与老爷爷在黑龙江的知青插队地认识,从此相濡以沫近半个世纪的故事。老两口到了60岁,做了一个决定:每一年要从退休工资中省出一万元,到报社去,捐给刚考上大学的贫困学子。"老伴去年癌症走了,我太伤心了,就错过了捐款的时辰,今年要一块儿补上。"

没有想到,一个攒了洗澡水洗拖把、冲厕所的节俭老太太,还有这样慷慨的时候。女儿一时不知道如何安慰她,想了想,只能问她:"老爷爷对你自己的生活,有什么交代吗?"老太太思忖良久,才说:"姑娘,你不提醒我,我差点忘了。他希望我仍然能穿丝绸旗袍,能走出去交朋友、跳舞、逛公园,能漂漂亮亮过余生。"

女儿又问:"那你照爷爷的话去做了吗?"老太太又愣住了:"你这房客小姑娘可真够胆大,我这伤心劲儿涌上来,儿子、孙子都不敢这么问我。"女儿说:"婆婆,我们每个人,都经历过有人陪伴的日子,可也要习惯一个人的日子。从明天开始,打开微信,找你的老朋友们相聚跳舞吧,你过得好,爷爷在天上看到,也会很欣慰的。"

扬灵摘自《北京青年报》

在非洲乘飞机

@ 洛艺嘉

"你在非洲,最怕什么?"
我的答案是飞机。
非洲旅行,除了战争、抢劫、疾病之外,飞机也是大问题。全球飞机退休后都去了哪里?到非洲接着工作,机龄在30年以上都敢继续飞。国小人穷,低成本的航空公司航班起降非常多,飞机保养不行,飞行员培训少,管理混乱……

我一朋友讲,在几内亚,他去送朋友乘飞机,看着飞机起飞后才回家。结果,他的朋友过了一会儿也回来了,因为飞机轮子有问题,不飞了。第二天,还是一样的情况。连续三天如此。那朋友在几内亚待了两年,感慨:"能活着回到中国,真不容易。"

朋友讲几内亚时,在场有个姑娘说:"我听说过这么一件事,也是在非洲,哪个国家我忘了。飞机本来都在跑道上缓缓开动了,可突然刹住,舱门打开,一个人上来了。哈哈哈,赶上早些年的小公汽了。非洲真是这么以人为本吗?"

我说:"完全可能。我在津巴布韦两周,行李都没有到。临走那天,肯尼亚给我确切的消息说,我的行李当天到哈拉雷。我去找登机经理痛诉我的悲惨经历,万分肯定地说我的行李就在这趟刚抵达的航班上,这对我十分重要,能否给我一点点时间找行李,这趟马上准备返回肯尼亚内罗毕的航班,就等了我15分钟。"

"然后,你找到你的行李了?"那姑娘问。

我摇头。

美国一女记者亲身经历,等了两个多小时,她坐的航班迟迟不起飞。不是别的原因,是副驾驶找不到了。飞机在没有副驾驶的情况下起飞了,飞了有40分钟,飞行员起身去洗手间。回来的时候,不知道为什么,驾驶室的门突然关上了,怎么也打不开。飞机上一片慌乱。这时候,飞行员抄起一把斧头,把门劈开,化险为夷。

那家航空公司正在控告这记者。

舱门打不开,我遇到过,只是这斧头出现得蹊跷。再想想,也完全有可能。飞行员领教过这舱门,就像我们在汽车里准备榔头,关键时候砸玻璃逃生一样。

2009年,我去苏丹。一位女士走到我面前:"您坐了我的位子。"我抬头看座位上的号码,低头看自己手中的号码,一点错没有呀。问题是,那位女士手中的号码也是对的。航空公司竟然把同一个座位卖给两个人。乘务组的人来做我们的工作,劝退一个。我俩都不干。乘务组的人说可以赔钱。我想,给钱她总会同意吧。嘿,她可真比我牛。"我不在乎这点钱,给多少钱我也不干。"大家看着我们,面露焦急之色。白赚钱,大家还买你好,何乐而不为?我说我同意下去,伸手拿头顶的小行李。大家为我鼓掌。

我遇到过飞机的机身不写哪家航空公司的,遇到过登机后大家疯跑抢座位的,遇到过飞机漏水的,遇到过迫降成功的,遇到过冲出跑道的,遇到过不乘机场大巴而步行非常远去登机的。行李称重,竟还有用小盘秤的,就跟菜市场称土豆一样。

在北非,看猫在机场咖啡馆里等乘客给东西吃,还算悠闲。在东非,突然被公鸡啄一口,就有些吓人了。那公鸡在破篮子里,可能是待得太腻歪了,探出头,在我脚上狠狠地啄了一口。而我怎么也想不到这个高度也有活物,没有提防。

如果没坐过"战斗机"(若干次俯冲、拉升,再俯冲,再拉升),那真不算在非洲飞过。有一次,飞机一落地,我起身拿行李。一空姐向我冲来:"小姐,我记得你是在突尼斯下啊。"我说是啊。"这是的黎波里(突尼斯邻国利比亚首都)。"我确认了航班号,又找旁人确认,这里确实是的黎波里。没别的办法,只有接着在这飞行员"高超"的技术中继续飞行,感觉自己的神经一根根断掉。

林一摘自《在全世界的边缘呼唤爱》江苏文艺出版社

图:小黑孩

飞机上还有哪些搞笑故事?扫码看看吧!

策马少年

@ 朱锡琴

草原上尊称我家为最好的"敖亚齐",也就是最好的相马师。我们不仅挑选好马,还负责调教马,然后带着马去参加"那达慕"。

前几天,乌珠穆沁草原上最富裕的宝音达来叔叔来我家,带了一袋子好几沓钱,说是参加那达慕好几年了,每次都只能看着别人的马屁股可不是一件愉快的事情,这次希望我家能在他的几百匹马里选出一匹好好训练,让他也尝一尝一马当先的滋味。

爸爸看着那几沓钱,二话不说就答应了,但这次是让我十四岁的哥哥一试身手。

宝音达来叔叔听说是哥哥出马,感觉那袋子付出有点多了,爸爸爽快地抛回去一半儿给他,说,你可太幸运了,只花了一半的价钱就请到了我们家最好的相马师。

尽管价钱减半,宝音达来叔叔还是满腹牢骚,小声地嘀咕了一句,小海狗的出场费可真不低。海狗是哥哥的外号,因为他黑黑的,肉肉的,走起路来有点磨蹭。哥哥开始很介意这个称呼,可是他越是这样,别人叫得越欢,慢慢他对这个称呼不挣扎了。

哥哥知道宝音达来瞧不上他,

但他不在乎。

宝音达来家的马匹分成三个牧区饲喂，据他自己说，他已经初步分出了三六九等了。哥哥出神地凝视着那些毛色锃亮的马，很久之后，他摇了摇他的小脑袋。没有，一匹像样的赛马都没有。

宝音达来急了，那咋办？难道还要我今年闻着别人的马屁味？

哥哥不淌鼻涕的时候还真有点酷，他说，如果还要你闻马屁，那要我这个"敖亚齐"有什么用？

哥哥告诉宝音达来，你家的马膘肥体壮，但长的都是懒肉，不是赛马。走吧，我们去马市上淘宝吧！

这个草原上最大的马市，既有矮小的蒙古马，也有高大的西洋马，还有洋气俊朗的蒙古马和伊犁马的混血儿。

哥哥在两匹一大一小、一高一矮的马前抹着鼻涕，宝音达来那个家伙在旁边添乱，一个劲喊，要大，要大。他要把那匹高头大马牵回家，可按照草原上的规矩，他此刻没有权利做决定，从他走进我们"敖亚齐"家，他就把决定权留给了我们。

那匹枣红色的高头大马果然是匹好马，晃一晃脑袋，甩一甩拂尘一样的尾巴，都带着八面威风，然后神情傲然地扫视着身边的那匹小矮马。小矮马土黄色的鬃毛凌乱，身上还有数不清的伤痕，尽管伤痕已经结疤，身上的毛还是长短不齐，生了癞一样，那样子依然很不好看。哥哥觉得小矮马有故事，问了小矮马为什么身上那么多伤。小矮马的主人懊丧地说，他也不知道小矮马从哪里来，有一天他在红柳丛里捉住的。谁知道这个小矮马捉回家以后非常不老实，已经咬伤了几匹马，而且它胃口大得很，不卖不行啊。

哥哥继续追问小矮马的身世，那它身上的伤是别的马咬的吗？小矮马的主人说，不是，在红柳丛里抓住它的时候就是这样的。

哥哥让宝音达来拎着两桶水，冲着两匹马泼过去。枣红马低下头，退了两步。小矮马对着宝音扬起前蹄，宝音吓得赶紧后退了两步。我知道，最终要跟我们走的，是其貌不扬的小矮马了。

爸爸看见小矮马就像看见癞蛤蟆那么难受，怒气冲冲地大骂一通哥哥。爸爸说哥哥把我们"敖亚齐"的脸都给丢尽了。这次看着我们和宝音达来一起丢脸吧！宝音达来还好说,反正他习惯了每年都是倒数第一名。可我们"敖亚齐"就没有输过的先例啊!

哥哥那时正给小矮马洗澡,他头也不抬地说,我们是没有输过,可是我们也没有真正地赢过,我们得过大赛冠军吗?

爸爸一下就愣在了那里,骂不出声了。好久以后,爸爸说,那就带着你这匹土狗训练吧,我倒要看看今年的冠军是谁的。

哥哥瞪着他发红的小眼睛,冲着爸爸远去的背影高喊,它不叫土狗,它叫海龙,它叫海龙,海龙……

为了保住"敖亚齐"的脸面,爸爸高价买下了那匹枣红马,宝音达来把他家的几百匹马都丢给了宝音婶婶和牧羊犬,每天兴高采烈和爸爸一起训练那匹枣红马。

海龙和枣红马关在一起,我提醒哥哥,高大的枣红马会欺负小海龙的,吃不到草料都说不定,哥哥说一匹赛马要是连自己的生命都照顾不了,那我真就不配再去相马了。

哥哥说得没错,每天清晨海龙都精神抖擞地出来散步,枣红马却一天比一天消瘦。爸爸意识到,海龙不仅吃光了自己的那份草料,甚至把嘴巴伸到了枣红马的槽里。

爸爸无可奈何地牵走了枣红马,另外给它找了一块地方。

海龙驮着哥哥流连忘返在红柳和胡杨的密林里,也飞跃过尖锐的荆棘和宽阔的水道。海龙熟悉山川,熟悉河流,甚至熟悉沼泽,当然也包括密林里那些无家可回的生灵。它像这片土地上年老的智者,又像是辽阔的乌珠穆沁草原上的王者。

> "有的马属于草场,有的马属于赛场,而海龙属于这广阔的天与地,属于山川、河流,不属于任何人。

哥哥神秘又有点卖弄地告诉我,海龙带着他寻访了它的故乡,他知道海龙的妈妈和爸爸是谁了,绝对的高贵血统。他用马鞭指着最远处昂望云天的山峦,就在那里。

莫非,莫非海龙是匹野马?

哥哥得意地笑了,你别看海龙身上那么多伤痕,那都是荆棘和密林的礼物。相马和看人一样,千万不能以貌取人,这个世界上有最邋遢而又最优秀的海狗,就不能有最难看最高贵的海龙吗?

那达慕大会是属于我们草原人

的节日，属于这里生生不息的青草，属于马蹄生风的骏马，每一匹骏马都和他们的主人一样乘兴而来。

兴致最高的我看是宝音达来，他和爸爸早就出发了。宝音婶婶告诉我们，说你宝音叔叔这个老家伙，获奖感言准备好几年了，每年都没有用上，我看今年还能有点戏。

哥哥不急不躁，他让我帮着烧了一大锅温水给马腿做了护理。他还耐心地等着海龙吃下最后一块方糖。我听见哥哥对海龙耳语，不要怕，做回真实的自己最重要。我想问哥哥，难道你们不是为了那达慕冠军去的吗？可我懒得问，哥哥自有他的道理，他已经是个半大的小伙子了。

我打量那些赛马，都是壮硕的家伙，我担心海龙不是对手，可这个家伙居然靠着一棵红柳蹭痒，哥哥说，海龙这是磨刀呢。

哥哥和宝音达来参加的都是一万米极速赛马，我挤在那些看热闹的人群里，因为个子矮小不得不站在马背上，望远镜被爸爸拿着，我干着急也没有办法。我听见爸爸兴奋地给枣红马叫好，我知道，宝音达来今天不用吃马屁了，可我关心的是哥哥和他的小矮马，爸爸却一句话都没有说。

赛程过了大半的时候，我听见旁边的人说，哎呀呀，了不得了，那是谁家的小矮马啊，长得和板凳似的，跑起来飞似的。我顾不得了，一把抢下爸爸手里的望远镜，镜头里，小矮马一匹接着一匹地超越，马上就要超越枣红马了。哥哥屁股黏在小矮马的身上，他们像是从远处射过来的劲头十足的飞箭。

这飞箭第一个到达终点，然后是宝音达来气喘吁吁地来了。

宝音达来的获奖感言还是没有用上，但他肥嘟嘟的脸上并没见到多少失意。

那达慕极速赛马结束后,宝音达来一路跟随着我们回家了。冠亚军都诞生在我们家相的马里,妈妈很高兴,做了一桌子丰盛的美味。

爸爸也很高兴,他对哥哥说,你的马果然是海龙,我收回它是土狗那句话。我撇着嘴巴,爸爸你知道啥,那可不是普通的马,它可是一匹最棒的野马。爸爸说怪不得呢,我还以为它身上的伤是大病初愈呢。爸爸感叹着。

哥哥得意起来,不知者不怪嘛。

宝音达来那家伙不怎么喝酒吃菜,他目光贪婪地注视着不远处草场上,那里小矮马和枣红马似乎在交流比赛心得。

第二天,宝音达来犹犹豫豫地还是说出了想法,这匹枣红马是爸爸买的,那匹小矮马才是哥哥为他挑选的。爸爸愣在了那里。

我一听来了气,海龙可不是你想不要就不要,你想要就要的。

哥哥说,小矮马和他朝夕相处了两个多月,这一走就不知道哪天能见面了,他要出去和小矮马再兜兜风。宝音达来听了,一脸欣喜的样子。

哥哥让我好好看看小矮马,还让我帮他照了一张和小矮马合影的照片,然后他就和小矮马消失在草原起起伏伏的曲线里。直到夜半时分,星星都疲惫得眨不动眼睛了,哥哥才挪着双腿回来了。他一进屋就扎在温暖的羊毛毯子里呼呼大睡起来,饭都不吃一口。

依然执着等待的宝音使劲推醒了哥哥,问他的海龙哪去了。

哥哥眯缝着睡眼告诉宝音达来,海龙回家了。

宝音达来举起手要打哥哥,爸爸狠狠地攥着他的手,攥得宝音达来冷汗都下来了。

海龙成了哥哥的新别名,我不知道究竟是离去的海龙幸运还是我身边的海龙哥哥幸运,因为他们一个重新获得了自由,一个获得了自信。

图:小栗子

【作者简介】朱锡琴,辽宁省作家协会会员;辽宁省儿童文学学会理事;发表小说《谁借我远方》《策马少年》《旺野的葵花》《长大后我就成了你》《鼓王》《赶水》《山岗上牧云》《九朵银花》《渔家灯火》等作品。《雕花马鞍》荣获"周庄杯"全国儿童文学短篇小说大赛一等奖。

草原还有哪些风俗与精彩故事?扫码就知道!

后来

@叶子

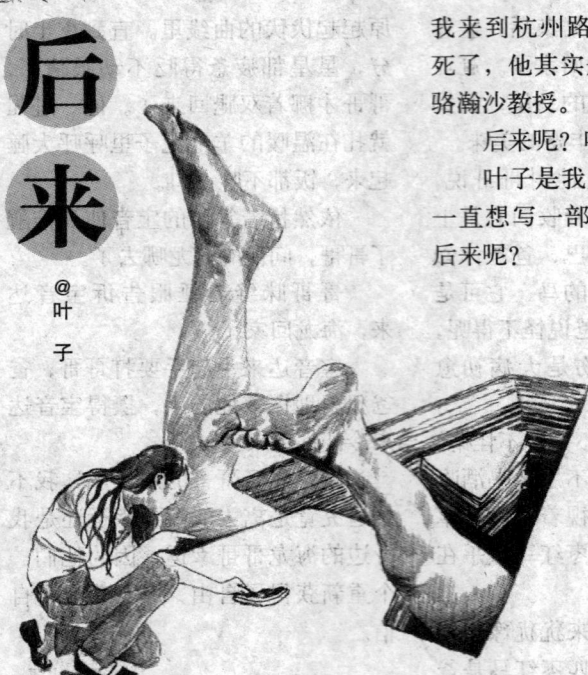

我想死。

这是故事的前提。

大概二十多年前,于德北先生在《杭州路10号》中把我写成一个吊儿郎当的青年,他写的是真的,那时我十六七岁,无聊时随便写了封信,随便写了个地址"杭州路10号",随便写了个收信人"袁小雪",但世上的事情就那么巧,袁小雪回信了,我在接二连三的鸿雁往来中,吐露着倾慕情怀。后来大家都知道,我来到杭州路10号,袁小雪已经死了,他其实是著名病残心理学家骆瀚沙教授。

后来呢?叶子问。

叶子是我后来碰到的作家,他一直想写一部伟大的著作。他问:后来呢?

我怀疑叶子不是作家,他老问后来呢,就像要拆穿魔术师的把戏,有意思吗?

让我想想,时间太长了。我感觉有汗冒出额头。后来我不是发狠读书,考进中专了吗?

我问的后来。

后来我进了国营饮食公司。汗水有些止不住了。后来当了总经理。

叶子盯着我,我有些受不了他那双眼睛,像等着谁投降。

我投降。后来因为改制,我贪了点儿东西,进去了几年。

叶子嘴角掀起一抹遗憾,说:你说你想死?

我陌生地看了叶子一眼,他用眼睛迎着我的陌生,问:你父母同意吗?

我……我噎了一下。我从骆瀚沙教授那里出来后像变了一个人，父母自然欣喜，眼看着他们就要放弃我了，而我突然像回炉重铸了一回。他们甚至怀疑我不是他们的儿子。在此之前，他们总嘀咕是在医院抱错了，我不是他们的儿子。

我一进号子，父母相继死了，临终前他们都问，这是我儿子吗？

你有朋友吗？叶子犯了作家的职业病。

朋友？我想到黑子，高中时老挨我的揍。黑子人如其名，又矮又黑，太阳底下，得靠牙齿分清他和阴影谁是谁。有天深夜喝完酒，黑子荷尔蒙发作，到路灯底下谈了个站街妹，我在出租屋外等他。我们正准备离开，被警察围了。作笔录时黑子对警察说，我是等他的。黑子指指我。天哪，那个女孩也点了点头。后来黑子解释说他还要找媳妇，让我担待一下，毕竟我进去过。我差点儿爆了他的头。

叶子点燃一根烟，似乎想从烟雾里寻找什么。你女人呢？他吐掉一口烟突然问。

女人？跑了。

那你？

死。我很沮丧。

你叫我怎么往下写你？骆瀚沙教授当初就不该救你！叶子猛敲键盘，然后气冲冲站起来，说，要死不能在这里死，这里只有我和你交流过。避免不必要的麻烦。转过头又补充一句，死不足惜。

于是我随便买了张火车票，随便下了一个站。地方是一座小城，山清水秀，不知道名字，我也不想知道名字。我捏了捏包里的安眠药，硬硬的，还在。

我突然想留一张纸条，说明我是自杀，与所有人无关。像叶子说的，避免不必要的麻烦。

我看见路边有个邮局，我看见了邮局前桌子上的笔。我扯出烟盒，伏在到处是糨糊的桌子上写遗书。

同志，同志。我听见叫人的声音，循声望去，一个头发花白的老奶奶站在我的对面。我环顾四周，问，你叫我？

老奶奶说，同志，你识字，帮着给我儿子写封信，好不？

不好，我在心里说。遗书还有最后几个字，我不想浪费时间。

不用写很多，几句话。老奶奶说。我点点头，我无法拒绝满头白发。无可救药。

我示意老奶奶说我写。老奶奶第一句把我震了一下，她说，孩子，妈想你了。我以为我妈复活了。

儿子,我知道你什么都没了。婚姻没了,朋友背叛了,工作也丢了,但你要明白,妈还在啊。我听着老奶奶自顾自地说。她儿子点儿背,像我。

我突然问,你儿子坐过牢吗?

老奶奶怔了一下,好半天才喃喃地说,因为这啊,就离开了。也好,这儿熟人多,多得让人没法活。

我似乎和他儿子建立起了某种感应,我说,我要是他,死的心都有。

哎,死都不怕,还怕啥?老奶奶擦了一下红肿的眼睛。他小时候可乖啦。于是老奶奶就谈起她儿子的小时候。

直到邮局下班,老奶奶说要不你送我回家,我给你说说我儿子。见我犹豫,她拉起我的袖子,说:明天还得帮我一下。她指了指信。

你为什么不给他打电话?

哎,通过一次话,就告诉了我地址。后来怎么也打不通了。

我看着老人落寞的表情,想起了我妈。我一手扶着老人,一手攥着安眠药瓶子,手心汗津津的。

老人继续给我讲着她儿子的故

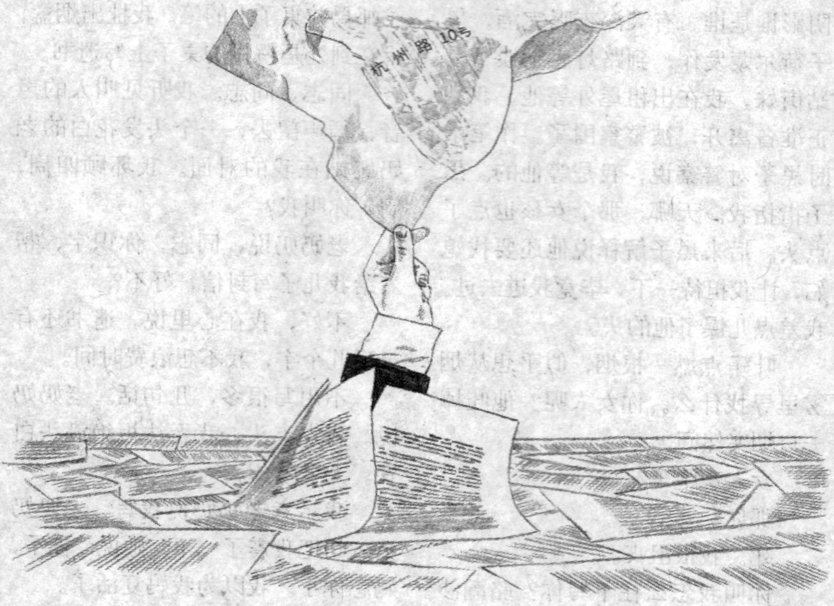

事。我完全可以肯定的是,这个世界上,有一个倒霉蛋比我还惨,但他的母亲还活着。

老人说自己身体垮得厉害,问我可不可以照顾她几天。我点点头,我想替天涯海角的倒霉蛋尽尽孝,这样我死有所值,就不像叶子说的死不足惜了。

老人身体的确不好,我每天跑菜市场,在她的指导下弄鸡鸭鱼肉,然后我们坐下来,安静吃饭。老人赞不绝口,说比餐厅的饭菜可口。有时我有种错觉,像是和我妈坐一块儿吃饭。

我在她的赞美下一照顾就是三个月。春天来临时,我说,我得离开了。

你去?

我去看看你儿子。

老人把地址给了我。

我很快找到了那个地址。那是一个门面,我走进去,一个女孩儿接待了我。女孩把一封信交给我,说,这是老人写给你的。

我打开,一看是我在邮局帮她写的那封信。女孩将钥匙放到我手上,说,这是老人托我们中介给租的房子,老人说让你开一间餐厅。

你不该在邮局设置那个老人啊。我对叶子说。

叶子在我的餐馆喝着酒,整个脸像罩着一个红塑料袋,说,不设置怎么办?我不想没有兄弟。

我突然想抱住这个落魄作家的头,我流着泪说,后来我抽空回去看老人,开门的是一个十六七岁的男孩儿。男孩儿问:你找老人?

我点点头,感觉这男孩儿像我。

她去世有二十多年了。她是骆瀚沙教授的夫人,一个行为心理学家,退休后回到小城居住的。男孩儿说。

叶子已醉得一塌糊涂。

> 她说,孩子,妈想你了。

图:黄煜博

【名师有话说】小说通过骆瀚沙教授、教授夫人和叶子的大爱和善举,拯救了一个处于生活压力、事业不顺、人情薄凉境地的绝望灵魂,给读者以温暖和希望。作者还巧妙设置悬念,以叶子为线索人物串联教授夫妻的救助过程,层层铺垫,环环相扣。尤其是结尾,颇有欧·亨利的风格。

点评者:上海长岛中学
语文高级老师 郑慧霖

本文为首届南瓜屋杯中国好故事征文三等奖作品。扫码了解更多。

56个民族的故事

中国是统一的多民族大家庭,每一个民族,都流传着感人至深的故事,每一个民族,都拥有着丰富的民间文学宝藏。本刊特推出新栏目"56个民族的故事",为您讲述中华民族的动人传说。本期刊登的是瑶族民间故事《金芦笙》。

金芦笙

@肖甘牛 整理

从前,山里住有母女俩,女儿爱穿红衣裳,叫作小红妹。

有一天,母女两人在田里耕种。忽然一阵大风吹来,天空出现一条恶龙,它伸下爪子把小红妹抓住,朝西方飞去。娘隐隐约约听到女儿的声音由风飘送过来:

救小红,靠弟弟。

娘啊,娘啊,莫忘记!

娘抹着眼泪望着天空说:"我只一个女儿,哪里来弟弟啊!"她一脚高一脚低走回家,走到半路,路旁一棵杨梅树的树枝勾住她的白头发。她看见树枝上结有一颗鲜红的杨梅,顺手摘下,吞进肚里。

娘回家以后,生下一个圆头红脸的孩子,取了个名字叫杨梅仔。

杨梅仔长得很快,几天工夫就长成了一个十四五岁的小伙子。

娘想叫杨梅仔去救姐姐,可是又舍不得小孩子去冒险,她只有一个人暗自流泪。

有一天,一只老鸦飞到屋檐口叫着:

姐姐苦哇!姐姐苦哇!

恶龙洞里泪沙沙。

龙尾打背手凿岩,

姐姐苦哇!姐姐苦哇!

杨梅仔听了,就问娘:"娘,我有姐姐吗?"

娘流着眼泪说:"孩子,你有个姐姐啊!她给恶龙抓去了。恶龙

民防小知识2. 遇到骨折情况,现场可以找块小夹板、树枝等,对患肢进行包扎固定。

害死了不少人啊！"

杨梅仔操起一根大木棍说："我要去杀恶龙，救姐姐，救众人！"

娘靠在门边，含着眼泪望着儿子"的笃的笃"地走了。

杨梅仔走着走着，走过一条山边路，看见一块尖滑的大石头拦在路中间。人们走路要爬过大石头，石头很滑，一不小心就要摔跤，摔得头破血流。

杨梅仔说："这是拦路虎呀！不搬掉它会摔倒很多人。"他用大木棍往大石头底下一撬，"咔嚓"一声，大木棍断了。他用双手穿进大石头底下，用力一掀，大石头滚下山谷去了。

这时候，石坑下现出一支金光闪闪的金芦笙。杨梅仔拾起那支金芦笙一吹，声音响亮，音色好听。

金芦笙的声音一响，路旁的蚯蚓、青蛙、四脚蛇等都跳起舞来。芦笙吹得越快，它们跳得越快；芦笙的声音一停，它们也跟着停止舞蹈。杨梅仔说："唔，我有摆布恶龙的办法了。"

杨梅仔拿着金芦笙向前走着，走到一座大石山边，看见一条凶猛的恶龙盘在一个岩洞口，身旁堆满了人骨头。又看见岩洞里，一个红衣姑娘流着眼泪，手拿铁凿在替恶龙凿岩洞。恶龙用自己的尾巴拍打着姑娘的背，恶狠狠地说：

小娘婆，小娘婆，
和你结婚你不肯，
只有天天把岩凿。
岩洞凿不穿，
叫你命难活！

杨梅仔大喊：

恶龙恶，恶龙恶！
你把我姐来折磨。
金笙不断吹，
叫你命难活！

杨梅仔吹起金芦笙，恶龙不由自主地跳起舞来，姐姐丢下凿子跑出岩洞来看。

杨梅仔不停地吹，恶龙伸长腰不停地舞着。金芦笙吹得越急，恶龙扭得越快。

姐姐走过来和弟弟说话，杨梅仔摆摆手，意思说，他不能停止吹笙，笙音一停，恶龙就会过来吃人。

杨梅仔不停地急吹，恶龙伸长腰不停地急扭着。恶龙扭得眼睛出火，鼻孔直冒热气，口里发出"嚯嚯"的喘息声音。恶龙哀求说：

嚯嚯嚯，小哥哥，
我放你姐姐回家去，
你莫把我来折磨。

杨梅仔哪里肯停，他边吹边朝一个大潭走去。恶龙也舞着扭着跟来

潭边。"咕咚"一声,恶龙掉下深潭里。它在潭里还是不断地扭着,舞着,盘旋着。恶龙疲乏得要命,眼睛冒出乌火,鼻孔喷出粗气,嘴巴张着,发出嘀嘀的声音。它又哀求说:

嘀嘀嘀!小哥哥,
饶我一条命,
伏在深潭不敢再作恶。

杨梅仔说:

恶龙恶,你听着:
伏在深潭里,
不能再作恶!

恶龙尽点头。金芦笙一停,它就沉下潭底。

杨梅仔拉着姐姐的手,笑眯眯地走了,他们走了不远,忽听大潭里哗啦直响。他们回头一看,恶龙冒出水面,抬起头,张牙舞爪地向他们飞来。

杨梅仔急忙吹起笙来。恶龙又掉进潭里不停地舞着,扭着。

杨梅仔在潭边不断地吹笙,吹了七天七夜。恶龙在潭里不断地扭了七天七夜。到了第八天,恶龙直条条地浮在潭面上死了。

姐弟两人"呼呼哈哈"地拉起恶龙的尸体回家。娘一见儿女双双回家来,笑得合不拢嘴。

他们剥下龙皮来盖房子,取下龙骨来做梁柱,破下龙角来做犁头。

龙角犁田不用牛拖,犁得很快。

他们犁了许多田地,种了许多粮食,生活过得很好。

图:小柯

本期话题 **距离**

14天的距离
@ 此情也呆

我在医学集中隔离观察点做了一个多月的志愿者,观察点撤场后被领导接回,进了一间临时宿舍。

几天后,宿舍内又住进来一位有几面之交的原同事小张,他当下的工作是为某些工作场所消杀并负责涉电维修。

小张戴着口罩向我致意:"冯师傅好。回单位之前,咱俩得共处一段时间了。"

"非常荣幸。有时间一块儿喝一杯!"我回答。

房子20多平方米。小张与我分睡在靠窗的南北两张床上。另一床横亘中间,放我们俩的杂物。

即便同处一室,彼此也戴着口罩。摘下口罩吃饭,我们相距三米左右,只偶尔说上三两句话。

小张一直没有明确答应我喝酒的邀请。尽管我已明示"撤场"之时已做了身体检查。

我先行返京,小张比我晚。我们都先后被隔离过。

半个月后,我们终于坐到了一块儿,推杯换盏。小张说,当听说是领导接我回来(没被感染)时就放心了。何况又经过了14天呢!

酒酣之时,小张反复对我说:之前,他的心里一直是忐忐忑忑的。

新冠疫情流行了一个时间概念——14天!

这也是我与小张的"距离"。

看不见的距离
@ 约伯疾风

一对夫妇坐邮轮去旅行。途中邮轮触礁,即将沉没。这时来了一艘救生艇,艇上只剩一个座位。丈夫推了妻子一把,自己登上救生艇。

妻子对着丈夫大声呼喊:"照顾好我们的孩子!"可惜无情的大海淹没了呼声。

救生艇上的人愤怒地瞪着这位绝情的丈夫,自私的男人。

女儿懂事后,不知从哪里听到这个故事,从此心存芥蒂,与父亲隔着一段看不见的距离。

数年后,女儿整理父亲的遗物,发现一本日记:父亲为了陪伴身患绝症的母亲散心,携母亲坐邮轮环游世界。邮轮触礁后,为了年幼的女儿,父亲选择好好活下去。

女儿的眼睛湿润了,把父亲的遗像紧紧抱在怀里。

【《他送的礼物很特别》续写】那年青春的寒冬里究竟是谁送了"我"一杯又一杯奶茶?多年后,是否能找到"他"?请看精彩续写。

扫描二维码,看《他送的礼物很特别》原文

嗨,你好

@ 砌步者

大学毕业后,我来到南方的一座城市,打拼了八年,终于成为一个有成就的心理医生。一个晚上,一杯奶茶的香味勾起了我记忆中的避风塘奶茶店。我拿出手机,搜索到我们302宿舍小群,敲下一行字:各位精英,还记得奶茶店吗?我们喝了那么多赠予的奶茶,却不知道赠主是谁,现在,有兴趣一起去寻找当年的赠券人吗?

顿时,小群煮起了粥,文字像煮粥冒起的气泡,纷纷扬扬地一致赞同。我又输入一行字:好,那就下周末吧,今天周二,还有十一天,奶茶店见。

我很快订了飞机票。我想我得打前站,提前一天赶到。可是,等我下了飞机坐上滴滴车来到避风塘奶茶店所在位置,顿时傻眼了,这里只有高楼大厦,哪有什么奶茶店?问了好些人,都说不知道。我走进一家咖啡店,要了杯咖啡,问服务员知不知道这里多年前有家避风塘奶茶店?她说知道,小时候喝过店里的奶茶。我眼睛一亮,忙问奶茶店搬哪去了?她说这里拆迁了,奶茶店搬到哪,她不知道。

我知道再难打探消息,只好找家酒店住下,再在小群里告诉大家实情,并发上我所住酒店的定位。七个室友第二天就到,大家聚在一起讨论,各献良策。最后,还是我一锤定音,决定去大学城找当年给我们送奶茶券的宿管阿姨。

第二天,我们来到大学城,经过多方打听,才知道宿管阿姨早几年退休了,去了东北的儿子家。我们顿时傻了眼,不知道下一步怎么进行。我说,去找当年的图书管理员问问,能否寻到点蛛丝马迹。

来到图书馆,管理员看到我们很热情,聊了一会儿,我转入正题,问他是否知道那年往书里夹奶茶券的人?管理员沉吟了一会儿,说知道,奶茶券是宿管阿姨送来的,但是,她也是帮人送的,并交代要按照信里的嘱咐在我们来之前夹在指定的书里,至于谁是赠券人,他就不知道了。

我恍然大悟,难怪奶茶券每次能及时被我看到。我当时咋就傻得想不到这一层呢?

室友们顿时默不作声。估计,她们都想起我大二时那个冬天的处境。那时,我的青春被生活划开伤口,情绪低落,悲痛不已,难以自拔。如果没有那奶茶券,我也许就会沉沦下去,也许会成为一个问题女孩,又或许会患上抑郁症,甚至早逝,哪有今天的成就!要知道,有很多人就因为有这样或那样的心理障碍问题而一蹶不振,甚至走上不归路。而他的关心,将我从心理障碍的泥淖里拉出来。

我陷入沉思,这一次找寻没有得偿所愿,我心里有浅浅的郁闷。几位室友见我失落,顿时"叽叽呱呱"起来。我的郁闷即刻被冲刷掉。她们簇拥着我去游玩。我忽然怀疑,当年的奶茶券会不会是她们几个凑钱买的?难怪,多年来,我总觉得她们的眼睛一直跟随着我,令我苏醒的心不再沉郁,令我的生活注满阳光。这么想着,我很感动,心一下子释然了。不过,我没有问,有的谜底不要去说破,因为,谁的人生不是保留一点秘密才更美妙呢!

可是,返家的第二晚,我又收到一条信息,是个陌生的号码:小柔同学,知道你快乐、幸福、优秀,我很高兴,其实,是谁赠你奶茶券真的不重要,请不要查找。那年冬天,我发现你情绪低落又颓废,悲伤溢于面上,我的心也一阵阵地痛,我想起我那个因抑郁症在一个寒冬里跳江的妹妹,我没有救下我妹妹,就想为你做点什么。还有,我帮助你的同时,也在帮助我自己,我发现我那时也有了轻度抑郁……

半年后,我辞去了南方优越的工作,在避风塘奶茶店原址的大厦租铺面开了一家心理诊所。我想,我必须回报这里。

至于这个谜底,已经没有揭开的必要,或许某一个鲜花盛开的春天,或者某一个雪花飘舞的冬天,他走进我的诊所,对我微笑着,轻轻说一句:嗨,你好!

(砌步者,本名余清平,广东省作协会员,广州花都作协副主席,中国微型小说学会会员。)

评点

【读者说】@平为福：评《故事会》蓝版2020年4月号《毕业两年，校园贷还没还完》涉世不深的孩子们，切记不要贪慕虚荣，牢记天上不会掉馅饼，即使掉也砸不到你头上，吃饭穿衣量家当，你的父母没教你吗？

扫码看《毕业两年，校园贷还没还完》

@忍者文身：评《故事会》蓝版2018年5月号《一块钱的希望》那年我9岁，妹妹7岁，弟弟5岁，母亲带着我们住在滦县老家，而父亲远在秦皇岛上班。地震时，我们都睡得正香，后窗户摇下来砸在洗澡的大铁盆上，才将我们惊醒。母亲给我们一个个穿好衣服，打开门走到院子里，这才发现大街上全是人。但是，像我们这样穿戴整齐的人却很少。邻居有个二大妈，衣衫不整地躺在地上，只能喘气不能动弹。母亲返身冲进屋里，要给二大妈找件衣服，但那时余震不断，我和妹妹弟弟在外面拼命地哭叫，母亲就顾不得找衣服了，心慌意乱地跑了出来。此事过去四十多年了，但母亲还时常念叨着对不起二大妈。

扫码看《一块钱的希望》

【编者说】时间进入六月，回望上半年的点点滴滴，别有一番滋味。生活逐步回到正轨，每个人都开始奔跑，疫苗研发的专家们争分夺秒，复工复产的平凡人斗志昂扬。不论是本期焦点的老师、化妆师、警察，还是卷首的街头手艺人、小摊贩，每一个为生活、为梦想而努力前行的人，都那么勇敢，那么伟大。

要知道，所有惊喜的未来，都有一个努力耕耘的当下。你我共勉。

本期责任编辑　胡捷

◆ 暮春之末，初夏之初，走过这个漫长的春天，葱郁而明媚的夏季就像读不完的好故事，让所有人期待。让我们一起来探寻握在麻醉师手中的秘密，在飞机上一起开怀大笑，与野马一起飞奔在草原之上，寻找更多的故事。

扫描二维码，打开《故事会》线上增刊，精彩内容"码"不停蹄，等你来。

不愿回栏的老黄牛

@ 韦耀武

20世纪80年代初分田到户时,我家分到了一头老黄牛。母亲埋怨父亲手气差,倒是爷爷豁达地说,它跟咱们家有缘,别嫌弃,好好养着吧。

我家的牛栏在河岸边,是一间独立的土坯房,距家里的正房和河堤各有十多米远。老黄牛分来后,我常在河边放牛。

1983年7月23日是我永远难忘的日子。这天傍晚,我放牛回来,以往只要一打开牛栏的木门,老黄牛就自己走进去,可这次却站在离门一米多远的地方,怎么也不再往前迈步。无奈之下,我叫来父母,我们仨连拉带拽,总算把它赶进了牛栏。吃晚饭的时候,老黄牛叫了几声,爷爷出去看了看它,脸色凝重地回到房里。

半夜时分突然下起了暴雨。这时,爷爷把一家人全叫了起来,要我们赶快往后山生产队废弃的保管室里去。一家人跌跌撞撞刚爬上后山,闪电的光亮中,我惊恐地看到,山下浊浪滔天,一片汪洋,我们的家,还有牛栏,都已被洪水吞噬。

一夜之后,洪水退去,我们这才得知,是十几年前修建在峡谷中的一个无人看管的小水库,被汹涌的山洪破了堤。我们一家得救了,老黄牛却被洪水夺去了性命。事后爷爷说,动物是有灵性的,它的一些反常举动就是在给人们预警。老黄牛想救我们,只是我们太愚钝,没能救得了它。

不久后,在镇、村以及乡亲们的共同帮助下,我们家重建了家园。如今几十年过去了,我却始终忘不了那一天,也忘不了老黄牛。爷爷说,不论什么时候,我们人类都要敬重生命,敬畏和保护我们的动物朋友。

田晓丽摘自《生命时报》

故事会 Stories Digest 文摘版 2020.7 总第71期

社　长、主　编：夏一鸣
副社长：张凯
副主编：高健
本期责任编辑：吴艳
发稿编辑：高健　胡捷
　　　　　蔡美凤　杨怡君
美术编辑：孙娌
电话：021-64668742
　　　021-54561119
邮编：200020
地址：上海市绍兴路74号
主管：上海文艺出版总社
主办：上海文艺出版总社
出版单位：《故事会》编辑部
发行范围：公开

出版、发行电话：021-64313938

发行业务：021-64313938
发行经理：钮颖
媒介合作：021-64338113
广告业务：021-64334376
新媒体广告：021-64450660
广告经营许可证：
沪工商广字3100320080016号

国外发行：中国图书贸易总公司
印刷：上海四维数字图文有限公司
发行：上海邮政报刊发行局
邮发代号：4-900
国外代号：MO9178
定价：6.00元

卷首
不愿回栏的老黄牛 / 韦耀武　　01

焦点
别了，我的小猩猩 / 章月　　04
高原神犬 / 马文秋　　17

笑点
名师高徒 / 黄超鹏　　08
抠总监请吃饭 / 郭选　　38
南方菜和北方菜的区别 / 云雀雀　　43
丸子的朋友圈　　48
连锁反应 / 庞启帆编译　　55
牛大姐家乐事多　　60

盲点
吃下一朵"香菇"的奇遇 / 马小铃　　09
明朝盛产奇葩皇帝，他却是一股清流 / 最爱君　　20
达尔文奖：最硬核的"作死"故事
　　Tristan Kennedy　SME科技故事翻译　　58
为什么蚊子不会被雨砸死 / 老胡　　72

亮点
双灯 / 汪曾祺　　12
老兵讲的故事 / 麦家　　53
那一刻 / 安石榴　　62
醉酒 / 安石榴　　64
"隐"得值得，"秀"得机巧 / 刘俐俐　　66
虫子 / 钟宇　　76

看点
无法忽视的记忆 / 祝青林　　14

十块钱 / 张亚凌	23
当我成为一名要实习的大学生 / 成群飘	28
打开一颗心 / [英国] 斯蒂芬·韦斯塔比 高天羽译	35
揭秘"杀猪盘"骗局 / S 口述 梁珂文	50
那年高考 / 豆老头儿 女钢铁侠_2019	57
我们一起点亮那些灯 / 陈雪	73
幕后贵人 / 唐冬生故事	82
乌金床 / 张殿兵	91

视点
| 防晒面膜等三则 / 草木虫 | 25 |
| 猫可以骚到什么程度 / 时尚青年 | 79 |

泪点
| 载不动父爱如山 / 宇原 | 30 |
| 二十块点心和三颗水果糖 / 韩松落 | 41 |

侃点
| 逃过了包办婚姻,却死在了包办友谊 / 朋友很多的 | 33 |

零点
有个朋友买了桶原油,赚了三块钱 /beebee	45
做天下第一才不开心 / 鹅打	68
冰箱里的教练们 / 周锐	85
好奇的危险打开方式 / 耿晓晖	93

56 个民族的故事
| 芦笙是怎样吹起来的 / 当皎整理 | 88 |

评点
| 读者说&编者说 | 96 |

故事会 文摘版欢迎投稿

稿件要求:来自最新的报刊、书籍或网络,故事性强,文字明快,主题健康,视野开放,纪实或虚构均可,体现"新、知、情、趣"的特点,同时欢迎第一手的翻译作品。推荐作品须注明原文出处、原作者姓名,确保转载不存在侵害版权的行为,并请留下推荐者真实姓名及通信地址。作品一经采用,即致推荐者 50 至 200 元推荐费,并向作品著作权人支付稿酬。

故事会文摘版 投稿信箱
wenzhaiban@126.com

故事中国网:www.storychina.cn

故事会公众号　故事会 App 下载二维码

本刊所付作者的稿酬,已包括以纸质形态出版的**故事会**文摘版、汇编出版、音像制品及相关内容数字化传播的费用。部分作者因各种原因未能联系到,请通过邮件或电话与我刊联系稿酬及相关事宜。

本刊未署名图片均由视觉中国提供

别了,我的小猩猩

@覃 月

我从未想过有一天,自己会和某种动物产生这样的情愫,牵挂、迷恋又带着不舍……

初遇

曾经,我作为高级维修技师去了非洲布尼亚。那里没有网络,我就只能过着日出而作、日落而息的生活。

遇到平仔的那天,我躺在驻地平房的屋顶上看日落。布鲁诺兴奋地找到我,说:"陈,下来,有礼物。"我到了院子,看到当地工人正围着一只猩猩。它看上去只有两三个月大,非常虚弱,趴在院内一棵倒下的树干上一动不动,圆圆的黑眼睛睁得很大,打量着周围的人。

"吃不吃?便宜卖给你。"捡它回来的工人对我说。

我赶忙摆摆手。

工人叹了口气,提起它的脚,就要往旁边树林里走。我问布鲁诺:"是要把它放了吗?"

布鲁诺笑了笑,露出一口歪歪扭扭的白牙:"不,要把它扔掉。

这个猩猩不会自己找吃的,被扔掉以后,很快会死的。"

我动了恻隐之心,伸手拦住了提着它的工人。最终,我用300元人民币买下了它。我给它起名叫平仔,寄托着我平安回国的念想。

平仔最初非常虚弱,吃东西都很困难,我带它去当地防疫站打了疫苗,又托从金沙萨来的当地同事

特别策划 强势围观

买了奶粉、奶瓶、尿不湿、小饼干等婴儿用品。就因为给猩猩花了这么些钱,我还被当地人当成笑话。

那时候,设备维修的活儿不多,我有很多时间照顾平仔,把它当成人类的宝宝一样喂养。过了两个月,平仔的身体逐渐好了起来。它一天天长大,不仅体力越来越好,智商也越来越高。

它完全懂得自己叫"平仔"。只要我叫它,无论在院子的哪个角落,它都会立马过来坐在我面前。平仔非常喜欢干净。它会自己洗澡、洗脸,做得有模有样。平仔一岁半时,就开始跟我一起出去工作了。它对我大大的工具箱最好奇,扳手、钳子、会发光的测电笔都成了它的玩具。

每当我驱车从布尼亚市区赶往项目工地时,平仔都是我路途上解闷的伙伴。维修机械时,它喜欢静静地坐在我脚边观察,后来看得次数多了,甚至学会了给我递工具。平仔能与我在工作中"配合",使得当地工人也不再把它当原始动物看待。

渐渐地,大家也都习惯了平仔的存在。平仔能和工人们打成一片,甚至会枕着他们的胳膊安心睡个午觉。在布尼亚的时光,艰苦、寂寞、缓慢而悠长,却又无拘无束,充满未知。

援救

外派工程师每年都有探亲假,整整一个月。在我离开的日子,就拜托布鲁诺照顾平仔。回国后,我只能发短信询问它的情况。

基本上,布鲁诺的回复就是:"它很好,只是吃得少,不怎么开心,像是想要你快点回来。"

后来,经历了几次短暂的分别后,平仔明白我还会回来。只是每次我离开的时候,它会坐在屋顶上默默目送我离开,每次回来的时候,它就会开心地跳到我身上,用头顶蹭我的脸颊,我知道这是它在用猩猩的方式说:"欢迎回家。"

平仔也有犯错的时候,比如不小心弄烂我的书,或者咬断我的数据线,这时,它会察觉出我不悦的神色,可能是从电视里学到了认错的姿势,它还会主动跪下,举起双手,睁大无辜的双眼看着我。

每每这样,我就完全忘记要去责备它了。

从衣食起居到工作娱乐,我们朝夕相处。

工友们都笑说,平仔就是陈的儿子。而平仔也没有让我失望。

有一天,我驱车前往项目现场。雨天路滑,车子抛锚撞到了路旁的树干上。皮卡的车头当即凹陷,卡到了树干里动弹不得,驾驶座的门也严重变了形。

平仔反应灵敏,从窗口闪电般滑了出去,并没有受伤。我的脚却卡在了油门和刹车之间,无法脱身,手机也没有信号。

平仔急得在我身边跳来跳去,抓耳挠腮。

我掏出手机,指了指和布鲁诺以及其他工友的合影,然后指着我们来时的路,做了个"拜拜"的动作。

平仔瞬间明白了,这是要它回去找人来帮忙。它立马跳到一旁的树干上,准备回驻地。但还是一步三回头地望着我,直到彼此的距离越来越远,再也看不到对方。

在车上等待的时间异常煎熬。这里离驻地有十几公里,我不知道平仔能否安全找到驻地。它没有独自在森林中穿行过,任何其他动物的攻击,对它来说都是致命的威胁。即使回去了,又能否用它的语言说服工友出来寻我呢?

没想到,只过了一小时,布鲁诺和其他工友就在平仔的带领下,骑着摩托车顺利找到了我。

事后他对我说,平仔特别聪明,它在地上画了个圆比作我的脸,还画出了我的眼镜,因为工地上只有我一人在维修时会戴眼镜。平仔甚至拿了我的一颗纽扣递给布鲁诺,纽扣是中国公司制服上特有的,有汉字,所以布鲁诺一下就明白了,平仔是要带他去找我。这件事发生后,我对平仔的感激和爱疯长起来。

但我也意识到,今年已是我被派驻的第三年,归期就要到了。

我不能把平仔带回去,国内无法让它入境。

1. 答案:"体操"是对所有体操项目的总称。

特别策划 强势围观

离别

离别前夕,平仔变得很敏感。它见我打包了几乎所有的物件,包括平时出差并没有带过的东西,它大概意识到,我这次要走得很远。

平仔把装好的东西拿出来藏在床底或者其他角落。我只好趁它睡着轻手轻脚地收拾,锁上。平仔很聪明,它见箱子打不开,就去试着拎箱子测重量,发现自己提不动了,就知道我还是要走。

我把最常穿的工装制服留给了布鲁诺,那上面多少有我的气味,我希望平仔能和新主人和睦相处。

走的那天,布尼亚天气晴朗。我要上车时,平仔用了最大的力气,抱着我的腿不肯松手。我狠下心来,跟它道别。布鲁诺把它从我身上剥离的时候,平仔发出了撕心裂肺的叫声,大大的黑眼睛也一直在流泪。

终于,车子距离我生活了几年的营地渐行渐远,飞扬起来的尘土,淹没了后视镜里的影像,我只记得,平仔的哭声慢慢变小,最终我耳边剩下的,只有车轮滚滚的声音。

这一幕,在我落地中国后,还时常出现在梦里。

回国后,我很快搬进了新家,只是站在阳台的时候,依稀记得我曾经有过打算,把新家里的一间小屋留给平仔。

在回国后的第三个月,布鲁诺给我发来了平仔的死讯。

自从我们分别后,平仔就不怎么吃东西了,常常坐在屋顶发呆,它甚至独自走了几十公里的路,去项目现场找过我。在返回驻地的途中,估计被其他动物攻击,受了伤。

布鲁诺虽然找了兽医,但平仔最终还是在郁郁寡欢中死去了。布鲁诺对我说,平仔死前,抱着我穿过的那件旧工装,怎么都不肯放手。

从此,我再也不敢去动物园,不愿意重返非洲,不愿意观看、阅读人和动物题材的电影、图书。每次看到,我都会像个孩子一般流泪。

平仔是我此生中最特别的回忆,我常常想为什么人与动物能建立如此深厚的感情,大概是因为它们总能做到人类无法互相给予的事情。

比如,它对我,从不指责,从不怀疑,只是永远相信,永远追随。

摘自《初中生》
图:黄煜博

【编者的话】不论是非洲大地上可爱又聪明的小猩猩平仔,还是青藏高原上忠实勇敢的神犬扎拉,它们表达情感的方式都很简单,只是相信、跟随、陪伴,或许这就是动物传达给我们最动人的爱意。

名师高徒

@ 黄超鹏

相声大师老陆名满天下，很多年轻人都拜入他的门下，跟着学习相声。老陆教徒弟很用心，除了日常的基本功训练，还常带他们到各处登台磨炼。

在众多徒弟中，他最看好一个叫阿炎的弟子，阿炎不但记性好口齿好，心思也特别灵活。不过，也因为太聪明，有时就想着偷懒走捷径，容易膨胀，尽想着出风头。

一次，阿炎在老陆的专场上表演，因平时疏于练习，一个贯口说

得错漏百出，被观众嘘下了台。

下到后台，老陆非常生气，责骂道："你平日不好好练，总想着靠小聪明蒙混过关。这样下去怎能长久，怎会有出息？"

阿炎在气头上，一脸不服气，回嘴道："我就是不练，将来也能比你赚得多！"说罢，阿炎脱掉大褂，夺门而出。

此后，剧场里再也没有见到阿炎的身影。有徒弟跟老陆说，倒是经常看到阿炎在剧场外边晃，见到熟人还躲躲闪闪，似有心事。老陆觉得这孩子是真喜欢相声，不然不会老在门口转悠，只怪自己话说重了，孩子脸皮薄，不好意思回来。

这天，老陆又听到人说在外面看见阿炎。趁着没开场的工夫，他跑到外面，一瞧到阿炎，便拉住道："回来吧，孩子，跟师父好好练，以你的天赋，将来名气必将超过我。"

阿炎尴尬不已，挣脱道："师父，谢谢您。不过，我并不想回去。"

"别骗师父了，不想回你咋老来这里转？"老陆笑着说。

阿炎的脸更红了，不好意思地从兜里摸出一沓票来："我现在转行当黄牛，专炒您的票，一场下来赚得比您还要多。"

梁衍军摘自《讽刺与幽默》

吃下一朵"香菇"de奇遇

@ 马小铃

雨后蘑菇

去年秋季,我在网上看到一则去荷兰中部密林里采摘蘑菇的活动信息,然而不仅活动价格不菲,还须提前考取荷兰政府颁发的"植物辨别证书"。这张证书,不仅需要去专门的植物研究所上满160小时的课程、读完三本像字典那么厚的荷兰文的植物类图书,还要缴纳一大笔培训费。我霎时没了兴趣。

或许因为荷兰对食用菌把控严格,所以荷兰的蘑菇很贵,普普通通的白色鲜蘑,在国内每斤只要几块人民币,在荷兰却是每千克17.99欧元!以至于我在荷兰这几年,吃蘑菇的次数两只手都可以数得过来。

去年年底,我搬了新家,来到了莱顿和海牙中间的一个小镇上居住,房前有一片花园。今年元旦过后,荷兰连绵的密雨终于暂时停歇,难得露出了一天的太阳,我偶然发现,自家花园里拱出了两朵大大的、水灵灵的"香菇"。说是"香菇",也不完全是我熟悉的香菇的模样:这两朵棕色的大蘑菇,个头有拳头大小,伞盖又厚又结实,样子看上去平淡无奇,外表也没有毒蘑菇常见的奇怪颜色、茸毛、凸起等特征。

第二天,我受邀去同城的朋友家里做客,临出门前还瞅了一下家里这两朵"香菇",发现它们比前一天长得更大了,看起来极其美味。一路上,我着重寻找路边的蘑菇,发现森林里、公园里到处都有这个品种的"香菇",甚至到了朋友家,在她家的花园里也发现了同款"香菇"。朋友说,她家的花园里经常长出这种蘑菇,家里的猫总是跟长出来的蘑菇玩,没见有什么危险,但她仍十分不建议我采来食用。

蘑菇下肚

当天回家后,我准备做个麻辣香锅当晚饭,最后发现好像少了点食材。我又跑去窗口瞅了一眼花园的两朵蘑菇,心想:我这两朵蘑菇外表平淡无奇,而且,城市里同款蘑菇到处可见,朋友家的猫也经常揪着蘑菇玩来玩去,如果真的有毒,政府早就派人把它们全拔掉了,怎么可能到处都是?

综上所述,我认为,这一定只是两朵普通的大香菇!即使个头大了点,也是可以理解的,毕竟荷兰人长得人高马大,荷兰的香菇必然也得大啊!当下,我毫不犹豫地把两朵"香菇"摘了回来,洗净过油,准备给麻辣香锅加个菜!

我快吃完的时候,老公下班回家了,吃不惯中餐的他,自己煮了一碗意粉。

酒足饭饱后,我在书桌前开始复习次日的博弈论考试,渐渐地发现自己不能集中精神,脑中似乎有无数个人在对我说话,声音由弱渐强,"人数"由少渐多。在不到一分钟的时间内,我的大脑就分裂出数万个分支,每个分支都有独立的思维,它们互相干扰、讨论,让我恨不得撕掉面前的书。随之,我的身体也开始变沉变软,感觉自己沉在一片沙里。

这时,老公上楼给我送水果。据他所说,我当时正一脸痴相对着空气疯狂地摆动手臂做划船状,双眼迷离,嘴里还用中文大喊着:"好大的浪啊!妖风啊妖风!"他吓坏了!说要抱我去医院。

当时的我,第一反应竟然是:我不要去医院,这个时候只有急诊了,急诊很贵!我开始强烈"反抗"。

据说,我当时不间断地唠唠叨叨了 20 多分钟,中间甚至没有一句重复的话,也正因如此,老公觉得我病得十分严重,必须去医院。从

我的叙述中,他得知我吃了野生的蘑菇。顾不上骂我傻,赶紧背我下楼,开车送我去了医院的急救科。

奇特解药

到了医院后,老公把我之前拍下的蘑菇照片拿给急诊处的医生看,叙述了我的病情,吃蘑菇的量和时间。医生检查了我的瞳孔、听力、血压,并给我验了血液和尿液,还问了我一些非常基础的问题,例如:19×4等于多少等。当时的我,虽然完全不能集中注意力去思考,但分析能力达到了顶峰。比如,我会分析,19×4,需要先算20×4,再减去一个4,至于20×4是多少,我偏偏想不出来。

化验结果很快就出来了。医生说我并没有什么大碍,我吃的只是致幻类蘑菇,对肝脏和肾脏不会有特别大的损伤,一般四个小时后,身体就可以代谢掉毒性恢复正常。如果想稀释毒性可以多喝点可乐,三天后再回医院复查。

就这样,一通检查下来花了几百欧,我又被带回了家。那时距我吃下蘑菇大概过了两个半小时左右,是蘑菇毒性最高并开始逐渐回落的阶段。到家后,眼前的场景又一次变了:地板、墙壁、桌子、椅子等都在晃动,我试图回到书桌前继续复习,纸上的字都由2D变成了3D。我越看越觉得有趣,笑个不停。

老公看到我"疯"得越来越厉害,赶忙出门去买可乐帮我稀释毒性。不知过了多久,老公带着两大罐可乐回来了,我喝了好几杯,逐渐地,毒性慢慢退了,等我再次睁眼的时候,已经完全没有幻觉了。

三天后,我来到医院验血验尿,次日拿到结果,一切正常。医生说,荷兰这个地方由于气候潮湿,蘑菇的品种很多,有毒无毒的都有,外行人很难仅凭肉眼分辨,也因此政府一直严格把控蘑菇的采摘。

这种迷幻蘑菇其实还有特别的用处。荷兰地处北欧,冬季黑夜长,国民得抑郁症的概率很高。患者除了遵循医生的嘱咐努力抗抑郁之外,还可能收到医生派发的用迷幻蘑菇做的抗抑郁药!这种迷幻蘑菇中的裸盖菇素物质,能有效缓解轻度和中度抑郁症患者的症状。

怪不得,我中毒的时候一直傻笑,第二天考试也比平常更开心和自信。今后有谁不开心,我就摘个蘑菇炒盘菜,跟他说:"兄台,干了这盘毒蘑菇,保你笑口常开!"

<small>心香一瓣摘自《大学生》 图:豆薇</small>

今年是中国当代著名作家汪曾祺诞生100周年。旧瓶装新酒,注入现代意识的聊斋,能否触动到你?

双灯

@ 汪曾祺

魏家二小,父母双亡,念过几年书,跟着舅舅卖酒。舅舅开了一座糟坊,就在村口,不大,生意也清淡,顾客不多。糟坊前面有一些甑子、水桶、酒缸。后面是一个很大的院子,荒荒凉凉,什么也没有,开了一地的野花。后院有一座小楼。楼下是空的,二小住在楼上。每天太阳落了山,关了大门,就剩下二小一个人了。他倒不觉得闷。有时反反复复想小时候的事,背两首还记得的千家诗,或是伏在楼窗看南山。南山很深,除了打柴的、采药的,不大有人进去。天边的余光退尽了,南山的影子模糊了,星星一个一个地出齐了,村里有几声狗叫,二小睡了,连灯都不点。一年一年二小长得像大人了,模样很清秀,因为家贫,还没有说亲。

一天晚上,二小已经躺下了,听见楼下有脚步声,还似不止一个人。不大一会儿,踢踢踏踏,上了楼梯。

二小一骨碌坐起来:"谁?"只见两个小丫头挑着双灯,已经到了床跟前,后面是一个少年书生,领着一个女郎,到得他面前,微微一笑。二小惊起说不出话来,心想这是狐狸精! 腾的一下,汗毛都立起来了,他低着头,不敢斜视一眼。书生又笑了笑说:"你不要猜疑,我妹妹和你有缘,应该让她与你做伴。"二小看了看书生,一身貂皮绸缎,华丽耀眼,看看自己,粗布衣裤,只觉得自己寒碜,不知道说什么好。书生领着丫鬟,丫鬟留下双灯,他们径自走了。

名家经典 新锐先锋

剩下女郎一人。

二小细细看了看女郎,像画上画的仙女,越看越喜欢,只是自己是个卖酒的,怎么配得上这样的仙女呢?想说两句风流一点的话,一句也说不出,傻了,女郎看看他说:"你是不是念'子曰'的,怎么这么书呆子气!我手冷,给我焐焐!"焐了一会儿,二小问:"还冷吗?""不冷了,我现在身上冷。"二小翻身把她搂了起来。

鸡叫了,两个丫鬟来,挑了双灯,把女郎引走了。到楼梯口,女郎回头:"我晚上来。"

"我等你。"

夜长他们赌猜枚。二小拎了一壶酒,筐箩里装了一堆豆子:"几颗?"

"三颗!"

猜了十次,都猜对了,二小喝了好几杯酒。

"这样猜法,你要喝醉了,你没个赢的时候,不如我藏你猜,这样你还能赢几把。"

这样过了半年。

一天,太阳将落,二小关了大门,到了后院。看见女郎坐在墙头上,这天她打扮得格外标致,水红衫子,白蝶绢裙,鬓边插了一支珍珠编凤。她招了招手:"你过来。"把手伸给了二小,墙不高,轻轻一拉,二小就过了墙。

"你今天来得早?"

"我要走了,你送送我。"

"要走,为什么要走?"

"缘尽了。"

"什么叫'缘'?"

"缘,就是爱。"

"……"

"我喜欢你,我来了。我开始觉得我就要不那么喜欢你了,我就得走了。"

"你忍心?"

"我舍不得你,但是我得走。我们,和你们人不一样,不能凑合。"

说着已到村外,那两个小丫鬟挑着双灯等在那里,他们一直走向南山。

到了高处,女郎回头:"再见了。"

二小呆呆地站着,远远看见双灯一会儿明,一会儿灭,越来越远,渐渐看不见了,二小好像掉了魂。

这天傍晚,山上的双灯,村里人都看见了。

摘自《聊斋新义》
广东人民出版社
图:陈明贵

扫一扫,看蒲松龄《双灯》原文。

无法忽视的记忆

@ 祝青林

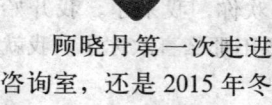

一

顾晓丹第一次走进咨询室,还是2015年冬天,她坐在沙发上,问:"请问催眠能治好我的失眠吗?"她已经饱受失眠困扰多年。

我告诉她:"我可以给你催眠,但我想先在一定程度上了解你。不到特殊情况,不必用这种方式。"

催眠,是一种心理治疗的辅助手段。因为失眠而想来体验催眠的咨客,我每个月都会遇到几个。但不找到失眠的深层原因,只是用催眠让其入睡,没太大意义。

顾晓丹同意了我的提议。第一次面谈过程中,我发现30多岁的她家庭关系和睦,工作上没有什么压力,而且有一个很快乐的童年。

但在回忆童年时,顾晓丹说起了自己的一次烫伤经历。

小时候她跟着爸妈去赶集,一不小心掉到炸糯米糖饼的油锅里,烫伤了半边身子。后来治好了烫伤,也没有留下疤痕,但那半边身子一到夏天就会起疹子,火辣辣地疼。这几年顾晓丹跑了几家大医院,都没查出问题。

"我老公分析,会不会是之前掉到油锅里,疼痛的记忆太深了,疹子是应激反应。"

听了她的经历,我有些狐疑,事实上,我从没见过这么严重的应激反应。顾晓丹走后,我立马制订了一套治疗方案,等她下次上门。

第二次来访,顾晓丹仍坚持要体验一下催眠。

我让顾晓丹用自己觉得舒服的姿势坐在沙发上,微微闭上眼睛,并试着把她引入深度催眠,探究她潜意识里隐藏的东西。催眠分为六个层级,从让被催眠者手指动或不动的第一级,到影响记忆的第三级,一直到使其看不到眼前东西的第六级。我引导顾晓丹逐层深入,但当进入第四级——痛觉阻断时,我发现卡住了。我拿笔尖轻轻戳了一下她的手指,顾晓丹本应没有任何感觉,此时却痛得大叫起来。我尝试了几次加深她的催眠,都没有用,她还是在喊痛。

我想先唤醒她:"顾晓丹,现在我倒数三个数,你可以醒来,三、二、一……"说完,顾晓丹还是微垂着头,沉浸在催眠状态里。

被催眠之后无法醒来,原因一般有两点,一是被催眠者有严重失眠,从来没有休息得这么好过,想要多待一会儿;二是有些东西平时压抑得太深,现在有了一个缺口,拼命地想要往外冒。

我说:"你可以在那里多待一会儿,你有什么想说的吗?"

她突然开始讲述:"小时候,爸爸在院子里给我搭了一个小木屋,留着我钻进去玩。有一天我惹他生气,爸爸把我推到小木屋上,小木屋倒了,全压在我身上。"

她眉头紧皱,呼吸急促起来:"太沉了,压得我没法呼吸,我感觉四周很黑,哭也哭不出来。"她语无伦次,重复诉说着当时的感受。

等她平静下来,我问她:"如果现在父亲就在你面前,你想对他说什么?"

她流下眼泪,说:"我真的很恨你,那件事也不是我的错。"

我没有再追问,等顾晓丹醒来,我告诉她:"我认为,你很想忘记父亲把你推到小木屋上这件事情,但你忘不了,只能把它压抑进潜意识深处,甚至产生了幻想,让你误以为那个被小木屋压在身下的痛感是掉进油锅里造成的。可是这件事的能量太强了,你的潜意识活跃起来之后,第一个冒出来的就是这件事。其实你可以问一下你妈妈,到底有没有掉到油锅里这回事。"

下次来访时,顾晓丹告诉我,确实没有发生过烫伤事件。后来,我用催眠和认知行为疗法,帮助她重新感受、理解那次事件,让她意识到,那只是她和父亲的一次矛盾,如果持续放大这种受伤的感受,会影响她接下来的生活。半年后,她的睡眠好了很多。

催眠不是万能的,更重要的是

学会面对自己心里的伤痛,而不是逃避。执业多年,一个女孩的案例让我非常遗憾。

这个女孩叫任湘玲,第一次见面,她面黄肌瘦,眼睛红肿,脸上还挂着哭过的泪痕。她要我用催眠术帮她忘记前男友。

我跟她解释,催眠确实可以达到"记忆遮蔽"的效果,但不能真正删除记忆,只是把它深深压进了潜意识。醒来后,你再遇到一些相关的物品或场景,还可能再回想起来。而且人的意识是连贯的,如果直接从你的记忆里抽走一段,你整个人就会被碎片化了,产生的影响是无法预估的。最重要的是,通过催眠让人忘记一些事情,在国际上是不被允许的。

但任湘玲非常坚持:"你让我忘记他,我可以付你双倍钱。"

"你这种情况,我用精神分析就可以帮你治疗,你要相信自己可以接纳这段往事。如果你要强行抽走这段记忆,最好的情况是治标不治本,你可以轻松一时,但有他出现的那段时间的其他记忆也会随之丢失,你会很痛苦的。"

她没有接受我的劝告,问我要了其他几个催眠师的联系方式之后就离开了。

和任湘玲分别大概半年后,我接到一个电话,对方自称是任湘玲的妈妈,质问我对任湘玲做了什么。

我将当天两人见面的谈话都告诉对方。对方沉默了一会儿,问:"那你可以把另外几个催眠师的电话告诉我吗?"

"湘玲突然就不记得很多事情了,而且精神状态越来越差,上周还被诊断出了双相障碍,不知道还有没有救?"

我又询问了任湘玲的一些情况,以及她近期说过的话,思索了半晌,大胆地做出了判断:"催眠状态可以让人接受矛盾的信息。从她目前的行为来看,她现在很有可能既能记得一些片段,但又相信催眠师说的,自己已经把这段记忆给忘了。所以她会感到精神上有撕裂感。"

电话那头响起了啜泣声。

我说:"您不用过于担心,这只是在接受催眠之后,人会出现的某种特殊状态。您可以把她带到我这里来,我试着帮她纠正。"

从那之后,我一直在等,直到现在,也没有等到任湘玲上门。每当想起这个女孩,我都默默祈祷,希望她在某个地方好好生活着。

水云间摘自微信公众号真实故事计划

图:半夏

特别策划 强势围观

高原神犬

@ 马文秋

在海拔4500米以上的青藏高原无人区,我独自在公路上骑行了十天,体力消耗非常大。我停下来坐在路边休息,眼前是苍茫的荒滩,蓝色的天空中飘荡着朵朵白云。

无意间回头一看,突然发现一个黑影正在向我跑来!我看出,那应该是一条流浪的藏狗。这种藏狗跟狼个头差不多,有一米多长,也比较高,听朋友说藏狗也可能伤人。它大口呼着白气,身体似乎还有些发抖,也许是太冷的缘故吧。

我们四目相望,都没出声。它的步伐有些软绵绵的,肚子也很干瘪,我观察了好一会儿,判断出它没有恶意。它也不认生,继续向我走来,眼睛里似乎有乞求的意思。我没有犹豫就掏出半块饼,扔到它面前。它闻了闻就大吃起来。看得出,它确实十分饥饿。

我又给了它一些吃的,看它吃完就转身继续骑行,却惊讶地发现那条狗在跟着我走。就这样跟了我几千米,我觉得还怪有意思的。

晚上宿营和吃晚饭时,它还是在我旁边转,我们逐渐熟悉起来。夜里它还给我站岗放哨。早上起来一看,它依然趴在外面,见我出来,仿佛很开心,不住地摇尾巴。我也很高兴,走过去,抚摸它的脑袋。我们彻底消除了隔阂,成为朋友。

我给它取名叫扎拉。

这天,我跟扎拉来到了一片湖区,湖水已经结冰,天空很蓝,周围特别美。我决定在这里扎营住下来,尽量多陪陪扎拉。

我和扎拉发现附近有一个土房子，距离湖岸不远，我决定过去看看。突然，扎拉停了下来，向远处张望，我急忙也顺着它的目光看，只见一个黑影正在跑过来，原来是一头牦牛，我放下心来。

而扎拉却十分紧张，开始吠叫。

牦牛越来越近，我开始有些惶恐了，因为它的个头特别大！足有两米高，弯曲的牛角也特别长。

我猛然意识到，这可能是头落单的野牦牛，在跟别的雄性决斗中不幸落败，四处游荡，性情变得特别古怪易怒，四周如此空旷，我的出现也许刺激了它？

野牦牛的目标果然就是我！我急忙发疯般跑向那个空房子，倒霉的是，房门竟然锁着。好在房子并不高，我猛地一跳，爬到了房顶上。

野牦牛已经冲到房下，瞪着血红的眼睛，冲我怪叫，突然用硕大的牛角猛顶墙壁，一下就顶了个大口子。野牦牛又继续乱顶，一面墙很快就要被顶倒了！当两面墙都要被撞倒的时候，房顶已经没法待了，我只能从后面跳了下去。脚一落地，我仿佛能感受到死神的逼近。

扎拉没有逃走，一直对着野牦牛狂吠。突然，扎拉趁野牦牛不备，用爪子从侧面在它的鼻子上猛打了一下，然后迅速跳开。牦牛立即疼得惨叫起来。

野牦牛转移了目标，朝扎拉猛扑过去。野牦牛步子大，速度很快，狗还真跑不过它，但扎拉很聪明，在快要被顶到的时候，就来个突然拐弯，让野牦牛扑空。

野牦牛气急败坏，死死盯住扎拉猛追乱顶。我都没看清它们的交锋，却开始在扎拉身上看到鲜血。

我举起石块狠狠砸过去，大喝："冲我来吧，我在这！"石块击中牦牛的屁股，它只是略微迟疑了一下。牦牛的皮据说狼都咬不动。

在临近湖边时，扎拉又成功地甩开了一点距离，顺利地跑到了冰

面上。暴怒的野牦牛盯住扎拉,疯狂地冲过去。

扎拉已经在湖上跑出十几米,白蓝的冰面上是一道殷红的血迹。

野牦牛冲上了冰面,我抓起几块石头,也扑过去,准备打出这愤怒的"炮弹"。

但是,我没有想到,野牦牛刚上了冰面,就猛地跌倒,巨大的身体由于惯性而向前翻滚滑行。它应该是完全没预料地摔了个嘴啃冰!

这家伙的蹄子构造特殊,据说爬崎岖的山路也如履平地,但是到了光滑的冰面上,情形完全变了,这下它摔得极重。如果不是皮厚,摔得骨折都有可能。它一时也站不起来了,如同杀猪般怪叫着。

"扎拉,快回来!"我大喊。扎拉听到了,没有理会野牦牛,向我跑来。野牦牛只能眼睁睁地看着。

回到帐篷,我立即打开急救包,为扎拉治伤。它伤得很重,我为它清理伤口,并上了药,进行缝合。扎拉十分坚强,没有大声呻吟。

一切都处理好了,我收拾好东西,迅速往公路上走。距离公路不远处竟然有一处牧民的房子,冒着炊烟!我急忙过去求助。

男主人会一些汉语,听懂来意,马上帮我把扎拉抱下来。经过一番检查,他告诉我,伤口处理得很好,只要保证营养,好好养着就行了。

男主人给我喝了酥油茶,我这才慢慢讲起了刚才的事。男主人连连惊叹:"真是一条好狗!是上天赐给你的礼物!它不但勇敢,还聪明出众,知道把牦牛引到冰面上,这是唯一能对付野牦牛的办法。"

西藏牧民的淳朴善良真是名不虚传,多亏他的帮助,十几天后,扎拉的伤口终于慢慢好了,幸亏没有伤到骨头。

为了陪扎拉,我已经不去想外面的世界。然而,我不可能一直留在这里……

男主人十分欣赏和喜欢扎拉,经过商量,我把扎拉托付给他。他表示,一定会好好照顾扎拉。我请求他给扎拉充分的自由,不要拴着它,平时它自己能找吃的,在食物特别匮乏的时候给予照顾就可以。

这天,扎拉又到远点的地方散步晒太阳去了,我急忙收拾好东西,把一些钱留给好心的牧民,接着我就跳上车骑起来。刚骑一会儿,我听到了熟悉的叫声,回头看,果然是扎拉发觉了,从远处奋力朝我跑过来。看着它的身影,我的泪水夺眶而出……

_{水云间摘自《自然密码》 图:黄煜博}

明朝盛产奇葩皇帝，他却是一股清流

@ 最爱君

克制而不折腾，让子民安居乐业，就是最大的德政，古今皆然。

明朝有16个皇帝，但正正经经打好皇帝这份工的，寥寥无几。其中，朱祐樘最不容易。他就是明朝中后期皇帝中的一股清流。

选择宽容

朱祐樘知道，自己能来到这个世界已属不易，更别说坐上皇位。所以，在他短短的36年生命旅程中，时时保持感恩和宽容之心。

他爹是明宪宗朱见深。父子两人的第一次见面，发生在朱祐樘六岁的时候。那一年，朱见深年过三十。一天，太监张敏为他梳头，他敏感地看到了自己的白头发，哀叹一把年纪了还没儿子，以后这大好江山怎么传下去呢？

张敏伏地叩头，说："皇上有子。"然后，一个六岁的毛孩（胎发披地）神奇地出现在朱见深面前。几个月后，这个被赐名朱祐樘的孩子成了皇太子。

几年前，被俘入宫的一个瑶族土官女儿纪氏偶遇朱见深，遂被临幸，怀上了。万贵妃知道后，千方百计加害纪氏。所幸纪氏人缘好，得到层层保护，历经九九八十一难，生下了朱祐樘。

因为有毒妇人万贵妃在，朱祐樘虽生在帝王家，却是吃着百家饭长大的。他的童年，相当凄惨。

成为太子后，噩运也没放开朱祐樘。不久，他的母亲纪氏，以及保护过他的张敏都离奇地自杀了。

朱祐樘小小年纪，已饱尝宫斗戏的险恶，知道要韬光养晦、低调做人才能健康成长，不会突然早夭。

在他18岁那年，万贵妃挂了，几个月后，他爹跟着升天了。属于朱祐樘的时代到来了。

格物致知 经世致用

于是,大臣们纷纷上书,要求将万家满门抄斩。万贵妃的弟弟万喜也早早写好了遗书,等着上路。

然而,他们都错判了形势。

朱祐樘有一千个杀万家人复仇的理由,但只有一个不杀的理由:杀了,不就变成了自己曾经最憎恶的那种人,变成了另一个万贵妃?

做好学生

越是大权在握,越要谨慎权力滥用。朱祐樘的人格修养,得益于他较早地取得了皇太子地位。

朱祐樘学习的课程从孔孟诸儒的论述,到历代帝王治国的善政良策以及明朝各帝的戒饬垂训等。

他学习刻苦,是个懂规矩、有纪律的好学生。

在一日一日的学习中,随着年龄增长,他的心中也肯定有了对标的明君形象,那个人或许是汉文帝,或许是宋仁宗。

朱祐樘的明君形象,在他即位那一年就获得了国际社会的认可。

那一年(1488年),出使明朝的朝鲜使臣回国对他们的国王八卦个不停,一会儿说朱祐樘不像他爹任人唯私,而是秉持公道;一会儿说朱祐樘很勤勉啊,刮风下雪都照常上朝;一会儿又说朱祐樘节俭得很,举行国宴都不奏乐。

吊诡的是,老朱家的孩子艺术细胞、发明天赋都很发达。

朱祐樘喜欢写诗,爱好绘画和弹琴。比起他的后辈在宫中公然做木匠或者扮演商人做买卖,朱祐樘确实没那么坦然。他内心深处也不认同这些有悖帝业之事。

有一次,他赐给画师吴伟几匹彩缎,但害怕大臣们知道后议论,就对吴伟说,赶紧拿去,别让那些酸腐的书生们知道。

中途迷失

朱祐樘他爹留给他的大明帝国,在时人看来,是一个著名的烂摊子。他爹在位时,在宫中养了大批僧道,堪称"真人遍地走,国师多如狗"。朱祐樘即位后,光罢遣禅师、国师、真人就有一千余人。

好景不长。

在做了七八年明君之后,朱祐樘慢慢变成了他爹的样子:宠信宦官、偏好佛道……大太监李广捕捉到了朱祐樘内心的细微变化,把那些善于炼丹、斋醮的僧道重新引入宫中。正直的大臣们略有失望,纷纷上疏弹劾李广。

朱祐樘嘴上说好,内心仍对李广宠信不疑。

盲点

弘治十一年（1498年），李广劝朱祐樘在万岁山建一个毓秀亭，说此亭一建成，所有灾异跑光光。

然而，此亭一建成，成功引来了灾异。先是太康公主突然早夭，接着太皇太后周氏居住的清宁宫遭遇火灾。周氏大怒说，天天李广前李广后的，果真把灾祸招惹来了。

此刻，李广知道自己闯祸了，喝下毒酒就去找阎王报到。

朱祐樘伤心地派人到李广家中搜查，希望找到"教主真人修炼速成指南"之类的秘籍。

然而，没有秘籍，只发现了李广的收账本，上面记录了文武官员馈送的黄米、白米各千百石的数字。

天真的朱祐樘说，我去过李广家，他的仓库不大，装不了这么多粮食呀！左右告诉朱祐樘，这黄米、白米不是粮食，是金银的隐语。

朱祐樘暴怒，感觉受了羞辱，自己的信仰竟为李广受贿和百官行贿买了单。似乎一夜觉醒，朱祐樘做了个噩梦，然后在摇摆的明君与昏君之间，再次选择了前者。

然而，对于享年36岁的朱祐樘来说，留给他的时间不多了。

爱惜羽毛

很多帝王至死不知道自己有错，朱祐樘是个例外。这是他了不起的地方。

弘治十五年（1502年）之后，也就是他生命的最后三年，朱祐樘重新倚重大臣，尤其是将刘大夏和戴珊两位名臣看作自己的左膀右臂，欲实现圣贤帝王的夙愿。

除了政绩，朱祐樘最为人津津乐道的是他的私生活。

朱祐樘一生只娶了一个张皇后，不纳宫女，也不封贵妃美人。据晚明学者黄景昉说："时张后爱最笃，同上起居，如民间伉俪然。"

皇帝有一夫一妻制的觉悟，并不简单。所以有很多人怀疑朱祐樘是受过现代文明熏陶的穿越者。

另外，搞同级监督，没人监督得了皇帝，只能依靠自己监督自己。但是，只要这个皇帝还有追求"三不朽"（立德、立言、立功）的念头，言官和史笔就能对他产生震慑和引导作用。

朱祐樘可以选择逃课，可以选择诛杀万家，可以选择奢靡生活，可以选择不听劝谏，可以选择公然地玩物丧志，可以选择数月数年不理政事，可以选择后宫三千……

但他通通选择了另一面。

欲何依摘自《一看就停不下来的中国史》

台海出版社　图：小栗子

十块钱

@张亚凌

> 十块钱放现在或许并不起眼,但在过去可是一笔财富。

许多年前,在县城参加完物理竞赛,领队的老师把我们八个人喊到一起,给每人发了十块钱。

大家激动得像一锅沸腾的开水,领队老师好不容易才使我们安静下来。"你们给学校争光了,拿着手里的钱,老师带你们吃一碗羊肉泡馍,坐车回去,还能剩点零花钱。"同学们都欢呼雀跃。

"羊肉泡馍!"我跟着老师才重复了一遍,就感觉有口水往下流,赶忙抹了抹嘴巴。又盯着手里的钱看了好一会儿,十块,我的!我抿了抿嘴唇,走到老师跟前,怯怯地问:"老师,我能不能留着钱不吃饭也不坐车?"

老师看着我,反问道:"饿着肚子,20多里路,你要想清楚。"我下决心般点了点头。

一个人走在回家的路上。没有像往日那样甩着手蹦着跳着哼着歌,不是饿,而是手一直小心地按着衣兜——装着十块钱的衣兜,好像钱长着翅膀会飞出衣兜。

拖着疲软的腿一到家,舀了一瓢凉水猛灌,拿起冷馍就啃——既渴又饿,前胸贴后背了!而后就笑了。爹跟娘也笑了,说那小子考好了,想着奖状。我不解释,只是笑。

一个人时,就拿出十块钱,看着,摩挲着,脸上就笑开了花。我几乎是煎熬般抵制着种种诱惑,努力保持着完整的十块票面。

一天,娘阴着脸,一进门就

冲着爹抱怨:"借不下钱,咋办?"原来娘借了几家,非但没借到,还被人家埋汰:"他婶子,好借好还再借不难,你上次借的没还啊……"

"不是不借你,你有借的心也没还的力……"

娘给爹说着,说没借到钱倒借了一堆难听的话。说着说着,娘就撩起衣襟直抹泪。我看着难受,转了几圈,回屋里取出了那十块钱。

"够了够了!"娘接过我的钱满脸惊喜,我都没有讲完过程,她就喜滋滋地拿着钱走了。

在娘转身的那一刻,我流泪了。

在很长一段时间,我总是下意识地摸衣兜,是希望能摸出十块钱还是摸出自己的遗憾,我也不知道。我的十块钱,就那样悄无声息地没了。

娘也没有再次提起,也没有夸我懂事。终于有一天,我按捺不住了,正在烧火的我给娘说道起来,说我的十块钱,说我饿着走了20多里路才攒的钱,说得我很难受很委屈。我的十块钱,想都不敢想的大数目,就那样被娘拿走了,还不声不响。娘盯着我看了好一会儿,没有接我的话茬。

一天,我发现了弟弟的小秘密——他把卖了中药的钱私藏了起来,三块八,没有像往常那样交给娘。

我的钱——十块钱——都被家里花了,他竟然自己攒钱?

自私的家伙!

我继续盯着他。

第二次卖了药材,两块三,他还没交。

两次了,铁证如山!他,私藏钱,胆真大!

我终于忍不住了,更多的是委屈与愤怒,气呼呼地说给了娘。娘只是抬眼看了看我,又顾自忙着手下的活儿。我无法说服自己就此放下,遂将弟弟揪到娘面前。

"给咱娘说,你偷偷藏了几块钱?"我解恨似的踹了他一脚质问道。他低着头,不说话。"说啊,哑巴了?"他的沉默更加激怒了我。

娘开了口,娃不想说就不说,该干吗就干吗去。

娘咋能那样啊?气得我干瞪眼直跺脚。

弟弟转身,都走到了房门口,他停住了,回过头对娘说:"我也想像我哥那样,给你十块钱。"

多年后,每每想起那一刻,我的脸还像猴屁股。

郭旺启摘自《少年先锋报·新读写》

图:陈明贵

防晒面膜等三则

@ 草木虫

防晒面膜

视点

熊猫艺术家

6. 答案：运动员同时争夺团体和个人项目的资格，团队得分是各个项目得分的总和。

图说世相 漫话天下

画家想得不一样

摘自微信公众号草木虫

当我成为一名要实习的大学生

@ 成群飘

大学生的暑假,逃不过要实践实习。金融专业的我,决定去银行闯一遭。

实习的第一天,带我的嘉姐和我说,我是轮岗实习,先在大堂干一个月,再去公司部干一个月,以便对银行的工作环境和工作内容有一个全面的了解。担任大堂经理助理的时候,手机是不能当面拿出来玩儿的,因为银行里到处是监控,监控背后有很多眼睛在看着,看你的行为操作是否合规。我得两手交握放在小腹前,脸上挂着甜甜的微笑,看到客户进来就问:"您好,请问您需要办理什么业务?"长时间的站立,一天下来腿酸得不得了,之后我有了经验,不再傻站站一天了,而是时不时在大堂里到处巡逻,走走停停,但是一和银行的巡逻保安迎面相遇,气氛就会有点尴尬,此时微微一笑,赶紧溜。

人流量少的时候,站着就很无聊,此时我隔着玻璃门,开始观察大街上的人来人往。我所在的网点位于一片幽静住宅区附近,住在这附近的大多是比较富有的人。一个大叔,远远地看着他,像是往我们这个方向走来,手上拿着的大概是银行卡或者现金,那么他是来存钱的吧?人到门口,一问,果然是来存钱的。我热衷于自己和自己玩这样的猜测游戏,但有时也会猜错,上次一个大妈骑着个自行车风风火火往我们这来,快到门口时刹了个车调转方向,走了,令我摸不着头脑。嘉姐说:"准是自行车技术还不过关,刹不住车多走了些路。"还有一回,有个大叔在我们网点的ATM机取钱,银行卡被吞了,我们用了一上午才帮他把卡拿出来,他还气得一直在说要投诉我们。我一想,这一投诉不是影响员工奖金了吗?嘉姐却高兴极了,拉着客户和他说一定要记得投诉,投诉电话是××××,投诉多了可以换新的机器,他们也看这几台破机器很不爽了,经常吞卡,但是员工请示了一直不给换。我真是哭笑不得。

平时没什么人的时候,客户经理就聚在一起聊聊八卦;嘉姐知道哪里有监控死角,有时也躲着看会儿微信;柜台后的柜员小哥哥特喜欢喝奶茶,经常隔着柜台玻璃用口型和我说,下班喝奶茶啊;还有个职位更高一些的客户经理炜哥,头顶有着一片情况即将恶化的地中海,待在办公室里,不经常出来晃悠,有时快递来了,一看收件人是炜哥,大家都会一致地说:"人在里面,对对对,就最帅的那个。"嘉姐也经常和柜台后的哥哥姐姐们耍贫嘴,吐槽说当银行人还得肾好,因为人一多的时候连上厕所的机会都没有,外面大堂十几号人只能有一个厕所,上厕所还得排队,大大降低了她的幸福感。

日子就这么悠悠然过去了。中秋节的时候,行里采购了几箱月饼,送来一看还挺大箱。对方问:"哎,你们拿得动吗?用不用帮忙?"此时,我心里的女汉子模式开启,才说了一句"应该……可……"就被嘉姐捂住了嘴巴,接着说:"帅哥帮我们搬进来一下吧!谢啦谢啦!"事后,嘉姐说我这是"注孤生"的特质,得改。

还有一件事让我十分惊讶,上次我以为同事们起码都是快奔三的人了,下班的时候大家都换下工作服穿回了自己的衣服,我一看背影,这个年轻小姑娘是谁啊,原来是嘉姐!除了炜哥是已婚人士,原来他们还都是20多岁的小伙子、小姑娘啊!我刚发表了这个感叹就被揍了,她们说:"想什么呢,其实我们也就比你们大几岁啊,你觉得我们很老吗?"不不不,没有,但是才20多岁的同事们为何热衷于给我介绍对象?

话不多说,下班和大家吃火锅去了。实习还未结束,年轻人还需努力啊!

心香一瓣摘自《中学生博览》

图:豆薇

泪点

载不动父爱如山

@宇原

外出打工

冬夜，山高月小。我摸进采石场，跟父亲坦白："爸，我不想读书了，这事，我想了好久了。"

父亲听后只问了一声："肯定了吗？是担心没钱供你上大学吧？爸这条命还在！"

我捡起地上的行李，执意转身。"砰！"父亲狠狠地将羊角镐砸在一堆石上，火星四溅，他瘦小的身子渐渐地矮了下去。走了好久，山谷里仍可听到父亲如狼一般的号叫。

我的家乡，贫瘠而苍凉，山连山，石挨石。我亲眼看见父亲的采石作业。随着火药吼过，石雨落尽，父亲戴着安全帽，从一页岩石下钻出来，硝烟远未散尽，父亲就冲进了"战场"，抢着搬运石块。

多年积劳成疾，使父亲患上了严重的哮喘、风湿、静脉曲张等疾病。每次回到家中，我最不愿面对的是父亲的双手，为了给我们挣学费和生活费，那双手，在与石头的对撞中，早已茧痂累累。一到冬天，就绽开一道道血网。

高三上学期，我决定放弃上大学的机会。尽管，我的学习成绩一直在全校名列前茅，学校寄予了很高的期望。可考出去，父亲怎么办？弟妹们怎么办？最后，这如山的沉重，使我选择了放弃。

一个人到外地打工。离家乡几千公里，梦里，尽是父亲佝偻的背影。想到此，我拼命地挣钱，只要能挣钱的活我都干，往往一天只睡三四个小时。

哪知，就在我赚钱正欢的时候，

一场突如其来的疾病彻底粉碎了我的梦想。由于过度劳累，再加上营养严重不良，一个雨夜，我"咚"地栽倒在水泥地上。同事送我去医院，一检查，我得了急性肝炎，并伴有腹水。

那些恐怖的夜晚，我睁着失神的眼睛，望着病房惨白的墙。辛苦赚来的钱，像流水一样漂去。

我不想告诉父亲，我不能让他承受这一打击。医院渐渐减少了用药，我只想挨一天是一天。一天清晨醒来，我看到了父亲。几个月不见，他显得更加瘦小。

原来，父亲接到了公司打给他的病危电话，带了几个叔父，扒了一辆货车，几天几夜没合眼马不停蹄地赶来。几天过去，父亲带来的钱将尽，我的病情仍得不到好转。

活着回去

父亲与叔父们商议，租一辆出租车，将我接回去继续治疗。当父亲背着我出院时，我能清晰地感觉到父亲明显突出的肩胛骨，如两只铁蝶，坚硬如刀。可是，这么多人共乘一辆车，显然坐不了。

父亲不想再花钱租车。他围着车转了好几圈，最后指着车尾厢对司机说："师傅，我就躺这儿吧。"

司机呆了，在他眼里，尾厢只能装一些物品，人可从来没有载过。

见司机犹豫，父亲猫着腰，就进去了。他将自己蜷缩在里面，如一只干虾。

司机见此情况，也就不再说什么，只让父亲注意安全，实在憋不住就喊一声。

几个叔父都争着要去，父亲对他们说："我矮小，就我吧，你们照顾好孩子就行了。"叔父们实在不忍再看他，难过地别过脸去。

临行前，父亲趴着出来，走到我跟前，伸出他粗糙的手，握住我，说："活着回去，孩子！以后的路，你要走好啊！"

我知道这句话的分量，我坚定地回答他："爸，咱们要一起回家，好好的！爸，我身子好了就回去复读，你要看着我考大学，你要答应我！保重，爸！"

父亲棱角分明的脸上掠过一丝苍凉的微笑。

德州的冬天很干冷。即便坐在车厢里，也能感觉到外面的冰寒。为了保证父亲的呼吸，司机将车尾向上掀开一条缝。叔父一路告诉我："孩子，回去好好读书吧，你不在的这些日子，你父亲总是一个人在山上抹泪，他不稀罕你的钱，在乎

你为他争光。"

整整两天三夜，冷风像一只只无形的怪兽，无孔不钻。连坐在车里面，几个人相偎取暖，都觉得寒冷。我不知道病痛的父亲，能不能挺得住。

不负约定

黎明时分，天色如墨。在一个出站口，警灯闪烁一片。一辆辆车被次第拦下，检查、问证、放行。轮到我们时，警察看车上每一个人的证件。最后，让司机打开尾厢。在警察的注视下，司机颤抖地打开车盖，父亲一动不动地躺在那里，仿佛睡着了一般。一名警察用戴着白色手套的手，摸了摸父亲。父亲呻吟了一声，警察吓得跳了起来，旋即大怒："怎么能这样载人呢？这不是草菅人命吗？"

警察要罚款。这时父亲清醒过来，想出来却又不能，在叔父们的帮助下，将他一点儿一点儿拖出，患了风湿与静脉曲张的他，双脚不能沾地，只有靠两个叔父的手勉强搀起。

父亲凝望着我，嘴唇哆嗦，第一句话就是："求求你们放行吧！只要救活我儿子，我死不死无关紧要，这事与司机没有干系，我给你们跪下啦！求求你们这些好人了！"

一阵刺痛袭击了我，我大叫一声："爸！"人僵在原地，灵魂早已走远。

天色渐明，许多人背过脸去抹泪，女人们感动得哭泣起来。一个人都没有动。

"闪道！出发！"

一名警官高亢地命令。

他亲自出动了一辆警车，载上我的父亲，"嗖"的一声，风驰电掣地将一切抛远。透过反光镜，我看着那些晨风中的警察们，伫立在那里举起了手臂，为父亲行注目礼。司机红了眼，狠踏油门，车子发出阵阵嘶吼。泪水，早已在他脸上垦出两道河。

我与父亲，没有违背从德州出发前的约定，都活了下来。几个月后，父亲扛着他的那一套家什走进了大山深处，如一枚坚果落进了疏秋。第二年，我考上了一所一类大学。走时，山中开山炮仗一声一声直插云霄。群山，淹没在我的泪水里。从这一天起，我开始了一种真正的生活。多年的梦里，这炮声犹在耳际，诉说着我与父亲一起走过的岁月。

郝景田摘自《思维与智慧》

图：陈明贵

热议话题 尖锋论谈

逃过了包办婚姻，却死在了包办友谊

@朋友很多的

前两天，我妈给我打电话，说了个晴天霹雳的事。

她说，前同事的侄子也在北京，让我这周末去找他吃顿饭，交个朋友。我真的很崩溃，毕竟这不是她第一次给我安排朋友了。

在我看来，家长这种强行给孩子跨区域安排朋友的行为，就是"包办友谊"。不管你在北上广打拼，还是在国外留学，家长都能精准地在你附近，给你安排一个朋友。

在包办婚姻绝种的今天，包办友谊简直阴魂不散，笼罩着我们。

包办友谊像地雷

我前同事多多是湖南人，在成都上大学。

多多人还没到成都，她妈就给她在成都安排好了一位"好朋友"。

和我们对朋友的挑剔不同，在妈妈眼里只要是活人，那就能成为朋友。如果不能，那就是你交际能力不行。而且为了避免两个人没有共同经历，没有共同语言，多多的妈妈特贴心——把她小时候的糗事一股脑地告诉对方。

估计你也有过这样的体会，第一次见面的人，对方在你面前回忆你读小学时在课上尿裤子的事。你只能尴尬地笑笑，附和。

更尴尬的是，有人来宿舍找你的时候喊了你的小名。

小地方的人给孩子取小名，一般都按"名字贱，好养活"的原则。

对方来寝室找你叫一次乳名，从此全班人都只知"二丫"而不知你的全名。你本来想换个地方做小公主，对方一句"二丫"直接让你做回农家小老妹。

侃点

朋友变成监控器

有些"包办友谊"是地雷,有一些则是监控摄像头。

有一次我发了一条朋友圈:心态崩了,一晚没睡,感觉自己就是个垃圾。

当天中午我就接到了老妈的电话:"出啥事了?工作不开心,咱就回来。"

我一头雾水,当场点开朋友圈检查,明明这条把父母都屏蔽了,咋的了,爸妈有天眼吗?

后来才知道,是那位"朋友"告诉了我妈。

现在的年轻人,谁不是一天在朋友圈崩溃个十几次,然后又分分钟满血复活?

可在父母眼里,"崩溃、一晚没睡、垃圾"的意义可了不得,会让他们特别担心。

很多时候,我们在外面的一些小情绪,是能自己化解的,但"包办朋友"这么一操作,会给我和我爸妈都带来很强烈的不安全感。

从此,发一些负能量的朋友圈时,除了屏蔽父母,我还得注意屏蔽所有认识我父母的朋友。

我妈永远也不会知道,她给我介绍了一个朋友,我却因此屏蔽了一群朋友。

无法拒绝的友谊

你可能会说:既然包办友谊又是"地雷"又是"摄像头",那你直接拒绝不就行了吗?

包办友谊最可怕的地方就在于无法拒绝。

试想一下:你决定了去某个城市,你还在火车上,你妈给你安排的朋友已经在那个城市的火车站等你了。你就是再冷血,也不能对一个来火车站接你的人说:"不好意思,我不想和冒着寒风来火车站帮我扛行李的人做朋友。"

更糟的是,包办友谊这件事,有完整的闭环。父母安排的朋友,对方在你刚来这个陌生城市的时候"照顾"了你,那就欠下了人情。等别人的小孩来了你的城市,你照顾一下,不过分吧?敢拒绝,就会遭到你妈的道德批判:我发现你就是没良心,想当初你一个人去北京时,某人还专门来火车站接你呢。现在一点小忙,你就不能帮帮人家?

唉,我在北京一年不到,已经去过八次故宫,爬过五次长城了!

_{菌苣摘自微信公众号 ONE 文艺生活　图:小黑孩}

【编者的话】强加的友情虽然有很多无奈,但也并非一无是处。人在异乡的你如果讨厌这样的模式,不妨多和父母聊聊天,让他们明白,你一个人也可以过得很好。

打开一颗心

@[英国]斯蒂芬·韦斯塔比
高天羽 译

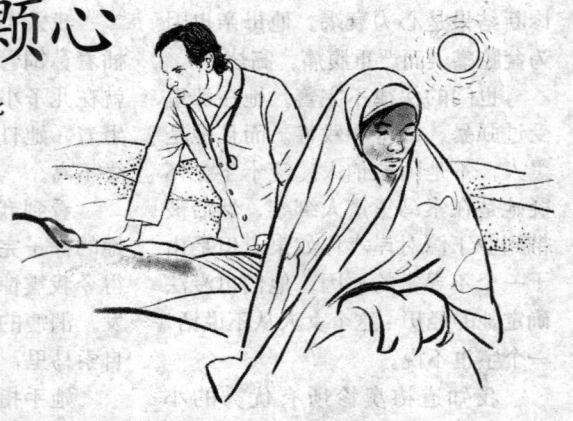

那是在1987年的沙特阿拉伯,我当时年轻无畏,牛津约翰·拉德克利夫医院刚刚任命我做心脏外科主任医师。我跑到沙漠里去是为什么?因为这里可以接触任何你能想到的先天性心脏病。

罕见病例

一天早晨,一位小儿心内科医生来手术室找我,他来自梅奥诊所,美国明尼苏达州一座世界闻名的医学中心。他的开场白是:"我有个有趣的病例,你想看看吗?"紧接着又说,"可惜呀,你恐怕也做不了什么。"还没等看过病例,我就决心证明他想错了,因为对外科医生来说,罕见的病例永远是挑战。

这是一个幼童,他的心脏扩大,而且长到了胸腔错误的一边。这是一种罕见的异常,称为"右位心"——正常心脏都位于胸腔左侧,他的却相反。另外,肺部有积液。不过,单单右位心并不会造成心力衰竭,他肯定还有别的毛病。病人的左心室里,主动脉瓣的下方有一个巨大的团块,位置十分凶险,几乎截断通向全身的血流。我看出这是一个肿瘤。

男孩和他年轻的母亲是红十字会在阿曼和也门的交界处发现的。炙热的沙漠中,母子俩瘦骨嶙峋,浑身脱水,已经快不行了。看样子是母亲背着儿子穿越了也门的沙漠和群山,疯狂地寻求医学救助。红十字会用直升机将他们送到阿曼首都马斯喀特的一家军队医院。在那里,他们发现她仍在设法为孩子哺乳。她的奶水已经干了,她也没有别的东西喂养儿子。男孩通过静脉

输液补充水分后,开始呼吸困难,诊断结果是心力衰竭。他母亲也因为盆腔感染而严重腹痛、高烧。

也门的法律不完善。她在那里受过强暴、虐待和残害。而且她是黑人,不是阿拉伯人。红十字会怀疑她是在索马里遭人绑架,然后被带到亚丁湾对岸卖作奴隶。但是由于一个不寻常的原因,他们也没法确定她的经历:这个女人从不说话,一个字也不说。

我知道梅奥诊所有优秀的小儿心脏外科医生,于是试探性地问这位同事会怎么做。"应该会做手术吧。"他说,"已经谈不上什么手术风险了,不做的话只会越来越严重。"我料到他会这么说,我至少要弄清楚这是什么类型的肿瘤。

圣母之美

我去了儿科加护病房,男孩还插着鼻饲管,他很不喜欢。他母亲就在儿子小床边的一个垫子上盘腿坐着,她日夜守护在儿子身边,始终不离。

看到我们走近,她站了起来。她的样子完全出乎我的意料:她美得令我震惊。她有一头乌黑的长直发,消瘦的手臂环抱在胸前。她来自索马里,是一名基督徒。

她手指纤长,握紧包裹儿子的褴褛。这块珍贵的破布卷替男孩遮挡炽热的阳光,在沙漠的寒夜里给他保暖。一根脐带似的输液管从褴褛中伸出,连到输液架和一只吊瓶上,吊瓶里盛着乳白色的溶液。

我试着用阿拉伯语和她沟通:"早上好,你叫什么名字?"她没说话,只是望着地板。我继续问道:"你是哪里人?"她还是不作声。我走投无路,终于问道:"你会说英语吗?我从英国来。"

这时她抬起头来,大睁着眼睛,我知道她听懂了。她张开嘴唇,但还是说不出话。原来她是个哑巴。这位母亲似乎很感谢我的努力,她的肩膀放松了下来。

我要求检查一下男孩。检查完,母亲爱惜地将亚麻布盖回他脸上。

她在这世上已经一无所有,除了这个男孩和几片破布、几枚戒指。我心中不由得生出对母子俩的一股怜悯。我的身份是外科医生,但此时的我被吸入绝望的旋涡。

我们找来一个索马里口译,我努力解释手术的复杂,她却好像没听见似的。良久,她终于从我手中接过钢笔,在同意书上写了几下。我告诉她手术会在周日进行。

世界末日

手术那天清晨,母亲和男孩早晨七点到了手术楼。母亲一夜没睡,始终把孩子抱在怀里。她还想跟到手术室去陪他,最后被护士拖了出去。原始的情绪终于从她面具般缺乏表情的脸上喷薄而出——这比她遭受的任何肉体之痛都更难忍受。

手术进行得还算顺利。

她已经在这里等了五个小时。她见到我,一下跳了起来,脸上现出恐慌的表情。我给她一个微笑就已足够:你的儿子还活着。她抓住我的手,控制不住地摇晃着。

到六点钟,有医生打来电话:"抱歉用坏消息叫醒你,男孩在三点刚过的时候死了。"

整个抢救过程中,他母亲还是守在孩子的小床边上。得知孩子死亡时,她情绪狂乱,失去理智。

这就是心脏外科手术,对我是办公室里的又一天,对她却是世界末日。

早晨,我带着绝望的心情去食堂,噩耗突然传来:两具没有生命的躯体,躺在塔楼底部的一堆破布中间。她抱着孩子,然后纵身跃入虚无,到天堂里追赶儿子去了。

经我手术的病人,尸检我都会参加。我自己动手拆掉缝合线,打开孩子胸部的切口。我之前猜想他的起搏电线脱落了。虽然他母亲在他死后把电线都拔了,但线索还是有的:一个血块从右心房边上"扑哧"一声掉了出来。从其他任何一个方面来看,这台手术都是成功的:肿瘤几乎完全摘除,梗阻也缓解了。

我的目光被那位母亲乌黑而破碎的身体吸引:她的左耳上方有一处愈合的颅骨骨折伤口,硬脑膜和下面的大脑都受到破坏,其中就包括大脑皮层上负责说话的布洛卡区。这都是她在索马里遭遇绑架时留下的伤口,她能活下来真是幸运。这伤口是她始终不曾说话的原因。

我再也不想看到她破裂的肝脏和折断的脊椎。她死于内出血。

果果摘自《打开一颗心》广西师范大学出版社

图:豆薇

抠总监请吃饭

@ 郭选

中午下班时,寇总监向大家宣布,他要请吃饭。

小付小孙等几个人都是刚刚招聘过来的,忙推辞说怎么能让您破费呢,我们到外边随便吃点就好了。寇总监说道:"我破费是应该的。"

说话间,大家来到一家不大但是很干净的饭店。寇总监点了好几个菜,几个人边吃边聊。吃饱喝足后,寇总监一招手:"结账!"服务员过来一算,说是285元。

寇总监顺手掏出一张卡来,递给服务员。服务员没有接,抱歉地说:"对不起,先生,我们这里不刷卡,只收现金。"

"这都什么年代了,你们怎么还不刷卡,太落伍了!"寇总监又上上下下掏了一遍,皱起眉头道,"真是巧了,我今天没带现金……"

"我这里有钱,我给了吧!"吴副总监掏出钱给了服务员。

"说好我请客,怎么能让你掏钱呢!就算我借你的,回去后就还你!"寇总监不好意思地说。

后面几天,寇总监还是天天请客,但次次都是上面情景的重演。小付他们这才知道原来寇总监很抠,他还有个绰号叫"抠总监"。

吴副总监抢付过钱后,接下来是有点资历的老郑老周,再接下来,该是小付他们了。

小付小孙他们年轻气盛,不甘心束手就范,决定想办法让"抠总监"出一次血。

又到吃饭时,小付事先悄悄地告诉服务员,等寇总监问能不能刷卡时,你就说能。隔壁不是有家超市嘛,你到他们那里刷一下不就行了吗?服务员说行,我和那家超市很熟,这点事能办到。

到了结账的时候,小付他们在心里偷笑,看你寇总监这次怎样抠!

不想,这次寇总监有了新花样。"你们这里能用外币结算吗?"寇总监问道。

"我们这儿不是涉外饭店,哪能用外币呀?"服务员回答。

"真是遗憾,今天我正好只带了几张美元。"寇总监掏出几张花花绿绿的票子,晃着表示无奈。小付没有了退路,只好乖乖地替他先付了账。

小孙他们还是不甘失败,干脆在公司附近转了一圈,考察了十来家饭店,终于有了新的发现。

第二天中午,小孙提议,天桥下面开了一家"武侠饭店",很有特色,不如到那里就餐。

寇总监爽快地答应了。大家到那里一看,还真有武侠风格,饭店里摆放着刀枪剑戟等十八般兵器,就连端菜的服务员,也仿佛是从龙门客栈请来的。

寇总监饶有兴趣地舞了几下剑,接下来点了"七剑下天山""倚天屠龙汤"几道饭店特色菜。吃饭期间还有人表演少林功夫,总而言之,这顿饭吃得非常圆满。但更圆满的还在后面,因为小孙他们了解到,这家饭店既刷卡又收外币,寇总监这次恐怕是在劫难逃了。

"结账!"在这武侠氛围里,寇总监也豪爽起来,声音很洪亮。

"这位大侠,总共是480元!"店小二举着托盘,拉长声音道。

寇总监把手指上戴的金戒指摘下来,"叮当"一声放在托盘里,问道:"够吗?"

店小二惊讶的表情不亚于见到了东邪西毒:"大侠,我们这里可以刷卡,可以用人民币,可以用美元、欧元、日元,可就是不收金戒指!"

寇总监正色道:"你们这叫什么饭店?"

店小二回答:"武侠饭店哪!"

"对了,既然叫武侠饭店,那就要有武侠的样子,你见过古代的大侠刷卡的吗?见过他们使用人民币的吗?见过他们使用西域这币那币的吗?"寇总监一连串的质问,让店小二张口结舌:"大侠,虽说……可是……"

"不要啰唆了,我有卡,也有人民币,可我今天就得较较真,非得用金子结账。不行的话把你们的老板叫过来,让我教教他,既然叫武侠,就要武侠到底,不要名不副实,欺世盗名!"寇总监越说越气愤。

"算了算了，何必较真呢！"小孙赶紧上去打圆场，把寇总监的金戒指取下来，掏几张百元大钞上去。

"要不是你，我非得和他们斗到底不行。"寇总监仍然愤愤不平，"太气人了！不过，小孙，是我请客，回去后我就还给你。"

小孙嘴里客气着，心里暗想，算了吧，你还过谁钱？

不想到了下午，寇总监找到小孙，掏出500块钱非要还给他。寇总监说道："你看我让别人付钱，其实那是故意的，过后我都还给他们了。因为从这些事上，也可以看出一个人对领导的态度，也算是一种考验吧。我看你人不错，挺有前途的，所以对你说了这些心里话，以后有什么事我会叫上你的，你千万不要对别人说出去。"

小孙心里那个热乎啊，过了一会儿，有个文件要送给寇总监，走到办公室门口的时候，听到寇总监正在打电话，他便停了下来。只听寇总监在电话里拼命解释："老婆大人息怒！我还给小孙500块钱，是为了放长线钓大鱼，今晚有个朋友聚会，该我请客，那花费就不是五百一千的了。我把小孙叫上，他到时候还不抢着替我付账啊！"

朱权利摘自《山海经》 图：小黑孩

惊险曲折的故事情节　激烈动人的战斗场景
长篇小说《雪域剿匪》出版

定价：35.00元
《故事会》读者八折优惠

编辑推荐

　　本书故事情节惊心动魄，扣人心弦，有刀光剑影，也有似水柔情；有生死抉择，也有离合悲欢，将您带回雪域高原那段硝烟并未散尽的岁月。

　　《雪域剿匪》是一部反映汉藏民族亲密团结的小说，它以20世纪50年代初平息叛乱为背景，以汉藏人民亲密团结、粉碎残匪破坏为主线，塑造了扎西、方振江、云丹贡布等人物形象。惊险曲折的故事情节，激烈动人的战斗场景，独具特色的西域风情，这是一部思想性、可读性兼具的长篇佳作。

《雪域剿匪》现已上市，读者可直接登录京东、淘宝、当当等各大网上图书商城购买。
　　咨询电话：021-64338113。

淘宝扫码购买

微信扫码购买

聚焦真情 分享感动

二十块点心和三颗水果糖

@ 韩松落

44年前,他们住在距离唐山市100多里地的村子里。地震是半夜里来的,那次地震给他们村造成的损害并不严重,那时,通信也不发达,他们无从得知别处的情况究竟如何。地震之后,天刚亮,父亲就带着他到大队的小卖部买了20块点心,准备去看爷爷奶奶,他们住在市里的伯父家,父亲担心他们一家出事。

说实话他很开心。他从小卖部偷了三颗水果糖。更重要的是,那是他第一次出远门。远方传来一种磅礴而幽深的声音,也不知道来自何处。他们在这种声音的陪伴下,路过了许多村子,每过一个村子,他们都会听到形形色色的哭声。父亲始终不说话,偶尔发出一两声叹息。后来村子越来越少,他们的旅程也越来越艰难。马路两旁的大树全倒了,隔不多远,大地上就会出现一条又宽又深的裂口,里面是浑浊的污水。父亲只有先把他抱到安全的地方,再将自行车拎过去。

等到达一个叫独窠村的地方时,他们再也没法骑车前行了,村子已经彻底变成了一个废墟。父亲将自行车停在一边,跑到一间坍塌的房子里。他也跟着跑过去。然后他们看到了一个人,那人的腿被墙壁压着动不了,可他仍耐心地用手往肚子里塞肠子,看到父亲走过来时,那人说:"我好饿,我好饿,有吃的吗大兄弟?"也许他知道自己快死了。父亲开始搬压在那人腿上的石块,父亲虽是他们村工分挣得最多的,可仍搬不动那块石头。父亲吆喝他把那包点心拿过去,从里面掏出两块,往那人嘴里塞。那人很耐心地嚼,嚼着嚼着就不动了。

那是怎样的一种情景?世界那么静,又那么嘈杂,到处是喊"救命"的呼声。父亲用自行车推着他,每每听到喊声,爷俩都忍不住停下,去看看是否能帮上忙。到唐山市郊时,他们走得更慢了,父亲帮着幸存者从废墟里抠人,帮着用铁锹撬石板，遇到压在废墟下的伤者，父亲就去发一块点心。他们探望祖父母的点心渐渐快要发完了，他不时提醒着父亲，还剩下八块……还剩下六块……还剩下四块……父亲踢了他一脚，大声吼道："这个时候你还计较啥！"

他当时很伤心，不是一般的伤心。他只有在过年时才能吃上块点心，他是那么喜欢吃那种又脆又甜、粘着芝麻、泛着油花的点心。他噙着泪，继续帮他们从土里抠人。其中有个小女孩，整个身体和头颅都被压在里面，只有双小手伸出来。他想了想，把一颗偷来的水果糖放在她手心，他不知道她后来是不是吃了那颗糖。

在胜利桥他们遇到了一个男人。他正蹲在废墟边上发愁。父亲问他为什么不救人？这个人就号啕起来，他说："我爸、我妈、我大弟、我二弟、我大妹、我二妹全压在里面了，我先救谁呢，我先救谁呢？"父亲就说："先救活着的，谁还活着先救谁！"说着父亲突然也大声哭起来。他极少见到父亲哭。后来他想，父亲那时可能已经想到，爷爷奶奶很可能已经遭遇不测了。

快天黑的时候，他们才到了伯父住的地方。可是到了又有什么用？他们已经找不到伯父的房子和爷爷奶奶了。他和父亲站在那里谁也不说话。他们的点心一块都没有了，而他们已经一天没吃东西了。他从兜里掏出剩下的两颗糖果，分了一颗给父亲，另外一颗自己吃了。巨大的黑夜又要来临了，父亲和他，就站在那里，犹如两个找不到洞穴的、哀伤的蚂蚁。

那是1976年7月28日的唐山。在这次地震中，他父亲失去了自己的父亲、母亲、哥哥、姐姐。在这趟忧伤旅程中，他和父亲从废墟里抠出了五个人，他们的20块点心也都给了不认识的人。

<small>李金锋摘自《盛开·隐形的翅膀》新蕾出版社</small>

【名师有话说】 父亲买来20块点心打算带给自己最亲近的人，孩子偷来三颗水果糖想让生活变得甜蜜。灾难突如其来，父亲一直记挂着亲人却还一路救人，一路分享着仅有的食物点心。当孩子将一颗水果糖放于小女孩手里时，他已经结束了人生第一节课的学习——不论自己身处何种境地，都能友善待人。

文章多处以"对比"凸显人物性格完成人物形象，给读者留下了深刻的印象：父亲一直的冷静与突然的大哭，孩子从偷水果糖到送给不幸的小女孩，20块自己舍不得吃的点心却送给了不认识的人。

<small>点评者：陕西省合阳县城关中学高级教师、专栏作家 张亚凌</small>

南方菜和北方菜的区别

@ 云雀雀

2015年冬天,我和公司的猛男大志去山东出差,目的地是临沂市平邑县城。

大志是上海人,我是广州人,两人到北方城市出差都是第一次。

从车站出来,差不多下午三点多,天上飘起了雪花。我们图新鲜打了个三蹦子,大志说他好多年没坐过了,上车后扭得跟条蛆似的。

三蹦子发动,刚跑起来,大志立即不扭了,我也不觉得新鲜了。

前后左右,包括屁股下面,哪哪儿都漏风。我俩午饭还没吃,冻得脸都青了。开车的大婶穿得不多,却一点也不怕冷,路上不停找我俩聊天。听说我俩没吃饭,大婶爽快得很,给推荐了家馆子,还给拉到了门口。

店里生了炭炉子,暖烘烘的。可能是过了饭点,没什么人。

老板是个高个子大叔,见我俩进来,笑眯眯地给倒了两杯大麦茶,递了张红底白字的塑封菜单过来,还有个本子,一支圆珠笔。

两位想吃什么,菜名写本上就行。

大志朝我努努嘴,让我点。

菜单刚拿到手我就懵了,老板为人应该相当实诚,菜价低得出奇。

凉菜通通十元以内,热菜普遍一二十元,荤素都有。牛羊鱼之类的硬菜,也不过30元出头。

我举着菜单和大志一起看,最终点了俩硬菜,外加两个烤饼子做主食。在魔都平时出去吃饭,两个人两个菜,基本都能吃完,偶尔放开了还不够吃呢。

老板很快过来拿本子,低头扫了眼我和大志,表情比我刚看到菜单时还懵:两位,点这么多,怕是吃不完哦?

大志毕竟是个热血汉子,在公

司里自封"沪上猛男"。听了这话像是被小瞧了似的,抬头就怼了回去:开什么玩笑啊老板,就我这体格,吃不完揣兜里也给你带走。

老板给弄了个红脸,挠了挠头,转身往后厨走了。

大志心满意足,继续喝茶,忽然抬头说,天这么冷,得来份汤呀。

我表示同意,大志又扯起嗓子朝后面喊:老板,再来份西红柿鸡蛋汤。

报应,哦不,菜很快就来了。

自打踏上了齐鲁大地,前后不过一个小时。我和大志就为了两件事,深深忏悔。

第一件事,当然是图新鲜坐了三蹦子,第二件嘛……

老板可能憋着气,几个菜一起端了上来。每份都装在盆里,冒着尖儿。就连汤,也是装在盆里。

透亮的不锈钢盆,个个盆口都有棋盘那么大,三个。

传说中的烤饼子,也比大志的脸还要大。

大志低头看了看三个盆,咽了下口水,抬头看我。

我说哥,咱先说好了,这回出来我没带衣服,等下吃不完装兜,可帮不了你。

大志没说话,抄起筷子猛吃。

这顿饭吃了一个小时都没吃完。

结账时,我还学到一个知识。山东话里,"八十乐"块的发音,并不是86块,而是82块。乐就是二,二就是乐。

老板一直笑眯眯的,对桌上的剩菜只字不提,还给抹了零头,乐块不要了。

出了馆子,外面飘的雪花比先前更大了,大志走路摇摇晃晃,姿势比雪花还飘。

我骂他,你个乐货,吃不下还强撑,人家老板也没让你装兜里啊。

大志摆摆手,连话都说不出了。

这事不能怪别人,只能怪我俩见识浅薄。北方人和菜一样豪爽。人嘛,只有走出了面前的一亩三分地,才会明白世界有多大。

有些人天天嘴上自诩猛男,心中连几盘菜都装不下。有些人呢,笑眯眯的人畜无害,却胸宽似海。

雪越下越大,我俩决定先找个住处落脚。等了许久,始终等不到出租。老板从屋里伸头出来,两位要不先进来等,我给你们叫辆车?

回到暖烘烘的店里,老板掏出手机打电话:妈,你回来吧,有人坐车。十分钟后,果然是那个不怕冷的大婶,她又来了……

池塘柳摘自豆瓣网 图:小黑孩

有个朋友买了桶原油，赚了三块钱

@beebee

油价前不久跌到了负数，WTI5月合约最低报收 -37.63 美元。

前段时间买原油倒给钱的消息在羊毛群里炸锅，他潜水多日决定出手。上次有这种感觉，还是山姆会员店金龙鱼买一送一。

他发朋友圈寻找货源，指明需要现货原油，如同别人求购熔喷布，晚一天都不愿意。

行业群里有人自荐认识酋长的儿子，他们相互加了微信。

朋友介绍的阿布扎比油贩子，答应给他发一桶原油。但得先付定金，40 迪拉姆，差不多 11 美元，验货后退定金再返 37 美元。

他熟知国际交易规则，速度和信誉是安身立命之本，二话不说便从账户给对方转了 11 美元。

交割后能白赚 37 美元，还拿一桶油，无本万利的买卖让他双手出汗。如果这次顺利，他打算乘胜追击再买几万桶，入账百十万美元。

一桶原油物流极快，两天就能从中东到山东。

交货那天，他戴口罩开皮卡，从戴头巾的蒙面人手里接过一个黑黝黝的钢桶，桶外面画了个巨大的骷髅。

蒙面人叫他不要轻易打开，常识也告诉他，这东西有毒。

原油里富含高浓度挥发性有机化合物，要么致癌，要么能损害人体中枢神经。

他这桶原油来自波斯湾，行业内叫迪拜原油，和北大西洋北海的布伦特原油相比，含硫量更高。

含硫高，意味着易腐蚀，没法长期把它存放在钢桶里。所以，这桶宝贝只能想别的办法保存。

倒出来放在浴缸里，肯定是不行的。原油易挥发，即使没有风它

也能沿地面扩散至少50米,哪怕他住300平方米的房子,一个晚上房间里就能填满原油挥发物。

高度易燃不说,而且有毒。

偷偷倒进下水道也不现实。原油闪点一般是27—45摄氏度,门卫大爷扔个烟头就有可能把整个小区一锅端。这桶宝贝只能想别的办法保存。

他从新闻里知道,原油价格变成了负的,主要因为所有能储油的地方全装满了。油库、储罐、海上漂着的油轮,没有地儿再留给他了。他那一桶宝贝油,实在没地儿搁。

但他计算了OPEC+的递减式减产方案,到明年4月底,全球将累计减产28亿桶原油,到时候肯定涨价。求人不如求己,他首先想到的是自建油库。

他的愿景是上万桶原油,沙特阿美是潜在客户,油库只能建在码头旁边。油轮泊过来,直接抽到库里,干净利落。

他给SEI的同学打电话,对方说港口油库得选油码头,建在普通码头下游或者下风处,临近的建筑物至少要几百米防护距离,而且得和居民区开。

"如果你家附近没有专业油码头,你得先建一个。"

还得先建个油码头?

老家山东那片虽然靠海,但深水岸线全都被集装箱占满了,剩下的全是海景房,拆迁成本超出了他的能力范围。建油库这事儿算是搁置了。但他不甘心。

望着那桶宝贝,想着波斯湾的黑金,他打算退而求其次,建个储罐。他研究了拱顶罐和浮顶罐的区别,上中国知网付费下载了油罐壁几何尺寸文献,他找了焊工报价,对方说要先打好地基。

"我不就是造一个大钢桶吗,还要找人打地基?"他非常纳闷。

"你那油罐的底板至少承受250千帕的均布液压,深层地基都会受影响,至少要先探明深层地质情况。"

焊工要他用Plaxis软件构造储罐基础沉降模型,计算沉降曲线,再找工程队用预压法或强夯法把地基搞扎实。

焊工告诉他,油罐焊好还得建配套设置。焊工手艺不错,能帮他把管道焊好,但油泵、脱气塔、排水系统、防雷装置他搞不定,这些估计得大几百万,还不包括买钢材和拍地的钱。

他算了算投资回报期,觉得这买卖不划算,只能放弃。

11. 答案:可以穿短裤,也可以赤脚(防止打滑)。

造油罐这事儿也算是中止了。

他那一桶宝贝油,还是没地儿搁。但他仍不甘心!

他上海川论坛跟人交流,翻阅了几千页原油资料,一个念头进入了脑海。

"干脆炼成汽油算了!"

原油常压拔出率是40%,汽油10%,柴油30%。剩下的进催化裂化,能得到35%汽油、30%柴油和15%液化气。

他那一桶油42加仑,可以产出40公斤汽油、60公斤柴油。按照目前油价,能卖700多块,加上返还的37美元,再把油桶当废钢卖了,一桶油差不多赚1000块。

这是毛利率惊人的买卖!

他只有一桶油,大型炼厂是进不去的,小地炼又没门路。他联系了高中的化学老师,想找他借一套小设备。

老师建议先直接蒸馏,原油组分沸点的差异能让汽油、煤油、轻质柴油直接分离。

但剩下的,要催化裂化、重整加氢,否则那些玩意儿都在危废名录以251开头,得找专业公司处理。

他问了问处理价格,觉得太贵。于是自己炼汽油这事算是打住了。

他万念俱灰举目无亲,自己费

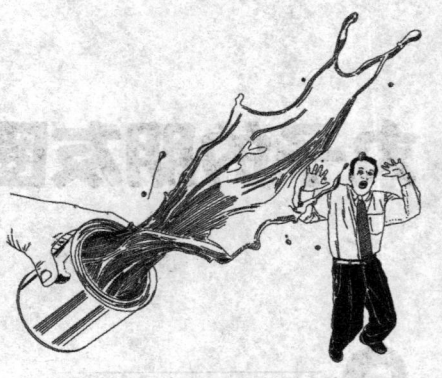

老劲儿弄来的宝贝油竟然是个雷。

他不敢出门不敢下楼,打算彻底封闭起来与世隔绝,生怕别人发现囤了一桶中东石油。

经过复杂的思想斗争,他决定打开油桶,看看这桶宝贝到底什么样子。虽然看过无数纪录片,但是真正的石油他没见过。

他买来改锥和电动工具,撬开了钢桶……

里面竟然是空的!

是的,狡猾的商人欺骗了他,压根就没有给他原油!

他大彻大悟如释重负,明白了虚惊一场是这个世界上最可爱的词语。饱餐一顿以后,他联系了楼下废品站,把空桶卖了80块人民币。

抵扣定金,他赚了三块钱。

他赢了。

刘振摘自微信公众号 beebee 星球 图:点点

丸子的朋友圈

郭美眉

昨天和朋友出去玩,丸子主动要给我们当司机。盛情难却下我只好坐到副驾驶座位上,看着丸子不慌不忙地拿出几张纸条,分别贴在方向盘左右两边。只见三张纸上分别写着:离合器、刹车、油门。

丸子:这就是你急着要下车的理由?

王大脸真的不是女汉子

楼下的炒菜店只需要扫餐桌上的二维码就能完成点餐和付钱。我看到闺密把二维码发到微信朋友圈,不一会儿就有人替她买单了。我也学着她的样子把二维码发到朋友圈。没人替我买单,反而不知道谁给我点了20碗米饭。

郭美眉:真惨。

快递员小马

我发现一个阿姨砍价特厉害,连续三天跟在她后头,省了我不少钱。今早上,又遇见那阿姨,我朝她笑了笑,阿姨一脸古怪地朝我招了招手,把我领到菜市场外人少的地方,语重心长地对我说:"小伙子,我的年纪都能做你妈啦……"

丸子:原来我姑姑说的那个跟踪狂就是你。
快递员小马回复丸子:一切都是误会!

开怀一笑 轻松悦读

丸子

马上要考试了,我静下心来看了一下午高数。

哲学系二师兄:看懂了?
丸子回复哲学系二师兄:看开了。

大老板张富贵

多年前一位大师给我算了一卦,说我30多岁会变成有钱人,我不信。于是我逆天而行,每天吃喝玩乐,一点钱也不存,彩票什么碰都不碰,我就想验证一下,怎么在30岁变成有钱人。一直到我30岁那年的一个早晨,看到门前醒目地写着一个字"拆",我才深刻体会到天命不可违的真正含义……

郭美眉:富贵真有富贵命。

郭美眉

最近养了只猫,今天出门倒垃圾,不小心把防盗门关上了。我蹲在门外吹口哨、学猫叫,终于把家里的猫引了过来。我指了指门,又指了指我自己;指了指它,又指了指茶几上的钥匙……比画了半天后,我看着那只猫跳上茶几,把我的鱿鱼丝吃光了。

王大脸真的不是女汉子:要是真能拿钥匙开门,才比较可怕吧……

哲学系二师兄

有什么比较荒诞的文学给推荐一下,就那种讲话颠三倒四的,想到哪说到哪的文学,太有意思了。

丸子:我的论文。

金融小王子刘思聪

前几天连续加班,昨天不想上班,便以身体不舒服为由请假跑去吃大餐。走进饭店,一个服务生迎了上来问:"你好,请问几位用餐?"我说:"一位。"服务生:"好的,请问一位都到了吗?"我一惊:"嗯……到了。"

大老板张富贵:你身体不舒服就请假,人家脑子不清楚还在努力上班。

杀猪盘,指的是诈骗团伙利用情感关系,把受害者"饲养"在自己的精神控制里,一步步骗取钱财。

揭秘"杀猪盘"骗局

@S 口述 梁珂 文

低配明星

我是S,目前生活在上海,在教育行业工作。不久前,我经历了一场长达13天的"杀猪盘"骗局。

去年,我在婚恋网站注册了账号,资料里标明了自己的详细信息。

今年4月9日的下午,我发现平台给我推来了一条新的搭讪信息。他叫C,这条消息是那天上午发出的:"上午好,可以认识一下吗?"

在信息下方,网站系统显示,这是一条"异地求偶"信息,对方所在地是香港。我点开了C的个人信息页面,感觉他各方面条件都不错,尤其是照片,他有张自拍照很像年轻时的陈冠希。于是,我给他回复了消息:"你是不是在香港?"

他说:"是的,但我下个月就要回内地来发展,我们公司在上海有分公司。"

接下来,我和他简单聊了一下各自的工作和爱好。我告诉他,我平时非常喜欢听音乐,他立刻附和,

说自己也喜欢,尤其喜欢陈奕迅。

顺着这个话题,我们又随便聊了几句。然后,他便问我能不能交换联系方式。

我问:"你有没有微信?"

他说:"我加你QQ吧。"

我感到有点奇怪,现在交朋友,不都是交换微信吗?但我也没多想,还是加了他的QQ。

"养猪"技巧

进入聊天模式后,他介绍了一下自己的工作。我特意搜索了一下他说的这个公司,发现有官网。官网显示,这家公司是做数据服务的,在上海确实有一家分公司。

我问他:"你住在香港哪一带啊?"他立刻说出了很详细的地址。

C接着告诉我,他来香港四年。因为表现好,老板开始重用他了。

顺着这个话题,他抛出了一个重要信息:"后来,我们副总推荐我去做了主管。不过同时,我也失去了和妈妈视频通话的机会。"

他告诉我:"公司给我们高管的手机植入了代码,视频时,我看得到我妈,但是我妈看不到我。"

随后,从第二天开始,C每天都会像上班打卡一样来向我问候。

有一次,他问我:"你的情感经历怎么样?"

我给他简单说了一下,又问他:"你的情感经历怎么样?"

过了一会儿,他给我发来了一大段的文字。第一眼看到的时候,我觉得有点奇怪。谈到情感经历,一般人是不会说得这么详细的。但这个念头也就是一闪而过。

聊天的前五天,我对他没有丝毫防备,还把一些个人信息透露给了他。他也时常旁敲侧击地打听我的工作细节,尤其是薪资的状况。

比方说,他会问我:"你平时会不会有什么外快?寒假暑假有没有补习班?"

我也没警觉,只是告诉他:"补习是有风险的。"

说完这句话,他就岔开话题了,没有再往下问了。

聊到第五天,他突然提出要和我明确情侣关系。我感到不安。于是,我给一个好朋友讲了这件事,她建议我再去核查一下C的信息。

我想起C曾经提过,他是杭州某科技大学毕业的。我朋友帮我查了一下,网络上搜不到他的名字与这个学校的关联。

然后,我朋友问了一下她老公,她老公的第一反应是:是不是遇上骗子了?

后来,我朋友给我发来了一些介绍"杀猪盘"的文章,我一看就发现,五天以来,我遇到的事情和文章里描述得一模一样。

冷静下来后,我决定继续和对方周旋,想看看对方还有什么手段。

图穷匕见

我们认识的第十天,他突然提到,他表哥来了。

他说:"表哥是澳门的,娶了澳门的老婆。他老丈人在澳门有个娱乐城,占了10%的股份。"

很明显,他这位在澳门赌场有"门路"的表哥一定与他后面骗我的钱,也就是所谓的"杀猪"有关。他很有可能会声称,靠着表哥的这层关系,他知道一些澳门赌场的内幕,然后让我去投钱"赚外快"。

第11天刚好是礼拜天,他告诉我,他在帮他表哥加班,还给我发来一张自己电脑界面的截图。但他没想到的是,这张截图让他露出了一个巨大的马脚:截图中,数据维护的界面用的是 Mac 系统,而 QQ 聊天的界面用的是 Windows 系统。

有一天,他给我发来了一张自己的全身照,说是去年拍的。但问题是,他之前和我提过,他的手机被植入了代码,无法发送实时图片。

我没有拆穿他,说:"那你现在发福了吗?发福我会嫌弃你的。"

随着聊天一步步地推进,我越来越无法忍受和C周旋的过程,因为他的情话简直一天比一天肉麻。

进行到第13天下午,他照例来向我打卡,说:"醒来赚钱了。"

我不耐烦了,与他争执起来,相互怼了几回合后,他说:"你把我想成什么了?"然后,当我试图再去回复他的时候,聊天界面显示:发送失败,请先添加对方为好友。

他居然把我给删了。

在被删除了好友之后,我在婚恋网站和QQ两个平台上对C的账号做了举报。我发现,在婚恋网站上,C的账号已经被列入黑名单了。显然,在这个平台上,被C当成目标,并最终识破骗局的不只我一个。

事实上,在杀猪盘的团伙中,他们往往会撒网式寻找目标。遇到警惕性较高的受害者时,像C这样负责出来迷惑受害人的"演员",也就是所谓的"狗推"会立即收手。而一旦对方上当,"狗推"就会想方设法,榨干每一滴钱财。在警方侦破的过往案例中,很多受害者受到情感操控后,往往投入了数十万钱财,发现无法提现之后,才意识到自己上当受骗,而聊天界面后的那位恋人早已经销声匿迹了。

虽然我识破了骗局,但我发现自己丧失了对陌生人的信任。我无法接受,这个世界上竟然会有人利用女性在情感关系中所付出的信任去骗取钱财,更无法接受这种做法已经被不断复制、操练,并不断地"杀猪"成功。

心香一瓣摘自微信公众号故事FM

(ID: story_fm) 图:恒兰

老兵讲的故事

@麦家

上校是个老兵,原名蒋正南,当兵是民国二十四年(1935年)。"上校"是他退伍后村民给他起的绰号。

他讲了一个故事。民国三十二年(1943年),他在上海的五个手下中的一个,被汪精卫的特务重金收买,把他一组人都卖了个光。

特务全城捕杀他们,死两个,逃两个,抓一个。抓的就是他,后来关押在湖州长兴山里的一个战俘营里劳改,四五百人,天天挖煤。

一次山体塌方,把100多人堵在坑道里,大家拼命救,几百人昼夜不停挖塌方。但塌方面积太大,十多天都挖不通,就泄了气,放弃营救——救出来也是死人,不划算。

上校讲:"只有一个人不放弃,一个江苏常熟人,40多岁,入狱前在上海十六铺码头当搬运工,壮实得像一头牛。他有两个儿子,老大21岁,跟他在码头上做工;小儿子17岁,做母亲的帮工,在乡镇上盘了一个杂货店,卖油盐酱醋。常熟就是沙家浜的地方,是新四军经常出没的地盘。新四军也要吃饭,常来店里买东西,一来二往,把小儿子发展了,当了交通员,经常往上海跑,传情报,采购药品、枪械、弹药什么的。后来老小把老大也发展了,兄弟俩你来我往,成了新四军一条活络的交通线。"

父子三人落难,最后被关进战俘营挖煤。那次塌方,父亲和上校是一个班的,躲过一劫,但兄弟俩都在里面。

"这简直要了当爹的命。"上校讲,"从发生塌方后,十来天他就没出过坑道,人家换班他不换,累了就睡在坑道里,饿了就啃个馒头,谁歇个手他就跟人下跪,求人别歇。他总是一边挖一边讲同一句话——你们把我儿子救出来后我就做你们的孙子,你们要我做什么都是我的命。讲过千遍万遍,喉咙哑了还在讲。只要是人,听了看了他这可怜的样子,都情愿替他卖力卖命。"

可塌方是个无底洞,几百人轮流挖了十多天,都卖了命的,就是买不来里面人的命。眼看过了救命时间,狱头放弃营救,要大家去上班,只有他不放弃,白天被押去上班,夜里一个人去挖塌方。大家劝他算了,救出来也是死人,别把自己的命也搭进去。

他呜呜叫,你不知道他在讲什么,因为喉咙已经哑掉,发不出声。但看他的空床铺,你知道他谁的话都没听进去,他的被窝成了老鼠窝。他本是搬运工,一个壮汉子,却眼看着一天天瘦下去,日子像是一把刀,在一刻不停削他、刮他、放他血水,血肉被一层层剥下来,干下去,枯得像个鬼。

一天夜里有人打架受伤,上校去给人包扎,老远看见一个人在腊月的寒冷里跟跄着往坑道晃去。天已经黑透,只能看清一团黑影子,看不清模样,但上校知道他是谁——那位可怜的父亲。

这些天上校多次这样见过他,在黑夜的寒风里独自往黑洞里奔走,但现在不是在走,而是在跌跌撞撞,一步三晃,几步一跤,像吃醉酒,糊涂得手脚不分,连走带爬的。

夜里睡觉时,上校眼前老是浮现这身影,心里很难过,想他可能腿脚有伤。上校带上药水和几个冷馒头去看他,想劝他回来歇一夜。

去了发现,他已死在坑道里,半道上,离塌方还有一个几十米的弯道。

他已经爬了几十米,几十米的坑道都是他爬的手印子、吐的饭菜,最后死的样子也是趴着的,保留着往前爬的姿势。

上校讲:"我想他一定是想跟两个儿子死得近一些,就想把他抱到塌方段去葬。他本是那么壮实,大冬天,穿着棉袄棉裤,看上去还是很大块头。我以为要花好大力气才抱得起他,可一抱发现轻得像个孩子。我知道他已经很瘦,可想不到会瘦成这样子,完全只剩下一把骨头,骨头好像也枯了,朽了,轻飘飘的。我本来是鼓足力气抱他的,反而被这个轻压垮了,哭了。我前半辈子都在跟死人打交道,战场上、手术台上死人见得多,从没哪个人的死让我这么伤心。我一路抱着他都在哭,葬他时也在哭,哭得喘不过气来,现在想起来都难过。"

在将近三年时间里,我听他讲过很多故事,这个是最让人难过的,讲得他眼泪汪汪的。

清荷夕梦摘自《人生海海》
北京十月文艺出版社 图:半夏

13. 答案:男子竞技体操项目包括自由体操、鞍马、吊环、跳马、双杠和单杠,共六个项目。

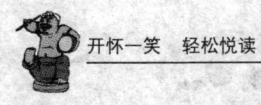

连锁反应

@庞启帆 编译

(文中设置了十处差错,你能找出来吗?答案见文末)

得克萨斯州的科特、玛莉莲夫妇种了许多盆栽植物。在最近的一次寒流袭来时,玛莉莲为了心爱的花草不被寒流冻死,就把它们都搬进了室内。在其中的一盆植物上影藏着一条绿色的小蛇,它回暖后,沿着盆壁爬下了地板。玛莉莲看见一条蛇爬到了沙发底下,不由高声尖叫起来。

科特正在洗澡,听到妻子的尖叫,衣服也顾不得穿就冲出了裕室。玛莉莲告诉丈夫有一条蛇在沙发下。科特马上趴在地板上找蛇。

就在这时,他们家的狗跑了进来,冰冷的鼻子触到了科特的腿。科特以为蛇咬伤了他,不由昏了过去。玛莉莲以为丈夫心脏病突发,急得马上打电话叫救护车。救护车很快就到了。救护人员冲进客厅,把科特抬到了担架上。

救护人员刚抬起担架,蛇从沙发底下爬了出来。其中一个救护人员看到蛇,惊叫着松开了手。昏迷的科特从担架上掉下来,摔伤了腿,然后真的以伤员的身分进了医院。

蛇还在屋里,玛莉莲仍然非常害怕,所以她打电话给邻居。邻居自告兴勇来捉蛇。他用一层一层的报纸裹住身体,然后开始撬沙发。

折腾一番后,邻居找不到蛇,所以他断定蛇已经爬出去了。玛莉莲吐了一口长气,在沙发上坐了下来。但是她马上感到有东西在坐垫下蠕动。她尖叫一声,昏了过去。蛇又爬到了沙发底下。邻居看到玛莉莲昏了过去,企图用心肺复苏术把她救醒。

邻居的妻子刚好从杂货店购物

回来，她从窗口看见丈夫的嘴对着玛莉莲的嘴，发疯般冲进来，没等丈夫解释，扬起手中的那袋罐头就重重打在了丈夫的后脑勺上。丈夫马上头破血流。

一辆救护车再次呼肃而来，医生查看男邻居的伤势后，确定他需要住院治疗。曹杂声吵醒了昏死过去的玛莉莲，她看见她的邻居一动不动躺在地板上，他的妻子正弯腰抱着他，所以她以为他被蛇咬伤了。她走进厨房，拿了一瓶威士忌出来，然后灌下邻居的喉咙。

这时，警察到了。他们看到地板上躺着一个昏迷不醒的男人，屋内散发着威士忌的气味，断定是因为酗洒而引起了打架，所以警察打算逮捕玛莉莲他们三个。两个女人急忙向警察解释事情的起因。

救护车带走了邻居和他的妻子。正在这时，小绿蛇从沙发底下爬了出来。一个警察拔出枪，马上朝它射击。但是子弹没打中蛇，而是打中了沙发旁的一张桌子的腿。桌子应声而倒，桌上连着电源的台灯摔了个粉碎，从而造成了电线短路，使电线燃烧了起来。瞬间，更不幸的事发生了，燃烧的电线点燃了旁边的窗帘。

另一个警察跑过去灭火，没想到脚一滑，整个人从窗口掉了下去，落在了趴在院子里的那条狗的身上。狗受到惊吓，惊叫着冲上了街，迎面而来的一辆轿车为了避开这条狗，猛打方向盘，结果"砰"的一声撞上了正停着的警车。

很快，火焰从窗帘曼延到了用木板装修的墙，然后整个房子都燃烧了起来……

两个星期后，科特和邻居唐复出院，房子重建，警察获得了新车，所有的一切又好了起来。

大约一年后的一个上午，科特和玛莉莲在家里看电视，气象员播报寒流将会在当晚再次袭来。科特看着妻子，说："亲爱的，晚上你还想把那些花草搬进屋里吗？"

水云间摘自微信公众号庞启帆翻译与写作

图：小黑孩

《连锁反应》参考答案

1. 盆载——盆栽
2. 影藏——隐藏
3. 裕室——浴室
4. 身分——身份
5. 自告兴勇——自告奋勇
6. 呼肃——呼啸
7. 曹杂——嘈杂
8. 酗洒——酗酒
9. 曼延——蔓延
10. 唐复——康复

大千世界 时代之帆

本期话题：那年高考

录取那一夜
@ 豆老头儿

高考分数下来了，比第一次高考高一些，但依然没有冲上本一线。

面对高不成低不就的尴尬分数，父母连日焦灼，请了当地的名师指点志愿，还动用所有关系打听学校的情况，四处奔忙。

终于敲定一所学校，省重点高校，本科二批，但是分数线连年拉高。听说再有两年就要升本科一批了。填报了志愿，一家人开始等待。

本科一批开始录取了，本科二批开始录取了……离结果越来越近，一家人迫切地想知道结果，又害怕知道结果。

等到那天晚上，父亲接到熟人的电话，说已经开始提档了，让等着消息。父亲挂了电话就叫我过去，一起等着。电话响了，父亲接了。父亲脸涨得有些发红，看着我们说，提档了，压线提的，一分不多，一分不少！

摇晃中，突然有了一种莫名的解脱感。那一刻，四年高中的磨砺彻底结束了。

迎接自己的，是新生活！

投递无门的录取通知书
@ 女钢铁侠_2019

我参加高考那年是1993年。

记得等录取通知书那段日子非常难熬，临近开学，通知书还没有来，我就每天坐在院子里，望着大门口的方向，一坐就是一天。

终于有一天邮递员来了，问我这是不是××的家，说我的录取通知书到了。看我接过信，邮递员如释重负："你家让我找得好苦啊，我在这附近转了好几天，都说没这个人，今天我要是再找不到，就准备把信退回原地了。若不是信上写着录取通知书，我就不费这么大劲了，考个大学不容易。"听了他的话，我们是千恩万谢。

我家那一带很特殊，一个院子里住着两三户人家，房子横七竖八，门牌号很难找，邮递员来送信就像走迷宫。

现在想想，如果录取通知书投递无门，我也许会拥有另外一种人生吧。

高考是分水岭，或许一个细节就能改变一个人的一生。

扫一扫，看更多与高考有关的故事。

盲点

达尔文奖：最硬核的"作死"故事

@Tristan Kennedy SME 科技故事 翻译

极限运动总是伴随着危险。为了降低风险，我们至少应该掌握一些基本常识。然而总有一些缺乏常识的人又很喜欢挑战极限。我们也为这些无所畏惧的白痴准备了大奖——达尔文奖。

以下故事可能听起来非常魔幻，但经求证它们都是绝对真实的。

大丈夫莫忘能屈能伸

1997年，弗吉尼亚州雷斯顿市的警察发表声明，他们在一座70英尺（约21米）高的大桥下方发现了一具尸体，经过确认死者是22岁的埃里克。

埃里克是个追求极限的人，他不屑于玩成熟的商业蹦极，而是选择自找刺激。为了安全，他准备了多条蹦极绳，一段系在身上一段固定在桥上，长度也再三确定小于70英尺。

确保万无一失后，埃里克自信满满地从桥面上跳下，然后就没有然后了。他忘了蹦极绳有弹性……

哪怕雪崩也要闯高峰

达尔文奖的网站上对奖项获得者有描述："通常，一名被雪崩这样的自然灾害杀死的人是没有资格获得达尔文奖的。"

沃尔特被提名的原因是他在雪地摩托高标上的好胜心。高标是一个雪地摩托项目，简单来说就是驾驶雪地摩托从山脚一路上爬，到达尽可能高的地方，再掉头返回，其间不发生陷车翻滚才算成功。

州警官警告说这种运动很容易引发雪崩。实际上事发当天，沃尔特就曾经引发了一次雪崩，所幸规模不大，他只是被雪埋到腰间。

正常人遇到雪崩都会感到害怕，至少应该将其视作一个停止的

14.答案：女子竞技体操项目包括跳马、高低杠、平衡木和自由体操，共四个项目。

信号,但沃尔特不是正常人,他继续驾驶雪地摩托勇闯高峰,第二次雪崩无情地把他的基因从人类的基因组中剔除。

计划周密的瀑布飞跃

1995年,一个叫罗伯特的狠人打算继续为人类作死挑战出一份力,他计划开水上摩托艇完成一次飞跃尼亚加拉瀑布的壮举。

罗伯特做了详细的准备,他给水上摩托装备了火箭推进器和降落伞。整个计划是这样的:罗伯特驾驶摩托艇向瀑布悬崖飞驰,快到瀑布边缘时打开火箭推进器,在轨迹的最高点打开降落伞。

整个计划要难度有难度,要观赏性有观赏性。只是罗伯特忘记了火箭和降落伞都不防水。在冲向瀑布的过程中他按下按钮,火箭推进器没有反应,来不及犹豫摩托艇已经飞出瀑布,随后他按下降落伞,也没有反应,最后连罗伯特本人也没有了反应。

作茧自缚的水电专家

1999年,戏水一直都是达尔文奖的保留项目。这次作死的人是个叫罗德尼的人,他当时正开心地驾驶摩托艇在华盛顿湖上遛弯,不过这辆电动摩托艇提示电量不足。

于是罗德尼掉头回到岸边停下摩托艇,去岸上找充电线。很快他拿着充电线,把一端接入了110V的电源插座,拿着另一端接头向着摩托艇奔去。

他来了,他来了,他带着电源插头走来了……罗德尼入水、触电、僵硬一气呵成。第二天他的尸体被人发现漂浮在码头。

飙车逃生之绝地求死

2001年,南爱达荷州当地媒体报道了一个神奇的故事,文章详细介绍了一位名为马克的人"绝地求死"的详细经过。

马克有一辆面包车,经常载着朋友出去玩。那一次,满载一帮朋友的面包车正在狂飙下山,然而马克却突然发现刹车失灵了,记忆里前面不远处就是悬崖,就在这危急关头,马克二话不说就跳车。

车里他的朋友们甚至不知道刹车已经失灵了,好在有人挺身而出及时介入,救下了全车人的性命。至于马克,他跳车时计算失误,一头撞到了路面,等到大难不死的同伴返回时他已经归西了。

逃生的人死了,等死的人活着。

心香一瓣摘自微信公众号SME科技故事 图:恒兰

牛大姐家乐事多

主要人物：牛大姐（妈妈）　牛大哥（爸爸）　牛小美（女儿）　牛小宝（儿子）
钱多多（牛小美的男朋友）　刘姥姥（牛小美的外婆）

※ 牛小宝正认真写作业，牛大哥对他说："儿子啊，别总是写作业，去看会儿电视休息一下。"

牛小宝特开心地跑去开电视，发现怎么也打不开，就问："爸，电视怎么打不开啊？"

牛大哥说："啥？你把电视弄坏了？看你妈回来怎么收拾你！"

※ 牛大哥跟牛大姐吵架。牛大哥不吭声瞪着牛大姐，牛大姐说："你不能骂我！"

牛大哥满脑子问号："我有骂你吗？"

牛大姐理直气壮地说："那是你忍住了而已！"

※ 牛大姐去买拖鞋，摊主是一个大妈。牛大姐问她："拖鞋多少钱一双？"大妈说："20块钱！"牛大姐说："十块钱卖不卖？"大妈说："行……你是要左脚还是要右脚？"

※ 牛小宝因为太调皮了又被老师叫家长。路上，他看见一个下棋的老头，就花钱雇他冒充家长。到了学校，老师问牛小宝："你确定这是你家长？"牛小宝非常肯定地说："是！"

老师忙把老头叫到一旁，紧张地说："爸，你在外边有这么小的孩子，我妈知道吗？"

※ 一年前，牛大姐看到自己日益增长的体重，痛定思痛，决定好好减肥。为了鞭策自己，她坚持每

天记录自己的体重，还画了折线图表。今天刘姥姥过来看到了，若有所思地在牛大姐身边走来走去，最后悄悄地问："闺女……能不能透露一下，你这是哪只股票啊？走势蛮好的……"

※ 牛小宝做错事了，牛大哥把他叫到面前，牛小宝害怕地低着头。牛大哥抚摸着他的脑袋说："孩子，你长大了，我不会像以前那样，因为你犯了错就骂你了。"牛小宝感动地抬起了头。转瞬，牛大哥脸色突变，说："你应该尝尝挨打的滋味了！"

※ 牛小宝问牛大哥："节约与小气有什么区别？"

牛大哥说："当我舍不得给自己买东西时，你妈妈说我是节约；当你妈妈跟我要东西而我不买时，她就说我是小气。"

※ "你妈把我的信用卡弄丢了！"牛大哥说道。

"那你还不赶快通知银行？"牛小美听到后有点着急。

"没事，那个贼花的钱比你妈少多了。"

※ 牛小美想给牛大哥买双鞋，但不知道尺寸，又想给牛大哥一个惊喜。于是打电话给牛大姐问爸爸多大的脚。牛大姐听了原因之后犹豫了一下，说道："他已经有很多鞋了，不要买了！"

听到这里，牛小美感动了，心想牛大姐肯定是觉得自己挣钱不容易，不想让她破费。

正感动中，牛大姐接着说道："你爸挑得很，不会穿的，不像我，我就从来不挑，给我买什么我穿什么……"

※ 有一次，牛小宝和几个同学在一起聊天，牛小美在一旁听。牛小宝说想要个妹妹，就可以带她玩，买东西给她吃。

牛小美突然严肃地说："这个姐姐我也不想当了。从今以后，你就当我是你妹妹吧。"

※ 牛小宝参加学校的长跑，结果他拿了倒数第二，他同桌拿了倒数第一。

牛小宝问同桌："倒数第一是什么感觉？"

"你很快就能感受到了。"牛小宝的同桌说完，就以腿受伤为由，要求老师将自己的名字从比赛名单中除去。

那一刻

@安石榴

【作者寄语】 微型小说的妙处在余味。它只有1000多字,拼故事情节与技巧都不是它的强项,语言的运用也要相当小心,朴素为妙,否则又会有形式大于内容的嫌疑。因此,在微型小说局促的空间里完成讲述的任务,重要的还是结尾,像欧·亨利那样,在结尾处留下出人意料的结局,发散出人生的况味来。

元宵夜。

从飘窗往下望,毛尖儿目不转睛地盯着那看起来马上就要密集、庞大的队伍。九楼以下灯火通明,各种各样的花灯沿着街道亮起来,满世界繁华绚烂起来。"真是个豪华的夜晚哟!"毛尖儿兴奋起来。她冲下楼去。楼下的单元门外就是她和闺密青青、晓庄相约处,她们相约玩个通宵,先看花灯,然后去音乐酒吧,再去吃烧烤、打台球。三个刚刚行过成人礼的女孩子哟!

毛尖儿一脚迈出单元门,还没有站稳,人就被卷走了。街上此时此刻的情形和她在九楼家中俯瞰到的大不相同。主街道上的行人已成洪流,毛尖儿即刻丧失掉了自主能力,被裹挟其中。毛尖儿还从来没有遇到过这样的情形呢。青青和晓庄只在她脑子里一闪而过,先玩起啦!毛尖儿也顾不得找朋友了,猜也猜得出来,她们必定被人流阻隔在什么地方了。毛尖儿两手抓着手机,左拍右拍,不停地发着朋友圈。也不知过了多久,毛尖儿的胳膊酸了,手冻得失去了知觉,可是她发现人和人之间已经没有一丝空隙了!毛尖儿费了好大力气才把右手放下来,插进羽绒服衣兜暖和着。不知怎么回事,有个男人不住地看她。她有点生气,朝着那个可恶的人,她把眼珠一翻——天啦!毛尖儿心里叫道,她的右手怎么抓到了一只手机样的东西呢?不可能啊,毛尖儿的手机在左手上啊。毛尖儿脑子一下就炸了,她的右手正被攥在一只又厚又大的手中——毛尖儿并不知道自己的手是如何插进别人的衣兜的,此刻她只想着拿回那只惹麻烦的手。

名家经典 新锐先锋

"我不是故意的。"毛尖儿说,"请你放开我!"

大叔不看她了,也不说话,脸藏在竖起的羽绒服衣领里,绒线帽子扣在眉骨下,但那只攥紧的手开始明确地传达出恶意,毛尖儿却不管怎么努力都无法挣脱。他抓着她被人流推上了过街天桥的阶梯。

"我跟你说了,我不是小偷,我并没有想拿你的东西。"

大叔并不理睬,死攥着她的手不放。

"你快点放开我!"毛尖儿的声音开始发抖,不能控制的那种颤抖。那个人低了一下头,在她的耳边发出阴冷的呵斥:"闭嘴,不许出声!"

他拽着毛尖儿蠕动到天桥顶端,毛尖儿崩溃了,她不知道接下来会发生什么,但所能发生的,绝不会是好事情。她有那种预感,她要死了!毛尖儿站在那儿,那儿几乎就是桥面的最高点,她看到了下面的人,人头攒动,密密麻麻,仿佛也都是捆绑在一起,去奔赴一个未知的却一定是恐怖的命运。她心里喊道:天哪,放过我吧!

这时候从阶梯下面上来的一股人流不知道因为什么原因开始躁动,然后就听到一片尖叫声。毛尖儿感觉到了怪异,她并不知道发生了什么,就是感到怪异,因为眼前——下行阶梯十几米处,人们像多米诺骨牌一样纷纷扑倒!眼看着就到了自己的脚下,更怪异的是,她身后的人正在向前扑来,毛尖儿突然明白即将发生什么,那种不可控制的巨大的恐惧使毛尖儿浑身发麻,她站不住了,尖叫起来。随后记忆出现了问题,一切变得模糊并不可捉摸,只有一个细节脱颖而出,它清晰无比:毛尖儿看到大叔将自己抱起,托举——几乎是扔到扶梯的扶手上,他大喊了一声:"抓牢!"毛尖儿抓住安全网,像壁虎一样将身体贴在上面,回首看到的一幕她一辈子都忘不了。

事后,官方宣告萧城元宵夜踩踏事件死亡26人,伤47人。

后来,家人朋友也是好奇,作为一个幸存者,简直就是一件伟大的事情了。就问毛尖儿,说你处在踩踏事件中心,到底怎么回事呀?

毛尖儿脑海里翻涌着扑倒和叠加的人体,凄惨的哀号,还有那个一闪即逝,永无再现的高壮身影。她说,不知道发生了什么,我也想知道哇,可是没有想明白,从来就没有想明白。她说这话的时候,脸上露出迷惑和思考交织的神色。

摘自《青岛文学》

醉 酒

@安石榴

那时候,老刘极有可能坐上公安局副局长的位子。他把一个派出所带得相当好,做人也非常讲究,基层和上层都待见。别人当面预言老刘如何如何,他摆上一副有此奢望便是丧良心的架势。可私下里,也曾几次在心中演练过副局长的角色。他把这个意思跟老婆说了,老婆眼睛刷地放出一股电波,从此待人接物更加亲切柔和,她可不想做任何一件给丈夫减分的事情。

老刘还是十几岁的小刘时,当学徒工,师傅外号叫"王八级",大个子,大嗓门,是个牛气冲天的八级工。徒弟们在他面前两只手黏在两边裤缝上,低眉顺眼。可是,徒弟进家门,他让儿子叫他们叔叔,儿子也得手摸裤缝,垂头丧气站在旁边。王八级说,这叫各论各的。

后来老刘当了警察,王八级的儿子王勇是个超级枪迷,跟老刘处成了那种很黏糊的哥们关系。老刘其实不怎么在家——警察哪有朝九晚五的福气?可是老刘只要一进家门,王勇一准儿鬼影子般地跟进来。后来老刘都习惯了,进家门第一个动作就是回头看,然后说:关门小心,别把你尾巴夹了。话音刚落,他身上的手枪就被下了。王勇端着枪,在椅子上坐下,一门心思地玩。说老实话,老刘的确让王勇放过三枪。两人骑车去郊外河岸边一片小杨树林里过的瘾。也就仅此一次。

晓得什么是谜吗?有些事真的难以解释。一眨眼20年过去了,老刘45岁,王勇35岁。他们之间的这种游戏从未间断过。没有因外因,也极少因人为原因——只有一次,王勇老婆生孩子,空了一次——这样说吧,在最后终结之前,这个游戏几乎未间断过。

　　事情是这样的。王勇玩了一会儿，老刘说，行了，你走吧，我睡一会儿，好几天没睡了，要崩溃了。他从王勇手上拿过枪，放枕头底下。他放在枕头正中间，也就是脑袋的位置。紧接着他把手枪往枕头边儿挪了挪。因为他想起来枕头芯儿不是荞麦皮的了，老婆换了棉芯儿，他还枕不惯呢。王勇起身往外走，老刘这边就往炕上躺。老婆总有干不完的家务活。

　　那时候人们住的都是平房，正值仲夏，之前数天阴雨绵绵，有很多东西需要晾晒了。老婆忙着这些事，出出进进不消停。她见老刘睡了，也不打扰他，放轻手脚，静悄悄的。老刘还有个好消息要告诉老婆，打算睡醒再说。局里考察干部了，有他一个。他心里有数，提拔的事儿，十有八九。

　　一个钟头左右吧，老刘醒来，伸手去取枪，没有。他又摸了摸，然后腾地起身，一把掀翻了枕头，枪，没了！老刘想都没想直接去找王勇，好话歹话说尽了，王勇全摇头，他没拿。老刘只好把王勇的父亲请来，王勇叹着气说：叔啊，我走的时候你还没躺下呢！这么着一直挨到傍晚，老刘知道轻重，只好向组织报告了。

　　结果很快证实：枪丢了。案发现场没有任何蛛丝马迹。王勇通过了测谎仪。老刘经过一系列调查和处罚，前途和工作尽遭毁弃。

　　好在老刘又逢新时代。不久，工厂破产，王勇也下岗了，两个人自然走到一块儿，一合计开了一个饭店，专营东北特色杀猪菜。一干又是一个20年。老刘65岁，王勇55岁。老刘的儿子在美国得州安家，要父母去他那儿团聚，连带照看孙子。老刘同意了。临行，王勇早早关了店，老哥俩大喝一顿离别酒，说了很多很多的话，喝了无数无数的酒，就醉了。后来，两个人傻子似的各自盯着自己的酒杯，不说话，就是发呆。好久，王勇说：哥呀，人这一辈子，我算看透。王勇闭上嘴，眨巴眨巴直勾勾的眼睛之后，才继续说：人这一辈子，你真正喜欢的东西未必真的能拿到手。

　　老刘抓起杯把酒倒进嗓子眼，说他同意他的说法。

　　王勇也抓起杯把酒倒进嗓子眼，几乎又重复了一遍他说的话：人这一辈子，真正喜欢的东西往往就是拿不到手上。有时候你觉得它确确实实是你的了，它就在那儿，好好地放着。王勇的眼睛直勾勾地

亮点

望着他的空杯，几乎哀鸣起来了：可是你还是不能碰，还是不能碰，你干瞪眼，不敢啊！

到了这个火候上，老刘就一放松过去了，真的醉得啥也不知道了。第二天坐飞机险些没赶上。登机的时候，老刘一腔子惆怅，望着瓦蓝的天默默对自己说：那支枪消失了之后，20年没再出事。它或许像一个长到55岁的人一样，是一把老枪了，一把不会莽撞的老枪了吧？

摘自《红豆》

图：陈明贵

【作者简介】安石榴，本名邵玫英。曾获《小小说选刊》优秀作品、原创及佳作奖；获微型小说学会年度三等奖。2017年获得《大观》文学奖。已出版小说集《全素人》《大鱼》《优雅与尴尬》等五部。

"隐"得值得，"秀"得机巧

@ 刘俐俐

安石榴的微型小说《那一刻》和《醉酒》，可作为中国传统诗文"隐秀"理念与标准的个案来鉴赏。

刘勰《文心雕龙·隐秀》："隐也者，文外之重旨也；秀也者，篇中之独拔者也。"隐：指并未出现于文内的某种"重旨"，"重旨"既指有价值、值得、深意盎然，又指多种意蕴同在交织。秀：文之"独拔者"，即看得见又独特的、惹眼的、耐品味、经琢磨。

先说"秀"得机巧。

《那一刻》之"秀"：元宵夜被陌生"大叔"抓住，强迫冲出密集人群的惶惑与恐惧，心理状态细腻复杂。这占据了篇章的大部分空间。此大叔何人何意？并未作交代而成"谜"。但"珠玉潜水，而澜表方圆"，读者心里激起关切关注和渴望破谜的波澜。"珠玉""潜水"终要露出水面。结尾情趣蕴藉："我"依然懵懵懂懂，同处多人死伤现场中心，"我"安然无恙，含蓄、简洁又耐品味地半揭了谜底："大叔"是救自己于危机的"好人"，仅此而已。这是安石榴的特点：留余地、不说透。《醉酒》叙述老刘、王勇、王八级三人，长达四五十年时间线索的故事：老刘副局长备选和落选、另择了职业……漫长曲折人生经历几笔即过。唯独物件"枪"在似淡漠又曲折的人生中走到前台，老刘那把让王勇艳羡的"枪"的"丢失",从心理角度细致曲微地描写,分别更改了他们的人生线路。最终分别酒桌上,牵动命运起伏的"枪"事件模糊依旧,却牵连出有价值的人生体悟,从结尾多种效应来看,巧妙含蓄地交代了枪的丢失与命运内在关系、善良的本性、含蓄地认错,本分为本、人生自有其轨迹等多重意涵,蔓延一生的迷惑水到渠成地呈现。

两篇佳作"秀"得机巧之理由:文字繁简与时间线索长短形成反比,内涵浓淡相映成趣;有限文字最经济地容纳人生的曲折丰富;以心理活动显露外在情节进展;特殊场景细致入微;结局含蓄而有品味余地,顺其自然又出人意料。

再说"隐"得值得。

"隐"的标准是"文外之重旨者也"。"重旨"很重要:文学是人类精神家园,人文意涵及其多重意蕴交织和细微,即"重旨"之价值。《那一刻》艰危时刻救"我"的"大叔",善良无私,行普通人之善。《醉酒》老刘和王勇悟透了人生平淡的道理,此理绝非高深宏大,却是普通百姓抚慰心灵和平静面对生活的至理。心灵依赖这样点点滴滴的人文哲理,"善良"是贯穿两篇的底线:善良确实平凡,却是平民道德底线,它可升华出诸如正直、正义、奉献以及牺牲精神等多种优秀品质。所以,才有康德"美是道德的象征"命题。"醉酒"实为"顿悟","顿悟"来自许多平凡的日子。这样才"派生"出含蓄耐咀嚼的结尾。"独拔"因"重旨"而成型。"重旨"透过"独拔"而获得。

两篇微型小说鉴赏分析,理论灵感欣然而至:"隐秀"不仅属于艺术本体论领域的作品论,亦为贯穿创作、作品与鉴赏全部环节文学活动的批评范畴,具有双重主体与微型小说的双向选择互动。双重主体指作者和读者,双重选择指作者选了微型小说,以"秀"传递"隐",读者选择了此"秀"抵达了此"隐"。微型小说艺术成就依赖独特的"隐秀"。

(作者系中国作家协会会员,南开大学英才教授、博士生导师,中国文艺理论学会常务理事,教育部重大攻关项目首席专家。)

扫码进入中国微型小说学会微信公众号,更多精彩微型小说等您发现。

@鹅打

做天下第一才不开心

打架就要狠

阿鲨小时候打架就狠,他没有章法,不讲道义,往往是手脚并用,加上手劲大,野性足,又总能盯准对方的痛处。为了赢,他会使出浑身解数。直到阿鲨遇到他师傅。

其实阿鲨不爱打架,只是迫于生计。毕竟他是流浪儿,打不赢别人,那就抢不到东西吃。

有一次,阿鲨和别人为了一块烂馒头滚在地上厮打时,周围热闹地圈着一拨叫好的小乞丐,还蹲着一个破破烂烂的糟老头,他一边观战,一边喊着"打得好!"阿鲨只当他头脑不好,没想到老头最后跟着自己回到桥洞底下,一路上念叨。

"小伙子,我看你骨骼清奇天赋异禀,是万里挑一的练武奇才。"

阿鲨想这什么烂掉牙的骗术啊,翻个白眼就背对着他躺下了。

"你若勤练不辍,定能习得我毕生绝学。"

阿鲨还是背对着他。

"你跟着我,我就带你回家。"老头看阿鲨没什么反应,又凑过来加上一句。

"回家"两字,像是一种神秘的召唤,阿鲨被诱惑一般,慢慢地转过了身,看见老头的眼里格外亮,不像骗人。

于是阿鲨默默地认了师傅,并跟着他上了路。

他跟着师傅回到穷乡僻壤的小庭院里练武,这一练,就是十年。

这十年里,阿鲨从小乞丐长成了壮青年,却让糟老头变成了白须汉。师傅的老态越来越明显,他的动作慢了,声息也衰弱起来。

这人一弱下来，麻烦事就接踵而至。不断有江湖侠客前来骚扰，说是终于找到师傅了，小隐于野这么多年，既然已经是风前残烛的病体，也就别赖着这天下第一的称号了，何不今日就决出个胜负来。

师傅当时佝着腰咳得不行，还在旁边冲阿鲨挤挤眼睛，说老夫没骗你吧，我真的是天下第一。

比武要堂堂正正，擂台上，胜负没有决出前，谁都帮不上忙。

师傅最后败在一个刀客手上。阿鲨冲过去扶起师傅，看到阿鲨在身旁，师傅微弱的眼神显得有些愧疚，浑浊的眼球滚了一滚，嘴张了张，最后只留下两字遗言——

"你来。"

阿鲨心里陡然生出一片孤寂与愤恨。不就是个天下第一吗？有什么了不起的……

阿鲨运足了劲，抓起师傅落在地上的剑，腾身跃起，带着疾风向那位刀客逼去。

他当时只是手握着剑，一股侠气从心底升起，使剑如雷霆震怒，忽疾忽徐，抬手间连连逼退敌手，风平雷息，刀客战败而逃，阿鲨在师傅的尸体前成为新的天下第一。

从那之后，阿鲨就知道了，谁也打不过他。

捡到个女侠

但没想到天下第一还真没那么好当。譬如说，阿鲨不爱打架，却总有人来找他打架。

阿鲨抓住一个傻小子问上一通，才知道原来当初给阿鲨打飞的那个刀客是个帮派掌门，被阿鲨打败后回到单位里，咽不下这一口气，就说谁要是打赢了天下第一，那就是一等功臣，升迁房补亏待不了。

阿鲨气呼呼地跑去找那掌门算账，想着你起码要把这培训费的钱给我结了吧，结果到了人帮派那里一问，这掌门刚刚去世了。

他又气呼呼跑去找新掌门，抓了个过路的弟弟一问，说是现在派内一片混乱，暂时还群龙无首。

这弟弟讲着讲着来了劲："欸，你是不是那个天下第一？"

阿鲨只能自认倒霉，在这弟弟拿出刀前拔腿就跑，急慌慌地走出好远才放下心来。

但这心还没搁回原地多久，又让他撞上一起绑架事件，三五个盗匪正围着一个瘦津津的女侠。

阿鲨想，谁让我是天下第一呢，能力越大责任越大，于是救了女侠。

女侠叫丁珊，受了重伤，情绪稍微激动一些就要咳出点血来，但就是这样还非要跟着阿鲨赶路。

阿鲨问她:"还有什么事吗?"

丁珊:"我知道你是天下第一,请和我比武。"

阿鲨:"你往那边看看。那有个馄饨摊,旁边是一圈石砖地看到没?"

丁珊重重地点头:"看到了,我们去那里打吗?"

阿鲨:"不是,我的意思是你这样子,我一巴掌就能把你呼到那边去。"

阿鲨说完就走。但这丁珊还是挺有毅力的,一边吐一边跟,一边跟一边吐,那场景格外壮观。嘴里来来回回地只念叨着那一句话:"请和我打架。"

阿鲨被缠得烦了,干脆把她扛到了肩上,带回家里养伤。

第一不开心

丁珊之前受了内伤,但在阿鲨的悉心照料下,身体早已经好了大半,能走能动,有时候还能给阿鲨做上两道菜,煮上一例汤。

失去师傅后,阿鲨久违地体会到了家的感觉。

丁珊身体好了后,有时会和阿鲨一起练武。她试过几次,过招中就被阿鲨制住,动不了手脚,灰心丧意起来。她蹲在地上,两手托腮,闷闷地问阿鲨:"做天下第一,是不是很开心啊?"

阿鲨笑笑:"如果做天下第一就是不断地跟人打架,那不做也罢。"

即使阿鲨天赋异禀,可长年累月地打下来,身体还是多有磨损,出招,接招,攻防转换,大量的实战经验下,他的身体早已养成了应变的惯性。所以打架在阿鲨看来更像是一种机械般的动作重复,没有乐趣,也没有意义。

他也是在当上天下第一后,才理解了师傅死前那眼神里的愧疚。

毕竟做天下第一,根本不是什么开心的事。

"我再也不找你比武了。"

丁珊望着阿鲨,下定了决心。

但阿鲨知道。丁珊背负着宿命。

丁珊是刀客门下的一名弟子,掌门死得蹊跷,二掌门和她是最有力的掌门候选人,可如果不是阿鲨救下了她,她早已经遭了毒手,所以是谁作祟是很好推断的事情。她的帮派此刻摇摇欲坠,她急切地需要做出些成绩来证明自己。

她原本的计划是打败阿鲨,取得天下第一的名号后再名正言顺地回去。但她已经明白了此路不通。她打不过阿鲨,何况也不想和他打。

阿鲨和丁珊门派的弟子交手已

悬疑科幻 脑洞大开

久,早就有些四两拨千斤的心得,他们的招数工整,甚至可以摸索出一套规律。而打架更讲究一个狠字,没有章法其实是最难解的章法,对待卑鄙的人也根本不需要考虑道义,更何况——"有时候,要想活下去,就必须要这样打架。"

总有人爱你

一个月后,阿鲨送丁珊回门比武。

那真是一场惨不忍睹的比武。

二掌门内力深厚,却耐不住丁珊泥鳅一般滑来溜去,小女子泼辣的个性在招数中展现得淋漓尽致。

但比武是这样的,决出胜负前无法停止,谁也不能帮忙。

阿鲨当时坐在旁边酒楼的屋檐上观战,本来还有些着急,一边擦着汗水,一边粗着嗓子为丁珊助威,但他喊着喊着,突然就有点明白了当时师傅捡到他时的心情。

二掌门最后无法忍受这粗鄙的痛苦,遂败下阵来,但他还觉得自己正和丁珊站在同一个擂台上。最后丁珊成为新掌门回来了,她将刀握在背后,红色的披风在风中摇摆。

阿鲨点头:"哟,还挺有派头。"

"我告诉你,你以后再也不用打架了。"丁珊一边笑,一边挺起腰来,拿出个记账本本,一脸得意地翻给阿鲨看。

"你瞧,本掌门立下的第一条门规就是所有弟子不准打扰掌门家属。"丁珊一脸坏笑地说。

明白这句话背后含义的阿鲨,看着本子上那一行歪歪扭扭的字迹,竟然有点想哭。

他看着丁珊想,虽然做天下第一不开心,但总有人能让你成为天下第一开心。

多好呀。

水云间摘自微信公众号storybook 图:小栗子

盲点

为什么蚊子不会被雨砸死

@ 老 胡

水的密度很大，它的质量是蚊子的50倍，再加上下落时的加速度……一滴雨水掉到蚊子身上，就相当于一辆中型大巴全速撞到你身上的感觉。如果是一场大雨，意味着一只在户外的蚊子每25秒就要被撞一次，每25秒就被大巴撞飞一次！

一场雨在蚊子眼中就是部灾难片，我们口中的"毛毛雨"，对它们来说就是一辆辆汽车从天而降。

但实际上这些勇敢的小生灵们到了雨天不仅不躲，还特别乐意在雨中欢快地玩（被）耍（撞）。

为什么？现在来讲重点！

美国佐治亚理工学院的胡立德教授与美国疾病控制中心合作，对雨中飞舞的蚊子进行了高速摄像，以便仔细观察蚊子被雨滴击中瞬间的行为。当雨滴砸中它们时，很少会正中红心，一般都砸到了它们的六条腿上。这时候它们最多会在空中被撞翻，但以它们高超的飞行技术，蚊子会向被击中的那一侧倾斜，并通过高达50度的高难度"侧身翻滚动作"让雨滴从身侧滑落，0.01秒内就能恢复平衡。

但天有不测风云，"蚊"有旦夕祸福，也有某些倒霉蛋会被雨滴直接命中身体中央。不过蚊子实在是太轻了，雨滴对它根本无法形成冲撞力，而是直接把它包裹住带着往下坠。这个时候的蚊子就像我们坐过山车时一样。它的内心是崩溃的，虽然没被撞死，但如果跟着雨滴落到地面上跟绑着石头跳楼也没两样了。好在它们身上长着防水的细毛，只要来几个简单的动作，伸胳膊伸腿，它们就能很优雅地从雨滴里脱身而出。当雨滴落到地面时，它们早就飞到别的地方蹦跶了。因为太轻，才能在车祸现场般的大雨里玩耍。

蚊子们早在9000万年前，就学会了以柔克刚。这其实是一个严肃的科学研究。科学家胡立德还因为这个拿到了2016年的菠萝科学奖。

研究蚊子会不会被雨滴砸中有什么用？模拟这些动物应对大自然的特殊本领，能为我们的科学家和工程师提供新的设计思想，解决机械技术上的很多难题。比如如何更好地设计微型飞行器，让它们能够像蚊子一样在雨中轻盈地翱翔。

茵苕摘自《中外文摘》

我们一起点亮那些灯

@ 陈雪

他们相识于一间音乐教室,那时,她是老师,他是学生。

因为分租的公寓里有一架房东留下的钢琴,他突然心生学钢琴的念头。年近30岁,身高185厘米,看起来像是运动员的大男人,害羞地走进了那家小区里的音乐教室,与柜台接待人员谈妥上课的价钱与课时数,便被请入教室内的小包间。有一个当值的老师可以当场试教,接待人员事先声明,如果觉得试教的老师不合适,还可以再换人。

那个小包间里有个长发女孩正在等待。

他的高大映照出她的娇小,穿着碎花裙,戴金框眼镜,长发如瀑的女孩,不,该说是女人,淡淡妆容,微笑浅浅。老师自称姓谢,他说自己姓李,感觉自己大手大脚显得空间很小,老师坐在琴凳上教学,问他能不能读五线谱,他说以前学校学过,但恐怕需要复习,老师概要地为他复习,他很快就能读谱了。

他们最初就像寻常的师生,他在家照谱练习,牙牙学语似的。他喜欢谢老师在作业本上娟秀的字迹,交错着他自己潦草的笔记,仿佛在作业本上对话。当回到钢琴教室,他正襟危坐,小心翼翼地弹奏。

他没有天分,学习又太晚,但都无所谓,此后他的生活重心似乎

都围绕着这每周一次的钢琴课，期待着老师听他弹完练习曲，为他演奏一个曲子，感觉像是他自己独享的演奏会，他望着老师的侧脸，看她扬起手，飞舞指尖，感受她努力要传达给他的，关于音乐的美好。

他鼓起勇气约老师出去，已经是学习三个月之后了，公司举办原著小说搭配电影放映会，贵宾席座位有两份。"想邀请老师一起观赏。"他将票与卡片放在信封里，恭敬地递给她。老师问了日期，偏着头想了想，微笑说："那天好像没事，就一起去吧。"

七点钟的电影，放映完毕时老师的脸上流着泪水，他没敢动弹，等到大家都散场了，他们才离开。"要不要一起吃点东西？"他问。老师点点头。

他不知道自己哪来的胆子，在商店街走着的时候，就去握了老师的手，那双在琴键上轻舞飞扬的手，握起来冰凉柔软，老师没拒绝，他就继续握着，想把她的手握暖。

因为握着手不想放开，他们沿着商店街一路走，走到了附近的小公园。

公园里有小孩玩的秋千，老师开心地荡着秋千，他帮老师把秋千推高，让她荡下来，老师开心地大笑。一次一次推高，一次一次来回摆荡，仿佛自有旋律，他赫然感觉自己虽然跟老师说过的话不多，却好像能体会到老师的某种心绪，这是不是叫作心电感应，或者某种频道相近？他想起之前分手的女友总是怨他"没有情调"，他不知道老师怎么看待他，但他知道自己可以带给她快乐。

在皎洁的月光下，他们在公园的长椅上并排坐着，空旷无人的夜间公园、路灯，荡秋千，溜滑梯，感觉他们像是结婚多年的夫妻，趁着孩子们都睡了，在自家附近的公园散步。

"我喜欢你。"他直接地表白了。

"为什么呢？"她问。

"我第一次听你弹琴就喜欢上你了，我觉得我们之间有共鸣。"他说。

她轻声笑了起来，他脸红了，难道是因为共鸣这词太老套了吗？

"我喜欢你的说法。"她说。说完，就把手心盖在他的手背上。

"跟我交往吧！"他说。

那夜散步送她回她的住处，走

了好远好远。途中，她悠悠说起自己在四岁那年被父母送去学钢琴，她前20年人生都为了做钢琴家而活，直到有一次钢琴大赛之前，右手拇指突然疼痛难忍，不听使唤，她放弃比赛，开始就医，从手痛变成全身关节疼痛，到大医院做了各种检查，检查出是类风湿性关节炎，一种自体免疫疾病，只能控制，无法治愈。

度过最初发病期，靠着意志力复原身体，她还是可以继续弹琴，但已经受损的关节脆弱，手指无法产生连续爆发力，她知道自己再也无法成为顶尖的钢琴家了。20多年来她活着只为了一个目标，但那个目标破灭了。

"那真是瞬间世界就暗掉了。彻底的黑暗，看不到一点光。"

她在家里荒废了很久，不出门、不打扮、没工作，连男朋友都离开她了，父母也不知道怎么面对她的失落。她就这样，度过了无所事事的六年。

直到去年初，父亲因病倒下，家里耗尽了积蓄，她得出门赚钱了，她才开始在钢琴教室上课，每周五天，在三个教室间流转。学生从小到老，什么年纪的都有，她不知道自己原来这么适合当老师，后来她每次上课结束前，都会为学生弹奏一曲。她说："我还可以弹琴，但不再为了比赛或表演。这样让我能够好好活下去。"

"我有病哦，这个病不会痊愈，每两个月都要进医院。每天要吃很多颗药丸。你确定要跟一个病人交往吗？"她说。

> "当生命走到黑暗期，你一定非常孤独，这时如果有人为你点亮一盏灯，你一定要珍惜他。"

他一直没有放开她的手，在她说着自己的故事时，他一直流着眼泪，不敢让她发现。

"我也是有病的人。"他说。

"20岁那年，我在客厅，看到了上吊的父亲。那之后，我从没有让客厅的灯熄灭过。我看见你的时候，看到的就是一个心里的灯曾经熄灭的人。"他说。

"跟我交往吧。我们一起护住那盏灯。"

他们断续又说了很多话，把来时路又走回了头，还没有决定要到谁的家，最后他们把夜路走到天明，然后各自回家去，期待另一个明天。

池塘柳摘自ONE·一个

图：豆薇

虫子

@钟宇

多年后,自己的故事
能在《故事会》上发表,
也算是梦想
得到了实现!
2020.5.29

沈立又一次伸出手,在桌子下偷偷抚摸起自己的腹部,那微微凸出的位置,一个小小的生命正在用力长大。

面前做心理咨询的岳太还没有醒来。沈立推开了阳台门,封闭式的阳台上,精心打理的长藤已经长得非常茂盛,这让那些被沈立囚禁在玻璃容器里的爬虫们,有着一种回到了自然世界的错觉。沈立蹲到了装着一只美洲蜻蜓的罐子前面,看着它巨大的眼睛与微微颤抖着的嘴唇,就从旁边拿出一个塑料袋,将几只被晒干的长脚蚊子尸体扔了进去。美洲蜻蜓快速叼上了美食。

那几片嘴唇快速地抖动着,蚊子被一点点往里拖入。沈立甚至能感觉到虫子那并不存在的牙齿,在磨碎着可口的食物,最终吞入。

不知不觉,沈立望得痴了。

"沈医生!"身后岳太的声音响起。她连忙站了起来,不好意思地说道:"我看你睡得那么沉,便不想吵醒你了。"

岳太微微一笑,紧接着走入了沈立的阳台。她以前就看到过沈立的这些藏品与宠物,所以不以为然。

可这次,她却"咦"了一声,然后对沈立说道:"沈医生,我听说你怀上孩子了?"

"嗯!还早,才两个月。"沈立点了点头。

"沈医生,有个事我觉得必须要给你提个醒,毕竟你和我女儿一般大小,做长辈的知道的一些东西,还是需要拿来告诫你们。"

"嗯!岳太有什么直接说吧!"沈立微笑着。

"我刚才看到你看着那些虫子发呆出神,这样不好,对孩子不好。"

"呵呵!是吗?"沈立笑着。

岳太表情却严肃起来,接着她压低了声音:"沈医生,怀孩子的时候看什么东西的脸看得多,生出来的孩子就会长得像什么,这个以前我们乡下老家都传着的。你总不愿意将来的孩子长得像虫子吧?"

沈立继续微笑着,客套地点头,最终将这位好心却又絮叨的老妇送出了门。下午,沈立再次走进那个封闭式的阳台,观察着她喜爱的漂亮虫子们。狼蛛的脸好像越来越大了,沈立自言自语道:"看来你最近需要减肥了。"

说到这,岳太的话却突然跳了出来。她耸了耸肩,怎么可能信那些市井妇女的话呢?

怀孕的女人,容易犯困。回卧室,躺在沙发上的沈立很快就睡着了。睡梦中,她欣喜地发现自己被人推进了产房。婴儿的哭泣声,让沈立激动不已。

"医生,是男孩还是女孩?"沈立抬起头问道。

医生却没有理睬她,反而和另外那个护士一起低着头,死死地盯着她们手里的孩子。

"医生,是男孩还是女孩?能抱给我看看吗?"沈立再次问道。

可对方依然不为所动。

沈立只得撑起了沉甸甸的身体,伸长脖子望了过去。

沈立猛然惊醒,因为梦中的她看到,医生手里抱着一个全身赤裸的婴孩,粗壮的手脚正在晃动着,还在大声哭泣着。可是他的脸上竟然是一对巨大的虫眼以及三瓣蠕动着的虫唇……

沈立一身冷汗,她站了起来,快步走入洗手间,搓了条毛巾擦脸。她想起了自己还是小女孩时的一件事:故事的主角是母亲在轮胎厂的同事,一个叫崔阿姨的女人。

那年夏天,崔阿姨怀孕了,她被长辈们来回询问:"你觉得阿姨怀的是弟弟还是

妹妹啊?"

沈立抬头看到了崔阿姨房间墙壁上挂着的猴王脸谱,接着大声说道:"阿姨怀的是一只猴子。"

几个月后,崔阿姨进了产房就再也没有能够出来。一个强壮的男婴,让他的母亲难产而死。

据说,那个克死了母亲的男婴,全身都长着浓密的金色绒毛,就像一只没有尾巴的毛猴。于是,大家说:因为每天看猴王的脸谱,才让崔阿姨孕育出了那个可怕的怪婴。

这一段回忆的逐渐清晰,让沈立觉得有点恶心。她回到诊疗室收拾起了东西,提前回家。

当天晚上,梦中的沈立再一次被推进了产房,重复了白天的梦境。

接着,第二天,第三天……同样的梦,一次又一次地袭向了沈立。作为心理医生的她,明白自己出现这些梦境,不过是潜意识深处让自己无限恐惧过的一个故事,被现在的自己重新拾起罢了。

她稍微用了一点点自我治疗,便将这一梦境驱散了。

半月后,一次孕检中,B超照出的胚胎彩图,已经有了基本的形状。丈夫拿着那模糊的黑白照片欣喜若狂,沈立也微笑着享受即将为人母的骄傲与期待情怀。

丈夫将手里的黑白照片伸到了沈立眼前:"你看看!现在就感觉长得挺像我呢!很帅。"

沈立笑骂了一句:"臭美!"接着望向了那张黑白的B超照片。

沈立全身一颤,因为她突然之间觉得,B超照片里初具雏形的婴孩,颜面长得为什么那么奇怪,有点像……

当晚,进入产房的梦又一次开始了……

沈立的孩子在怀到第四个月的时候被医生在检查后发现心脏不再跳动了,随后被确定为死婴。医生摇着头说道:"真奇怪,好好的一个孩子,为什么在母亲的子宫里吸收不到母亲身体给予的养分了呢?"

引产手术后,沈立终于看到了身体里那孩子初具人形的颜面。沈立泪流满面。

其实,我们的潜意识对身体的可控程度,有着我们永远无法了解与解释的惊人力量。甚至,这力量惊人到可以让一位母亲轻易地放弃身体里胎儿的生命……

【作者简介】钟宇,畅销书作者,国家二级心理咨询师。已出版《人间游戏》《心理大师》等十余本小说。2016年当当年度影响力作家;《人间游戏》入围2018年新浪微博亚洲好书榜年度十大好书。

19. 答案:艺术体操只是女子项目,在比赛中不允许有空翻动作。

猫可以骚到什么程度 @时尚青年

当你打开综艺哈哈大笑时,猫会用尾巴轻轻扫过屏幕,你一定认为它根本听不懂你在笑什么。可实际上,在朝夕相处的陪伴中,在无数个影视剧的熏陶下,它早就偷偷破译了人类的语言。不仅如此,当猫咪认真说起话来,你会发现自己根本不是对手。

❷ 《情深深雨蒙蒙》

❶ 胖大橘,你蹲在那干什么?

❷ 我在看外面的雨。

❸ 雨有什么好看的?

❹ 今天的雨,下得比依萍去找她爸要钱那天还要大!

看点

幕后贵人

@ 唐冬生故事

王三赖,父母早亡,30多岁,还是大光棍一个。年纪轻的时候,王三赖不懂事,一年四季只知道打牌。等过了30岁,他想改变生活,但别人都不信赖他,去一个饭店打工没多久,不知怎么地,就辞职回家了。

有一天,王三赖突然要跟巧岚爸学做鸡鸭生意,巧岚爸不同意。

王三赖别的本事没有,赖的本事却不赖。被缠得没有办法,巧岚爸指着笼子里的一只公鸡说:"这只鸡,本钱85元,你抱到那边去卖,赚钱了,我就让你跟着我做生意。"

乡镇有个习俗:鸡要抱着卖。王三赖找来一根塑料绳,捆住鸡脚,抱着就站到了另一边去。王三赖抱着这只公鸡站了个把小时,别说卖出去,连问的人都没有一个。王三赖腿都站得不听使唤了,鸡还没卖掉,他就蹲了下来。

不蹲还好,一蹲,公鸡一泡鸡屎拉在他的衬衫上。崭新的衬衫,粘上鸡屎,要有多尴尬就有多尴尬。他再也受不了,把公鸡往地上一放,掏出餐巾纸,在他想擦一擦时,公鸡挣脱绳索,直往人群中钻去。

鸡跑了,巧岚爸肯定不会带自己做生意。不行,必须把它抓回来。

这只公鸡刁钻,动作又敏捷,它一飞,落到了一个老太太的蛋篮旁,伸长着脖子"咯咯"叫着。瞅着这个机会,王三赖蹑手蹑脚,从背后靠近,一纵,一扑——拐了,一只脚真的踩着西瓜皮,一滑,鸡没抓着,头却扑进了蛋篮里……

可惜十几个土鸡蛋,全部化成黄黄的蛋水,把王三赖沾成一个特色"小丑"。王三赖想去洗一洗,卖蛋的老太太不干了,上前拉着王

20. 答案:国际体操联合会以中国运动员的名字命名的技术性动作共有34个。

三赖的衣角,非要赔蛋钱不可。王三赖身无分文,拿不出钱,老太太哪肯放手?场面就这样僵持着。

巧岚爸在一旁,看着这些,暗笑着离开了。

傍晚,回到家里,女儿巧岚炒了几个菜,早就等着爸爸回来吃饭了。巧岚妈妈死得早,父女俩相依为命。巧岚爸端着酒杯,喝一口,笑一会儿。巧岚问:"爸,怎么了?"

巧岚爸笑着摇摇头。还没等巧岚再问,王三赖推门而进。王三赖掏出120元钱递给巧岚爸,接着毫不客气地为自己倒了一杯酒。

原来,巧岚爸不想再看王三赖的难堪。他走后,一个中年妇女走过来,她赔了老太太的蛋钱,又招呼大家把公鸡围到一个角落抓住。然后说,这公鸡,纯土鸡,我买了。

中年妇女十分爽快,称也不称,直接付了120元。

巧岚爸喝下一口酒,说:"原来是碰上贵人了!"

反正鸡卖了,钱也赚了。巧岚爸虽然不情愿,也只好让王三赖跟着做生意了,尽管心里还是不情愿。

接下来,巧岚爸给王三赖的任务是:三天内,到乡下收20只纯土鸡回来。完不成任务或收到的土鸡哪怕一只不纯,就一个字:滚!

这年头,同样是农家养鸡,有些是种不纯,有些是饲料不"土",看起来都是散养,味道却大不一样。如果收的鸡不地道,卖坏了名声,生意就没法做。

要王三赖独自去收纯土鸡,这明摆着是在故意刁难。

王三赖没有二话,并且刚到期限,就真的把20只纯土鸡运来了。

"又遇到贵人了?"巧岚爸这样讥讽着。但是,人家完成了任务,说出去的话,也不好意思收回来啦。

王三赖终于留下来跟着巧岚爸进进出出,一同买卖。

有一天,他们师徒俩并排抱着鸡卖。站了几分钟,有个漂亮少妇走过来,盯着王三赖看了几眼,又掏出手机看了一下,接着把鸡买走了,价也没有还。

顺利地卖了第一只,又抱来一只,很快又卖了。这一天竟然卖了八只鸡,比巧岚爸卖得还多。

奇了怪了,这小子难道真的在行"贵人"运?回到家,齐巧岚把手机往桌上一摆,打开视频。视频播放的竟然是王三赖第一次卖公鸡的那一幕。而且,视频中还有一个醒目的标题:戆人的土鸡人人爱,

清蒸味道爽歪歪。

看完视频，齐巧岚说："知道顾客为什么争着买你的鸡了吧。"

但是，谁会发这视频呢？

问王三赖，王三赖一头雾水。巧岚爸狠狠地喝下一杯酒，讽刺说："现在你是行贵人运，等这一运程过了，你小子照样会喝西北风！"

转眼一年过去了。因为卖的都是货真价实的土鸡土鸭，生意越来越好。生意虽好，但人也很累，况且，仅凭两个人抱着土鸡卖，终究做不了多少生意。

要说这王三赖还真的是行贵人运，没多久，就有老板找上门，提议双方合作，弄一个"邑易购"。因为对方有成熟的运作流程和技术，王三赖只要同意就行。所谓"邑易购"，就是通过互联网，把鸡卖出去，让买主到就近点上取"货"。这样，就可以消除抱着卖鸡的局限了。

巧岚爸死活不同意。说这不是正道，我们这里的老百姓只会相信抱着卖的才是纯土鸡，放在笼子里卖就不好卖。

这事表面只能作罢，暗中，王三赖跟巧岚一起瞒着巧岚爸还真的把"邑易购"给搞起来了。

年底，王三赖交给巧岚爸厚厚一叠票子。巧岚爸掂了掂，眯着眼睛说："小子，又遇上贵人啦？"

这次，王三赖没有否认，说："这个贵人其实就是巧岚。"

"巧岚？"巧岚爸眼睛瞪圆。

巧岚爸怎么也没有想到，王三赖之前在饭店里打杂，因为人能说会道，也还勤快，被巧岚看上了。为了过爸爸这一关，才商量着让王三赖辞职回家，死皮赖脸地找巧岚爸做鸡鸭生意。所谓的贵人，是巧岚找的，"邑易购"也是巧岚想的。

揭开谜底，王三赖跪请巧岚爸允许他和巧岚当天就去登记结婚。

巧岚爸不同意。两个男人拉着巧岚，巧岚气得大声吼叫："你们都不要拉我，我不会嫁给王三赖的。"

"为什么？"两人同时松手问。

"我正和外地一个帅哥网恋，准备过几天就投奔他去了。"巧岚举着手机摇晃着一个帅哥的照片。

"啊！"巧岚爸带着哭腔说，"网恋不靠谱呀！"

没过几天，巧岚跟王三赖结婚了，还是巧岚爸亲自请的媒人。

这就叫浪子回头当鸡郎，幕后贵人做新娘。

图：陈明贵

本文为首届南瓜屋杯中国好故事征文三等奖作品。扫码了解更多。

冰箱里的教练们

@周锐

这是一批世界上最出色的体育教练,他们自觉自愿地钻进了一个大冰箱。

原来,国际教练协会刚开了一个讨论会,讨论题目是:100年后的体育运动水平,将超过现在,还是不如现在呢?

一部分教练说:"会超过现在的,一代更比一代强嘛。"

另一部分教练却直撇嘴,他们认为:破世界纪录的人将越来越少,因为现在的水平已经差不多到顶了。"再说,那时候不会再有像现在这样出色的教练了。"他们断定。

会后,这些撇嘴的教练聚到一起,商量道:"我们不能这样撇撇嘴就算了,作为著名教练,我们也要对未来的体育运动负责呀。"

他们请冰箱厂特制了一个大冰箱。他们决定将自己冷藏100年,为100年后的体育运动再做贡献。

根据各人的体型,他们选择了各自在冰箱中的位置,矮而胖的坐到放鸡蛋的圆窝儿里,细高个儿像汽水瓶那样站成一排……他们把定时升温开关拨到"100年"的刻度上,然后合力拉上了密闭的铁门。

他们各自做了一个长得有点无聊的梦。终于有一天,他们在温暖中醒来。"砰!"冰箱门自动弹开,阳光刺眼。他们抖一抖身上的霜花,从各自的位置跳出来。

100年后的世界使100年前的人们眼花缭乱。但他们的责任心提醒他们:先别顾着观赏市容。"到体育馆去!"他们异口同声地喊道。

随着这喊声,他们脚下的人行道突然移动起来。这是一种声控自动人行道,它很快把教练们送到一

座超级体育馆前。

这体育馆设有许多分馆。篮球馆内正在进行国际比赛。"进去瞧瞧!"篮球教练来劲了。

跟100年前不同,那时候篮球场上尽是大个子,可眼前的双方队员的身高竟只有1.7米、1.6米左右,个别队员还不到1.5米。

100年前的篮球教练摇了摇头,他找来如今的教练,对他说:"要注意挑选高个儿队员,'空中优势'很重要。我们那时候,两米以上的队员多的是呢。"

"谢谢前辈指导,"场上教练笑着解释说,"可是如今改了比赛规则。为了鼓励技术的发挥,防止靠身高占便宜的现象,我们现在规定:同样投进一个球,矮个儿队员比高个儿队员多计分,越矮分越高,所以……"

篮球前辈目瞪口呆了。

"其他运动也有了一些改进,现在正同时进行着拳击比赛……"

不等那教练说完,拳击教练忙催着伙伴们赶到拳击馆。

一座拳击台,用绳栏围着,看起来还跟100年前一个样。两名选手你来我往地较量着。忽然,穿红背心的选手"嘻"地笑了一声。

老教练忍不住喊出来:"严肃一点!嘻嘻哈哈会影响斗志!"

这时那红背心又笑了一声,教练们这才发觉,原来是他的对手蓝背心胳肢了他一下。

> **"** 人们改变赛制,是为了更好地享受运动。

"犯规!"老教练又喊。

"别乱喊。"裁判说,"并没犯规呀。进攻手段应该灵活多变,互相挠痒痒是许可的。老实说,不怕痒的人还无法取得参赛资格呢。"

"这像什么话?!"拳击教练独自喃喃着。

游泳教练又把大伙儿带到游泳池。

"这也不像话!"游泳教练指着各泳道选手的身后——他们并不赤脚,而像溜冰运动员那样在脚上绑着东西。这是各式各样的机械推进器,有螺旋桨式的,有喷气式的……

游泳教练气呼呼地指着第一个爬上来的选手说:"你赢得并不光彩!"

"有什么不光彩的?"那选手理直气壮地反驳,"这推进器是我自己

21. 答案:体操王子李宁,共四个动作。

设计制作的,就跟航模运动员做航模一样,凭的是智力。我得冠军靠的是体力加智力,难道不比以前光靠体力的运动员更光彩一些吗?"

游泳教练被驳得无话可说。

这时跳高教练哼一声:"这么说,也许跳高运动员的脚底要装上火箭了。"

他们又来到跳高场地。

跳高教练看了看电子显示屏,惊讶地叫起来:"现在的跳高世界纪录只达到 1.6 米?不对吧?我们那时候已经超过 2.4 米了呀。"

负责摆跳高横杆的工作人员告诉教练:"原来的世界纪录已接近极限,为了提高大家对这一运动的兴趣,规定起跳时要双脚并拢,这样有了新的难度,也就产生了新的纪录。"

自行车比赛也是如此,选手们往后蹬车,屁股朝着终点。

象棋比赛呢,以前老将不能走出城圈的,可是现在给了老将出城的自由,这样就不容易被"将"死啦。

这都是 100 年前的老教练们想象不到的事。

而且,又有些新的运动项目正式列入国际比赛。比如"斗鸡",这原是小孩子闹着玩的把戏,现在竟得到了国际奥委会的承认。

还有一种关于笑的比赛,跟健美比赛差不多。要求笑得美,笑得自然,笑得适度,笑得悦耳。选手们还得知道什么该笑,什么不该笑。裁判摔了一跤,好几个选手都笑了,他们被扣了分。而当裁判提出:"请想象一下自己现在已得了冠军……"有一个选手没像别人那样笑出来,他也被扣了分。

老教练们奇怪地问:"为什么要扣他分?他表现得挺谦虚嘛。"

裁判回答:"我们认为,一个人有权为自己取得的成绩自豪,而且他没必要掩饰这种自豪的心情。"

老教练们听了这话,虽然还有自己的想法,但他们也笑了,为了这敢做敢笑的新一代人。

老教练们商量了一会儿,又一齐钻进那大冰箱,又把定时升温开关拨到"100 年"的刻度上——他们充满兴趣地等待着下一次,那"砰"的一声,那刺眼的阳光……

林冬冬摘自《冰箱里的教授们》

湖南少年儿童出版社

图:恒兰

【请您续写】100 年后,运动是回到突破体能极限的传统赛制,还是被设置了更新颖的规则?请发挥想象,写出 100 年后的故事。续写请发至:976248344@qq.com,请注明"续写"字样。

56个民族的故事

中国是统一的多民族大家庭，每一个民族，都流传着感人至深的故事，每一个民族，都拥有着丰富的民间文学宝藏。本刊特推出新栏目"56个民族的故事"，为您讲述中华民族的动人传说。本期刊登的是苗族民间故事《芦笙是怎样吹起来的》。

芦笙是怎样吹起来的

@当皎 整理

一

在一个苗家寨子里，住着一对老夫妻，老汉名叫篙确，老婆婆叫娓鸟。他们有个漂亮的女儿叫榜篙。这榜篙啊，心灵手巧。小伙子们都喜欢她，可是没有一个合榜篙的心意。

原来榜篙暗暗地爱上了一个名叫茂沙的青年猎手。

茂沙是个英俊的小伙子。一天，茂沙来到一个寨子里，令他奇怪的是，在这里看不到一只鸭、一只鸡。一打听，寨上的人告诉他说，这里有两只大老鹰，鸡鸭一只也逃不过它们的爪；这两只鹰是成精了，谁也治不了它。茂沙说："我去看看。"他拿起弓，备好箭，由寨子里的人领着来到了老鹰精存身的山崖下。它们飞出来了，展翅像张大晒席，飞得像箭一样快。茂沙铁铮铮地站着，一箭射落了一只，又一箭射落了另一只。全寨子的人欢天喜地，感谢这个艺高胆大的猎人。

这里正是榜篙家住的寨子。榜篙看见了这个年少英俊的猎人，就深深地爱上了他。但是茂沙是个到处为家的猎人，在这里住不上两天，又走了。榜篙的心也跟着他走了。

不知哪里有一只白野鸡精，看中了榜篙。一天，榜篙正坐着挑花，突然昏昏地一头倒在地上，接着一阵狂风卷走了她。篙确和娓鸟被这突如其来的灾祸吓呆了，哭得死去

民防小知识 1. 有毒的蘑菇约有 80 多种，其大小、形状、颜色、花纹等变化多端。

活来,全寨子的人没有一个不伤心的,找呀找呀,哪里有榜篙的影子!

再说茂沙,他跟着野兽的踪迹,穿过许多人迹不到的山谷、森林。一天,来到一片一望无际的森林,遇到一群汉人正在这里伐木。他们和茂沙攀谈起来。茂沙对他们说:"朋友们,给我讲讲这森林的事吧!"他们告诉了他这里的生活情况,最后他们叹口气说:"唉,这是个好地方,可是我们不想住下去了。""为什么?"他们说:"你不知道,最近这里来了个白野鸡精。它天天夜里三更时分出来,停在那棵大树的最高枝丫上,怪叫一声,真是可怕极了;更奇怪的是,在这以前,还听到一阵呜呜咽咽的女人哭声。这些怪事真叫人害怕,我们决定要离开这个不吉祥的地方了。"

茂沙听了,就对这群汉人说:"不要怕,今天夜里我去看看。"半夜后,茂沙就和大家躲在那棵大树旁。到了三更时分,果然隐隐约约看见一只大白鸟停在树枝上怪叫起来,又或远或近地听到一个可怜的年轻姑娘的哭泣声。茂沙的箭"飕"的一声射了出去,正中那怪物的胸脯,它像块大石头似的从树上落到山谷里。这时姑娘的哭声听不到了。天亮了,茂沙到山谷里找到了那白色怪物的尸体,原来就是那只大白野鸡。茂沙见除了一害,心里很高兴,虽然他还不了解那女人的哭声到底是怎么一回事。他在白野鸡身上拔下一根羽毛来,插在头上,作为纪念。早晨,他辞别了那群伐木的人,又出发了。

二

榜篙自从被白野鸡精抢走以后,就被关在一个岩洞里,白野鸡精逼着要她嫁给它。榜篙怎能屈服呢!白野鸡精怕她出去,施展起魔法,榜篙便昏迷不醒地睡着。每当黎明前她苏醒过来,开始哭泣,这时白野鸡精就接连发出它的怪叫声,榜篙又逐渐昏迷不醒了。现在,白野鸡精被茂沙射死了,榜篙清醒过来,连忙跑出山洞。她走到山脚的树林边,碰到了那一群伐木的汉人,汉人才知道每夜哭泣的就是这个姑娘。他们也把昨夜经过的情形对她说了。但是他们说,可惜这位勇敢的猎人茂沙现在已不知走到哪里去了,不过他头上插着一根白野鸡毛,那就是他的标志。

榜篙知道救她的正是她朝思暮想的茂沙,兴奋得红了脸。但到哪里去找他呢?榜篙只好在这群好心的汉人陪伴下,回到自己的寨子上

来。篙确和娓鸟看到自己心爱的女儿回来了,欢喜得几乎发了狂。他们抱住榜篙,流着泪说:"女儿呵!到底是怎么一回事?"榜篙把自己被害和茂沙搭救她的事,详细地告诉了父母亲。接着她轻声把自己见到茂沙,爱上了他的心情也倾吐出来:"虽然我不知道他在哪里,但是我一定要等着他。"

可是几个月、半年过去了,连茂沙的影子也不见,姑娘等着等着,人都变得憔悴了。

一天,篙确老人忽然高兴地对妻子说:"有办法了,我们不会把他找来吗?""你去哪里找呵?!"老人说:"我们跳起舞,唱起歌,把四方寨子上的人都请来、引来,还怕不能把茂沙也引来?"篙确是个心灵手巧的人,他采来竹子,做出一种后来叫"芦笙"的乐器,吹起优美的调子;他又教寨子里的青年做芦笙,让大家都吹。后来芦笙越做越好了,吹出的声音也越来越动人了。到了过大年的时候,他们就办起了芦笙会,大家一起跳舞、唱歌、吹芦笙,不但本寨子里的人都来了,并且把外边寨子上的人也都引来了。大家唱得越高兴,跳得越高兴,远方人也来得越多。

一共跳了九天九夜。在第九天,榜篙才发现人丛里有一个头上插着白野鸡毛的青年。仔细一看,正是茂沙。姑娘赶忙去告诉她的父亲。篙确就把茂沙请到家里来,摆起酒肉请他吃。茂沙正要问,老人就说:"勇敢的青年,你以前来过我们这里,帮我们打下了恶鹰,现在我要问你一件事,你头上的白野鸡毛是怎样来的?"茂沙就把如何在森林里打下白野鸡精的事一五一十地告诉了老人,最后还说:"我还弄不清为什么那时有女人的哭声,而射死了白野鸡精以后,哭声就没有了。"这时,榜篙也出来了,水汪汪的眼睛看着茂沙。老人就指着榜篙,把事情的经过告诉了茂沙,并说明了要开芦笙会的原因。

茂沙同情姑娘的遭遇,再说,谁又能不爱美丽的榜篙呢!就这样,榜篙和茂沙结成了幸福的夫妻。

据说,苗族的芦笙会,就是从那时开始的,并且从那时起,苗族青年男女在跳芦笙舞的时候,都喜欢在头上插一根白野鸡毛,一来表示不怕魔鬼,二来据说是插上了它,就能找到一个如意的丈夫或妻子。但是后来因为没有那么多的白野鸡毛,姑娘们就用银子打成鸡尾形的银片来代替了。

图:张恩卫

大千世界 时代之帆

乌金床

@ 张殿兵

首发

最近,张六爷晚上愁得睡不着。这天,粟抗战来找张六爷下棋,喊了几声无人应答,推开院门,大声喊着依然无人应答。粟抗战心里一紧,便急急地推开屋门。进屋见张六爷躺在床上,两眼空洞无神,正仰望天花板。粟抗战紧张地问:"六哥,今儿个你是怎么了?不舒服吗?"

张六爷叹了一口气,未说话泪先流了下来,说:"我没有病啊,这几天一直在想我这要是死了,儿孙也没人知道呀!"

粟抗战闻听,劝道:"现在孩子们都忙,你要体谅他们啊!"

"孩子们不在身边,感觉活着没啥意思了。"两人说话间,粟抗战触摸到床沿,一股舒爽清凉从手心穿过。他定眼一看,发现床边乌黑紫红发亮,床头靠背的地方是一棵挂满了果实的金黄大石榴树的图案。粟抗战认真打量了一番,又让张六爷下床,掂掂床的重量,结果没能抬动。张六爷说:"别说你一个人,就是咱哥俩也抬不动这张床。"粟抗战问:"这床有年头了吧。"

张六爷点点头。

粟抗战又勘察了一下,告诉张六爷:"六哥,这东西非同寻常啊!"

中午,张六爷打电话告诉两个儿子,家里这张床是明代文物,粟

抗战叔叔鉴定过了。粟抗战儿子粟改革在博物馆当馆长,儿子们对此深信不疑。晚上两个儿子回来了。大儿子因孙子上高中住校要花一笔钱,便说:"爸,家里放着这样一件宝贝,你一个人住这大院,容易有闪失啊!不如弄到拍卖行处理了,再给您老买个新床睡。"二儿子近来又按揭贷款买了一套房,手头正紧,便跟着说:"爸,大哥说得对,还是把这张床拍卖折现钱好啊!"

两个儿子不仅都看上了这张床,说着说着,还为钱的分配问题吵了起来。难得儿子们回家,却是这样的结果,张六爷心下凉了半截,怒气冲冲地说:"这宝贝我一天不闭眼就离不开它。睡了多少年都没有闪失过,不差这几年。"

过了几天,两个儿子便陆续搬进了大院。此后,张六爷大院一扫从前的寂静,谈笑说话声响彻四周。

两年后的一天,张六爷突然停止了呼吸。两个儿子刚办完丧事,便迫不及待地找了一个拍卖行朋友来看。拍卖行朋友轻轻刮开大床的一层漆,看后笑了,说:"这哪里是明代文物,也不是黄花梨木,就是一张普通的床。"

"那为什么这床这么笨重?"

"床头靠背和床框边处镶嵌有黄铜金属,肯定要比一般的床重。"

两个儿子听完就泄气了。这几个月前粟抗战也因脑出血突发去世,无法责问,最后,两个儿子把床处理给了废品站。

几天后,一位喜欢收藏古董的私企老板途经废品回收站时,被大床吸引住了,反复询问后,以两千元价格买走了。没过多久,这位私企老板把此床带到江南电视台的一个鉴宝栏目,经专家鉴定,此床为明代皇帝专门赏赐给重臣的乌金床,寓意"大臣多子多孙保皇帝江山"。此乌金床在国内极为罕见。

两个儿子看到了这期节目,认出了那张床,赶紧到废品站问大床下落。废品站老板说:"床搁这没几天就被买走了。"

哥俩得知乌金床是真的文物后,互相埋怨,恨不得老死不相往来。可时间久了,老大反思:能陪父亲走完最后的人生路程,这是多少金钱也买不来的。老二虽然懊悔失去了那张床,但也忍不住想:如果这几年没有大哥的帮助,自己怎么能还得起贷款呢?

如此,那张乌金床的事,终究烟消云散了。

图:小栗子

【《好奇的正确打开方式》续写】发现自己被骗的鱼小刀又会做出什么样的决定呢?请看精彩续写。

扫描二维码,看《好奇的正确打开方式》原文

好奇的危险打开方式

@耿晓晖

实施报复

鱼小刀向医院方向狂奔,他步子迈得越大,越觉得呼吸困难,毒要发作了。

鱼小刀到了医院,正好是高峰时刻,排队人很多。他急得火燎一样,跟护士商量着,说自己吃坏了东西,怀疑中毒了。特事特例,走绿色通道,护士很快给鱼小刀安排了专家就诊。坐到医生面前,鱼小刀紧张得手心冒汗。不是自己的病,是口罩下的那张脸。

那天,天气晴朗,鱼小刀带着学徒去打猎。看中一辆新款品牌电动车,他放手让学徒去做。没想到,学徒学艺不精,触动了报警器,被赶来的车主抓到,躲在暗处的鱼小刀眼睁睁看着学徒被保安带走。那个车主就是眼前的医生。

百感交集的鱼小刀乖乖听医生的安排。诊断下来,没中毒。鱼小刀才知道被耍了。

出了医院门口,鱼小刀越想越气。他眼珠子滚了滚,有了鬼主意。

鱼小刀跑到大润发超市,直奔一个货架,买下几样东西。鱼小刀向那个车主学习,也写了一封信。他把一样东西放在一个精致的袋子里,将袋子挂在那辆自行车的车把上。旁边几辆自行车上,他也挂上了一模一样的袋子。

做完这些,鱼小刀偷偷蹲在不远的暗处,耐心等待观察着。

好几个小时过去了,旁边自行车的人都下班,把车骑走了,只剩那辆特别昂贵的自行车孤零零地立在那儿。鱼小刀不信这个人今天不下班不出来。

心有愧疚

功夫不负有心人,一个清秀干练的姑娘走到自行车前,准备开锁骑走。没想到是个女的,鱼小刀有点后悔,还后怕,这么漂亮的姑娘,万一脸毁了还怎么活啊。他想要冲出去制止她,可腿定在那不肯动,这不是自己打自己嘴巴吗?

还没等鱼小刀行动,姑娘已经发现礼品袋,拿出里面的小礼品,一条红彤彤的毛巾。那封信上写着:为回馈市场,特赠送给爱美的您!此毛巾为公司新研制的商品,不光具有吸汗清洁功能,经常擦拭皮肤,还有活血美容功能。姑娘都爱美,正好额头上有汗水,她拿起毛巾顺手就擦了几下脸。

"哎哟!"额头汗没了,眼睛莫名地火辣辣疼。姑娘大叫起来。

鱼小刀藏不住了。他一个箭步跑过去,拿出矿泉水对着姑娘脸上浇,没过多久,姑娘能半睁开眼,火辣感也逐渐减退。

他打量着眼前精致的小脸,因为自己的报复心做出的恶作剧,美丽的姑娘差点毁容,鱼小刀内疚得不行。他正要扶姑娘起来去医院,一个男的过来了,推开他,喊着姑娘名,抱起姑娘就跑。

护花正主到,鱼小刀走人了。

这事过去后,鱼小刀干活变得不顺手。脑子里老冒出姑娘的脸,总觉得有眼睛在盯着他,作为偷界大师级人物,他撬锁的手软了,心更动摇了。日子一天天过去,鱼小刀越来越厌恶自己的"本事",想着自己手巧,做啥不是做,非要做这损人不利己的活?

鱼小刀是孤儿院长大的,有个照顾他的姆妈,一直陪伴他到成人。没有父母的照顾陪伴,他总觉得孤单。后来姆妈走了,他感觉世界都抛弃了他,他做了人生第一个决定,他要偷走人们的心爱之物。

聪明好学的鱼小刀在偷界出了名,从没失手过,直到这次。

民防小知识 4. 中毒者应大量饮用温开水或稀盐水后进行催吐,以减少毒素的吸收。

鱼小刀又做了个大决定。这次决定不仅改变了他的人生轨迹，也改变了别人的人生轨迹。他遣散十多个学徒，把自己的多年积蓄分给他们去另谋出路，做完这一切，他感觉一身轻。

游戏未完

一个月过去，鱼小刀没有偷。他找工作眼高手低，以前风险大，钱来得快。现在满头大汗地送一个快递才挣几块钱，他心理有落差，干得不顺心，动不动就辞职不干。

烈日当头，暴晒的一天，鱼小刀因拖欠房租，被房东赶出来了。提着破旧的马甲袋，鱼小刀走在昔日熟悉的街道。他看着一辆辆新车，回顾自己恍惚的前半生，慢慢走向黄浦江边。波涛汹涌的江水在阳光直射下，发出色彩斑斓的光泽，鱼小刀被深深吸引，躺在这样的光芒里该多好。他踮起脚尖，头伸下去，想看仔细，身体离江面越来越近。

就在他失去重心的一瞬间，他被一双手反方向拉回，跌倒在地，压在软软的背上。鱼小刀回过神，看清救他的人时，懵了。

竟然是那个姑娘。

鱼小刀扶起姑娘，仔细打量姑娘的脸。还好，花容月貌的，没有疤痕。姑娘的表情很严肃，教训起鱼小刀，说他男子汉大丈夫，有什么想不开的。姑娘的话触发了某种情绪，鱼小刀抱头痛哭起来。

姑娘变成鱼小刀的贵人。她介绍鱼小刀跟花艺师傅学插花，当起学徒。出师那天，他做了一盘花开富贵送给姑娘，他感谢自己的贵人。

姑娘说要庆祝一下，请鱼小刀去吃川菜，看了饭店特色节目变脸。吃完散步的路上，姑娘说："礼尚往来，你送我花，我送你变脸这个节目，你知道寓意吗？"

鱼小刀傻傻地摇摇头。

姑娘脸上露出一丝深藏不露的笑容，告诉他："变脸可以变出很多脸，但最后呈现给观众的还是那张真实的脸。人生会有很多变故，不忘初心，方得始终。"

鱼小刀听得云里雾里，皱紧眉头思索着。还没想明白，姑娘伸出手说："你好，小飞刀。重新认识一下，我是依兰。"

鱼小刀后背发凉，小飞刀是以前他在偷界的大号，除了警察和同行，很少有人知道。鱼小刀伸出手，握住依兰的手，触电般发麻。

警察与小偷的游戏还没有结束。

图：恒兰

评点

【读者说】 @追风筝的人：评2020年6月号《被诬陷、被追砍，为什么我还在基层做民警》各行各业都要在工作中积累经验，警察工作危险性大，更要多长个心眼，保护好自己，不然会让英雄流血又流泪。

@温丹红：评2020年6月号《被诬陷、被追砍，为什么我还在基层做民警》人民警察用热血和信仰铸就金色盾牌，是守护百姓生命安全的"功勋卫士"，牢牢植根于人民，即使遭人误解、诽谤，深陷污泥浊水，依然无怨无悔、不忘初心和职业担当。他们是民族的脊梁和时代先锋，也是当代"最可爱、最可敬的人"。

扫码看《被诬陷、被追砍，为什么我还在基层做民警》

【编者说】 小时候，家里养了一只狗，活泼可爱。几年后，全家要搬到很远的地方，狗不能上火车，我们就将它托付给邻居。没几日，邻居打电话给我，说狗总是蹲在我们离开的地方望着。我们心疼狗，于是花了大价钱托运回来。十年后，狗在我们家寿终正寝。

然而世上哪有这么多圆满的结局。那拼死给主人发出信号的牛，那无法带回国内的小猩猩，那原本就属于高原的神犬……每当这样的故事发生，我想我们所能做的，就是在动物有限的生命里，给予它们相同的、深切的爱！

本期责任编辑 吴艳

◆ 夏日炎炎，让我们在这个夏天，吃着西瓜，看不同年代的人戏谈高考趣事，听老兵讲述民国的故事，学"杀猪盘"里的防骗技巧。

更多精彩内容，扫描二维码，"码"上看！

民防小知识5. 在等待救护车期间，需饮用"糖盐水"，补充体液，防止休克发生。

哲学家的兴趣

@ 蔡美凤

湖南有个姓钟的留守女生，今年参加高考，取得本省文科第四名的好成绩，大家都以为她要选择金融方向，没想到，她却报考了北京大学考古专业。这下像炸了锅。有人认为她有志向，也有人说她傻，考古太冷门，毕业后可能找不到工作……

实际上，世界上有不少专业，看似大智，用处却并不大。以哲学为例。据说，希腊哲学家泰利斯就曾受到过别人的嘲笑。一天，他只顾抬头观察天象，却没有注意到脚下有个坑，结果一脚踏空，跌入坑中……女佣忍不住讥笑，先生您只关注天上的星星，可路在脚下啊，这下吃亏了吧！您这学问真没用。泰利斯听了没吱声。

次年开年，他叫女佣把镇上的橄榄油作坊租下来，还说越多越好。没承想，这年橄榄空前丰收，油作坊一下成了抢手货。泰利斯见机吩咐女佣高价租出，结果大赚一笔。女佣非常佩服泰利斯，就问他是怎么算出橄榄今年是个丰年的。泰利斯笑道，我哪里会算啊，只不过会看天象罢了。我是从天象观测中知道气候变化的。

亚里士多德对此感慨道："这件事表明，哲学家如果想赚钱的话，是很容易做到的，但这不是他们的兴趣所在。"

确实，就专业而言，有的与现实有强联系，体现的是实用之用；有的关联度不大，体现的却是无用之用。只是兴趣点不同，切莫等闲视之。在本期故事中，我们将带您走近工作室传说中的"扫地僧"，神秘的夜间探险主播，摆地摊的工厂小老板……人生本平等，职业无贵贱，让我们做好自己的工作，把平凡的人生活出不平凡的光彩来。

故事会 2020.8 总第72期
Stories Digest 文摘版

社长、主编：夏一鸣
副社长：张凯
副主编：高健
本期责任编辑：蔡美凤
发稿编辑：高健　胡捷
　　　　　吴艳　杨怡君
美术编辑：孙娌
电话：021-64668742
　　　021-54561119
邮编：200020
地址：上海市绍兴路74号
主管：上海文艺出版总社
主办：上海文艺出版总社
出版单位：《故事会》编辑部
发行范围：公开

出版、发行电话：021-64313938

发行业务：021-64313938
发行经理：钮颖
媒介合作：021-64338113
广告业务：021-64334376
新媒体广告：021-64450660

国外发行：中国图书贸易总公司
印刷：上海四维数字图文有限公司
发行：上海邮政报刊发行局
邮发代号：4-900
国外代号：MO9178
定价：6.00元

卷首
哲学家的兴趣 / 蔡美凤　　　　　　　　　　01

焦点
工作室藏着位传说中的"扫地僧" / 陈晓卿　　04
夜间探险主播：爬鬼楼、进无人村
　坦己讲述 也卜制作　　　　　　　　　　07
工厂小老板摆摊记 / 七焱　　　　　　　　　10

视点
医生护士摆摊图鉴 / doctorXX　　　　　　　13
"有钱人"迷惑行为大赏 / 晚安少年　　　　38

盲点
当一个独身女孩遭遇抢劫 / 曾笑离　　　　　17
如何科学地让蚊子不咬女朋友，专咬自己
　栗子阿孙　　　　　　　　　　　　　　29
不要小看拉肚子 / 最后一支多巴胺　　　　　44
我在加州感染新冠病毒的44天 / 小E　　　　50
世界唯一参加过二战的熊 / 鼓浪隐士　　　　56
宇宙是什么味道的 / 宇宙塑料没有人　　　　69
我杀了一个好医生 / 华伟552　　　　　　　80

笑点
你不了解你自己 / 故园风雨前　　　　　　　20
学生不好好写论文，我想教训一下他 / 曾鸣　31
丸子的朋友圈　　　　　　　　　　　　　　48
接受无纸化，全凭咱心大 / 蔚新敏　　　　　64
牛大姐家乐事多　　　　　　　　　　　　　74
别人家的孩子和我们家的孩子 / 王小柔　　　88

观点

女儿骄 / 风停以后	22
讨价还价 / 蔡康永	53

看点

名人高考轶事 / 张晓峰	25
阿长与沙县小吃 / 萧彭玮	26
父亲的秘密 / 丛平平	42
被盲盒终结的爱情 / 唐玉	46
九步之暖 / 朱砂	54
大咪、二咪和小花 / 王食欲	66
"N"房东 / 桐城小花	79
你遇到过最真实的小概率事件是什么 酸奶大泡泡等	83
请摘下你的墨镜 / 赵淑萍	90

泪点

他一生只明确地爱过我两次 / 刘小念	34
钓鳄 / 西雨客	85

亮点

野兔 / 薛培政	58
神秘 / 薛培政	59
因地制宜，巧于耕耘 / 张琳	62
狗剩 / 钟宇	71

侃点

疑惑重重，拼命留住95岁老人背后的玄机 / 不老的树	76

零点

晚上能来我家吃饭吗 / 魏杨烽	92

故事会 文摘版欢迎投稿

稿件要求：来自最新的报刊、书籍或网络，故事性强，文字明快，主题健康，视野开放，纪实或虚构均可，体现"新、知、情、趣"的特点，同时欢迎第一手的翻译作品。推荐作品须注明原文出处、原作者姓名，确保转载不存在侵害版权的行为，并请留下推荐者真实姓名及通信地址。作品一经采用，即致推荐者50至200元推荐费，并向作品著作权人支付稿酬。

故事会文摘版 投稿信箱
wenzhaiban@126.com

故事中国网：www.storychina.cn

故事会公众号　故事会App下载二维码

本刊所付作者的稿酬，已包括以纸质形态出版的**故事会**文摘版、汇编出版、音像制品及相关内容数字化传播的费用。部分作者因各种原因未能联系到，请通过邮件或电话与我刊联系稿酬及相关事宜。

本刊未署名图片均由视觉中国提供

工作室藏着位传说中的"扫地僧"

@ 陈晓卿

工作室前年搬到现在这个地方,觉生寺旁边一个小楼的三层,正对着窗外一片玉兰的树梢,风景不错。

搬来后不久,也请了保洁的阿姨,早晚各来一次,收拾收拾办公室。时间久了,她和大家熟悉起来,小同事都叫她阿姨。我岁数太大,叫不出口,便称张老师或者张姐。

张姐很和善,也很热心,比如问她:"阿姨看到我手机了吗?""哦,手机壳后面写着'心忒累'的那个吧?在乒乓球桌上。"

"阿姨我茶杯找不到了……""哦,就那个能装两斤开水的大缸子?刚在制作区见过。"

"阿姨你有没有看到我的小熊熊……"

张姐不仅热情,还是一个生活家。吃剩的沙窝萝卜尖儿和大白菜根,她都能在窗台上养得郁郁葱葱。哪些吃的东西应该放在冰箱第几层,绿叶子的菜为什么不能放在外面,她也特别清楚,最重要的是还

讲得出道理。小伙伴们喜欢听她说,这相当于做保洁的同时,给我们做了果壳的生活科普。

公司的员工大多年轻,没有什么生活经验。比如泡茶,在老家炒过茶的张姐会过来教,预泡多久,茶汤最为澄澈。收到一箱鲜鸭蛋,太多,大家怕坏了,张姐也会把去

特别策划 强势围观

年的泡菜坛子清理干净,把鸭蛋腌在里面,十几天就变出了蛋黄流油的佳物。

听张姐的口音,我觉得她应该是长江流域的人。一问,果然是桐城人,和我算同乡。

有一天和她聊起桐城美食,大关水碗、刀剁肉……她都如数家珍。算起年龄,她应该比我小两岁,但也算是同一代人吧。

工作室过一阵儿就能收到一些稀奇古怪的吃食,它们大多来自朋友和我们的拍摄对象。小伙伴们每次打开,都会照例经历一个过程:充满期待——兴奋异常——相互对视——满脸无助。每到这个尴尬的时候,张姐就会走过来瞟一眼,随口说:"这个就是我们老家的粑粑。""这个是青团子。"……看着无限敬仰的小朋友们,心直口快的张姐有点恨铁不成钢:"这不是蚕豆吗?只是带了个荚,你们怎么就不认识了呢?"

有一次,大平(就是那个能装两斤水茶杯的主人)的拍摄对象,从皖南给她寄了一条火腿。作为河北人,大平觉得十分棘手,绝望地把它放在了茶水间。过了很长时间,火腿依然无人问津,每次都能看见张姐在那儿发呆:"多好的咸腿啊,北方放不住,你们怎么不吃呢?都要出油了。"最后她没忍住,带同事拎着火腿去楼下菜场,用机器做了切割,把每一块密封好,放在冰箱里。

"不要再吃方便面调料包了,"她笃定地对大家说,"这个才是真正的鲜。"后来工作加餐,不管是冬笋汤还是冬瓜汤,我们都会切几片这种火腿打底,让无趣的日子多了几分口味上的富足。

张姐真让人刮目相看。但真正让我肃然起敬的,是后来发生的一件事情。

工作室不大,又是开放式办公,大家都尽量保持安静。张姐很职业,浇花、扫地、消毒、擦窗台、倒垃圾……基本上都是轻手轻脚,为的是不影响大家的工作。制作区相对封闭,是另一个样子,导演、剪辑师谈笑风生,张姐照样也是在一旁默默工作。

有一天,同事小浩浩在剪辑 trailer,有个环节出了问题,反复试验还是不顺。剪辑台前,他不断地撞脑袋揪头发抓胸毛……突然,他发现张姐站在身后,一手扶着拖把,一手指着屏幕,慢悠悠对他说:"要不然,你试试把现在这个螃蟹镜头,倒放上去看看?"

小浩浩呆了！不过将信将疑一试，果然剪辑非常流畅。

从那天起，关于张姐的各种传说，在团队流传。据说她不仅懂倒放和镜像，而且懂节奏，甚至还知道场面调度。还有同事说，这可能就是传说中的"扫地僧"——这是武侠小说里经常出现的那种人，见识过各种高手出招，也熟读所有的武林秘籍。武功高强，但深藏不露。

比如我们熟悉的体育解说员贺炜，据说他在磁带库工作过20多年，每天面对着海量的足球实况录像做场记，形容枯槁，默默无闻。某次足球现场直播，解说员临时病假，让他顶替一下。没想到的是，他超强的记忆内存，流利的语言表达，加上对场上战术的透彻理解，瞬间征服了同行。后来他一路绽放才华，最终成为世界杯解说著名的"诗人"。大家想，可能张姐就是这么一个人。

那天晚饭，小浩浩很真诚地请教张姐，什么时候学的剪辑？"我从来没学过，"张姐笑了，"不过我两个儿子都是干你们这行的。"原来张姐的儿子也是互联网影视广告从业人员，张姐的视觉素养来自耳濡目染。小浩浩他们感叹说："您孩子都这么大了，应该好享福的啊。"

张姐听了，沉默了几秒钟："享啥福，他们都跟你们一样，天天熬夜，不回家。"她叹了口气，"而且，都没对象，也跟你们一样！"

前几天节目开播，张姐和我们留守的几位一起小小庆祝了一下。我端着水杯过去说："谢谢张姐，还帮我们剪片子……"张姐拿着橙汁和我碰了杯，很真诚地说："剪片子太难了，我搞不懂的。不过审片子我会，那东西简单，动动嘴皮子就行了。"

我赶紧背过脸去，没敢让张姐看到我一脸黑线。

洛奇狮摘自《北京青年报》

【编者的话】人生本平等，职业无贵贱。新时代催生新职业，老把式焕发新生机。

1. 答案：人在水的浮力作用下向上漂浮，凭借浮力通过肢体有规律的运动。

特别策划 强势围观

探险虽有趣,安全更重要!

夜间探险主播:
爬鬼楼、进无人村

@ 妲己讲述 也卜制作

公主岭鬼楼

我叫妲己,是一名探险主播,已入行 4 年。

我从小胆子就大,小时候因为嘴馋,还去坟地里偷过供果。

后来结了婚,闲来无事,我做起了直播,没想到格外得心应手。

当时通过平台认识了一个老铁"东北虎",挺知名的探险主播。我问他:"铁子,你能不能带我来圈儿户外探险?"

他说:"行啊!没问题!不过你这小胳膊小腿的能行吗?"

那时候的我是个特别有女人味的人——超短裙、小高跟、短烫发,我就以这种造型坐着火车从我家到了公主岭。

我和"老虎"一见面,他就懵了,因为我的样子实在和探险搭不上边。他花 10 块钱给我买了双很丑的黑白底鞋,为了保持形象,我死活没穿。

但到了公主岭鬼楼之后,我自己穿上了那双鞋。

那个地方号称"十八层地狱",传闻从刚开始盖楼起就事故频发,常常死人,导致至今还没有封顶。

据说每建一层都会死人,建到 2 楼时用一座钟馗像去镇压,结果没用;建到 4 楼时又用观音像去镇压。到后来,老板生意破产,这个

楼就一直废弃到现在。

这楼在当地没有人不知道,大家都管它叫圈楼。

我的第一次探险就此开始。

探险初"惊"历

一走进地下室,有个大水池,旁边插着几炷香,有几个烂水果,还有身寿衣,估计有人来烧过纸。我朋友突然趴我耳边说了句话:"这块儿死过俩人!"

那栋楼地上一共14层,有的台阶宽度不足半米,稍微踩空,从顶楼摔下来,肯定出问题。

那天爬到10楼的时候,我已经挪不开步了,"老虎"说:"要是想干这一行的话,你必须把障碍打破。"

他俩就一前一后拽着我到了楼顶。我早就站不稳了,哭得稀里哗啦。

到楼顶的一瞬间,还挺有成就感,但说实话,那种心有余悸的感觉,令我终生难忘。

第一次探险的时候,我嫌东嫌西的。

这个公主岭鬼楼不能从门进去,要爬上2楼才能进去。我因为特别爱干净,所以随身准备了湿巾,脏的时候可以擦手。

当时翻到2楼后,我习惯性地把湿巾拿出来擦手,"老虎"用鄙夷的眼神看着我说:"这玩意以后你用不上了。"

后来我才理解,自从探险以后,我衣服的确没再干净过。

我们探险主播的业内规矩是入门得先练胆,他们那次就是提前给我安排好了一个"惊喜"。

鬼楼的4楼是个大浴池,他们先让我进去。我进去之后,等了半天也没人跟上。

为了不耽误直播我就往上走,从4楼到5楼的一瞬间,突然看见一个披头散发、浑身是血的人朝我扑来。我直接就泪奔了。

这时候,"老虎"才出来说那是他故意弄的假人,来吓唬我的。

无人村惊魂

我探访过好几个无人村,无人村的卖点很多,它最大的特点是有很多当代人在城市中看不见的老式建筑,还自带灵异故事,所以效果很好。

但今年有一次,我差点把命扔在无人村。

那是在广东一座海拔500多米高的山上,从山脚到山顶,我们一共用了6个小时,而且在地图上根本找不到路。

在途中,遇到了一个3米高的悬崖,其实平时这对我来说不算事,但那天我们爬的时间太长,我已经体力不支了。我翻下来时一手没抓住藤蔓,像个沙袋似的直接从上面摔到地上。得亏下面有水,也不是很高,不然我就废了。

到了无人村后,发现家家几乎都有棺材、老人遗像,还有一座废弃的祠堂,气氛十分恐怖。

我们拍完之后觉得那地方不错,就直接拿睡袋在那里睡了一晚。第二天我们很快就从正道下山了,正好遇到保安,问我们是不是去那个村子了,我们只好照实回答。

他说我们的胆子真大,只有俩人就敢上去,他们那边需要上山都要五六个部队士兵,而且是专业训练、设备齐全、结伴而行。

后来听说,山上经常有竹叶青和野猪出没,我们也有些后怕。

人心里的瘾

我的成名作叫《桃花巷》,那是哈尔滨被占领时的一个妓院,后来被称为"鬼妓院"。

当时我翻到一个罐子,竟然倒出来俩戒指,刚开始还以为是顶针,后来一看是货真价实的金戒指。直播间里的粉丝让我把它拿走,但我还是物归原处了。

这种值钱的发现在探险中层出不穷,还碰到过金项链、老烟嘴、老钱,还有人民币等。我们要是想发家致富的话,光捡这些就够了。

因为那是我的经典作品,我也会去回顾,虽然当时现场拍的时候没有什么,但回放的时候听到里面有女生在哭。

有个兴城204医院,盛传有干尸出没,我自己单独去搞了一期摄影,就是想留一个纪念,所以拍得特别细。

走到一个拐角时,突然蹿出一个白影,我当时真的吓了一跳。摄像头直接就对准了那里,结果我看到的是一块用鱼线挂着的白布和蓝布,样子像一个人头,有时候传说中的鬼,也不过如此。

2019年下半年,因为有些同行涉嫌"封建迷信",我所在的直播平台封禁了所有夜间探险直播。

如果现在要我倒退回5年前重新选择,我想我还是会选择探险,跟收入没什么关系,更多的是自己的瘾,心里还有一些结,还有很多我一直想去的地方没有去。

摘自微信公众号故事FM
图:点点

工厂小老板摆摊记

@七焱

调研

2017年,我和两个朋友在西京工业园合伙办了一个小型机械加工厂,今年形势不佳,好几位客户去年年底的货款到现在都没结,这导致我们的账面现金迅速耗干,下月发工资成了难题。我们仨商量了一下,决定在5月底发薪日前,我出10000元,他俩再各掏5000元,先把工人稳住。

这让我很头疼,我银行卡都在媳妇手上,已经连着两个月都没有进账了,她现在又怀着三个月身孕,如果我再跟她要钱,她肯定会宰了我。

一夜辗转后,我决定去摆地摊。从没有摆摊经验,我需要一个可靠帮手。老同学康胖子是理想人选。他一听,觉得有意思,当即就同意跟我一起练摊了。

至于卖什么,我想,既然要赚快钱,就不能卖利润小的,最终我选择汽车凉席坐垫这个产品。

这是由我前不久的购物经验想出来的。4月天转热的时候,我开车总是出汗,就打算买个凉垫隔着。在附近超市找,这么常用的东西居然没有售卖,我只好专门开车去海纳汽配城看,那里面也不多,而且

特别策划 强势围观

特别贵。我只好上网看看,打开网站一搜,一张麻将凉席坐垫,最便宜居然只要21元,我赶紧下单,三天后收到货,一看质量还过得去。

不想拖延时间,五一节头两天,我和康胖子跑遍了西安各大汽车用品市场,结果令人不胜欣喜:整个西安很难找到100元以内的汽车凉席坐垫,50元以内的根本就没有!

当晚,我就在网上订了50套货,店家还给我每套便宜了一块钱,就是说每套坐垫成本20元。

"咱卖多少钱呢?"康胖子问。

我说:"40,添一倍卖出。"

发货间隙,我和康胖子商议下一个步骤:去哪卖呢?

最终我把位置定在北郊渭河城市运动公园的河堤路。

开张

三天后货到了。为了吸引眼球,我还特意裁剪了一幅纸箱做招牌,上面写着宣传大字:别冻凉你的屁股。

那天一早,我接了康胖子就朝渭河运动公园驶去。我们找到一处临近路口的台阶,停好车就打开后备厢,将摊子铺在马路牙子上,又给车身挂了几套样品展示,将那个纸箱招牌也摆在了显眼的位置,紧张地等着别人来问。

摆摊不出十分钟,一辆长安CS5开过我们摊位十来米后停下,车主朝我们走来,我的手心开始冒汗。

"咋卖?"老哥一口关中话。

"40一套。"我像小学生回答老师的问题。

老哥在摊位上翻来翻去,皱着眉头说:"只有这一种?"

我急中生智给老哥说:"我们卖了两年坐垫,就这种的性价比最高,其他都不咋实惠。"

老哥拎起一件,说:"35,行了我拿两套,不行就走。"

我装出狠心的样子说:"行,今天你第一个,就当开个张吧。"

老哥微信扫码支付,我拿着手机等入账的时候,手在微微颤抖。

中午12点,来公园游玩的人、车渐渐多了起来,坡上也有了卖烤肠和儿童玩具的摆摊者。

我们摊位旁来了一个卖风筝的女人,跟我们打了个招呼,就一手拿风筝一边吆喝。没人的时候,卖风筝的女人瞅了瞅我们,说:"刚练摊儿吧?要不停吆喝呢,这么傻站着谁来啊?"

我只得硬着头皮往前站了站,喉咙里憋着说:"凉席坐垫,40一

个。"喊完就脸涨得通红,倒是康胖子像豁出去了,拿起一张坐垫在手里晃,大声对着马路喊:"汽车凉席坐垫,挥泪大甩卖,只要40……"

往我们这看的目光渐渐多了起来,接下来到下午2点,我们卖了6套,快3点时,才想起还没吃饭。

康胖子去买肉夹馍时,顺便给卖风筝的女人也捎带了一份。女人连番推却不过,只得道谢接受了。

康胖子把我挤到一边,边吃边悄声说:"这女的真不错哈,人长得好,说话又利索。"

我这才想起康胖子30多了,还打着光棍呢。

收获

周末我跟媳妇说工厂加班,继续跟康胖子到河堤路摆摊。但第二周连下了三天雨,我们没有出摊,宅在康胖子家里喝茶。我的心绪像天气一样沉郁,照这么下去,一个月肯定挣不到10000块,而且利润我俩一平分,还不如一个打工仔挣得多。

摆摊第三周,我遇到一个年轻的男顾客,他买了两套坐垫后,给我和康胖子发了烟闲谝起来,说他是西安一家韩国公司的员工,这个公司正好也属于我们行业,有我的工厂产品需求。我赶紧加了微信。

这件事,我觉得是摆摊以来最大的收获。

5月下旬,20多天时间,我和康胖子总共进了四批货,卖了近300套坐垫,这时我俩都觉得有点吃不消了。除了每天风吹日晒,吃不上合口的饭菜,更重要的是,看不到更多的希望。这个小摊位,无论如何一个月也挣不到10000块。

这个月我很少去工厂,合伙人问是不是遇到什么事了,我只得说,为月底发工资的事想办法呢。还好合伙人体谅,说也就10000块,不行他们先垫上,等回款了给他们补上就行了。

这么一商定,我赶紧把这些天摆摊挣的钱,分了一半给康胖子,剩下全部发给媳妇交差。康胖子收了钱问,什么时候再去摆摊呢?

我说这只是个应急手段,哪能当个正事长期干呢。

电话那头康胖子支支吾吾地说,他问清楚了,那个卖风筝的女人,离过婚,现在自己养活自己,他觉得人相当不错,正打算好好发展呢……

月亮狗摘自微信公众号三联生活周刊

图:小栗子

图说世相 漫话天下

医生护士摆摊图鉴

@doctorXX

病案室

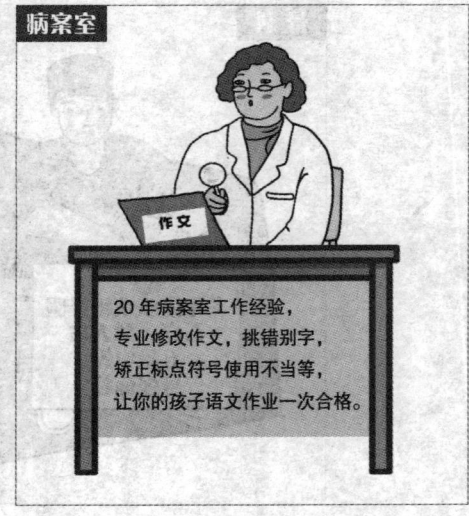

20年病案室工作经验,专业修改作文,挑错别字,矫正标点符号使用不当等,让你的孩子语文作业一次合格。

普外科

单纯间断缝合
连续缝合
连续锁边缝合
8字缝合
贯穿缝合
内翻缝合
外翻缝合

改裤脚
换拉锁
缝补衣物

图说世相 漫话天下

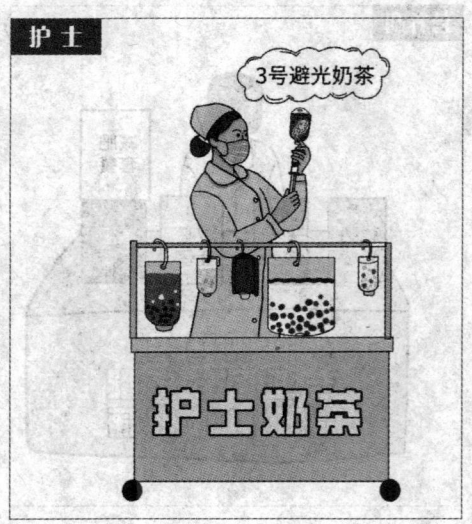

祎祺摘自微信公众号医学界

遭遇抢劫 当一个独身女孩

@曾笑离

祸不单行

周五傍晚,天还没有全黑,我带着家中的旧衣物,准备拿去教堂捐献。

突然,身后冒出一个人,抢过我手中的包,又迅速向前跑去。我依稀看到他穿着黑帽衫、戴黑色帽子,像一只黑色的大熊。

一小时后,我才想到要报警。警察让我描述抢匪的样貌时,我脑海里只有一个黑人的背影,黑帽衫,黑帽子。

那年,我26岁,在巴黎东部一所大学学习材料力学。

过了几个月,一次在学校写论文后,已是深夜。快到家时,路边有几个抽烟的白人青年,胳膊布满文身,穿着带金属钉的黑色皮背心,嘀嘀咕咕不知道在说些什么。

我低着头快速走过,但身后有人跟了上来。我没跑出两步,后脑勺便被一个钝器痛打,只来得及发出一声尖叫。

我感到血顺着脸颊流下来,模模糊糊中看到有两个人狞笑着向我走来。同时,远处仿佛有人叫嚷着向这边跑,随后,我就晕过去了。

我的黑人朋友

再醒来是在医院里,我躺在病床上,边上围着医护警察律师,还有个黑人青年。

律师告诉我,那一晚我被几个白人混混袭击了,恰好一个黑人和他的朋友在附近,见义勇为救下了我。

盲点

做完笔录准备出院时,那个黑人小哥热心地说他也要回家了,可以保护我一起回去。

我们聊了一路,他的名字是纪尧姆。某种意义上来说,纪尧姆是我在法国的第一个朋友。

一次,我受邀参加他们的轰趴——在楼顶的露台上烧烤。除了我,来的人都是当地的黑人朋友。空旷的楼顶上,摆了旧桌椅、旧沙发,桌上有满当当的啤酒零食。有人带了个超大的录音机,大家一起伴随着音乐热舞,还有人敲着小手鼓,弹着吉他和某种非洲特有的小琴,每个人脸上都洋溢着笑容。

这时有个黑人神秘兮兮地凑过来问:"菲,要不要来点大麻?"他晃了晃手里的烟盒,"还有别的,如果你喜欢的话。"他笑得有些古怪。

纪尧姆突然过来,一把搂住那个小黑的肩膀,半开玩笑半认真地说:"朱利安,她不喜欢这些,你小子滚一边去,别把我们的好姑娘带坏了。"

我借口天晚了要回家了,拉着他一起走。

路上我问他:"你也抽大麻?"

"是的,抽过几次,还有别的,这没什么,很正常。"

我认真地看着他:"答应我,以后不许抽了,会死人的。在中国,每个人都知道这玩意的危害,这些都是毒品,贩卖超过50克是要被判死刑的。"

> 种族、肤色、性别,人生而不同,又同样是人。

他满不在乎,但看着我坚持的眼神,还是点点头,算是答应。

纪尧姆的秘密

圣诞节,纪尧姆热情地邀我到他家做客。这是我第一次在黑人家庭做客。

纪尧姆的妈妈是个胖胖的黑人大婶。她的热情令我恍惚,有种中国妈妈的感觉。

他家一共有7个孩子,纪尧姆是老三,最小的一个才3岁。

这在法国相当常见,一是黑人的文化鼓励多生育,二是在法国,生孩子是享有高昂政府补助的,而7个的补助更是高额。

晚餐过后,纪尧姆背个大包送我回家。路上,我跟他说:"谢谢你纪尧姆,让我过了个最好的圣诞

4. 答案:蝶泳、仰泳(也称背泳)、蛙泳和捷泳(也称爬泳、自由泳),以及花样游泳等。

节。"他说："也谢谢你。"

我问他谢我什么,他看着我说："所有一切。接下来我想和你说一个秘密,请你答应我不要生气。"接着,他摘下身上的大包,递给我。

我打开包,里面放着的竟然是我之前被抢的那个包。

"你从哪里找到的?该不会是你朋友抢的我吧?"我吃惊之余,努力挤出一丝笑容。

"不是,就是我干的,你没认出我。"

纪尧姆说,他之前一直听说,中国人很有钱还胆小,出了事情也不敢报警。那天,朱利安等人说纪尧姆肯定不敢抢我的包。一股怂恿和冲动之下,他便对我下了手。

抢完后,纪尧姆躲了起来。打开包发现,除了旧衣服,就是教堂的捐献纸条和宣传册。那一瞬间,他突然害怕,发觉自己非常邪恶。

"我抢了一个人要捐给上帝的衣服,我抢了贫穷的孩子身上的衣服,上帝一定会惩罚我的。"

"那你后来救了我也不是意外吗?你为什么不早告诉我?"我浑身发冷,咬牙问道。

"我不敢,也不知道该怎么说……你可以原谅我吗?"纪尧姆低着头,不敢正视我。

"我不知道。"我转身往回走。

"你要是不能原谅我就报警抓我吧。"我听到他远远地喊了一句。

不一样的人生

最后,我还是原谅了他。我想,他只是个不小心做了坏事的好人。

我和他的关系渐渐恢复正常。

一次,我们聊到之后的打算,我说自己准备回国,迟疑了一下,我又说:"希望你能不抽大麻不嗑药,有稳定的工作,能不靠失业保险和政府补助过日子。"纪尧姆低下头。

毕业后,我回国工作。一天,我忽然接到了纪尧姆的电话。

纪尧姆说:"我现在进入一所大学学习了,就是你之前在的那所大学。你知道的,我只有个技工文凭,还是需要多努力。"

接着他告诉我,朱利安因为感染艾滋病而死。在法国某些地区,不单治安混乱,抽大麻、吃补助、混日子是那里的常态,像朱利安那样娱乐至死的人并不少见。

但纪尧姆却幸运地走了出来。

"如果不是你当时那么说,我可能就是他们之中的一个了。"

摘自微信公众号真实故事计划

图:豆薇

你不了解你自己

@ 故园风雨前

朋友夫妇因为趁了几个糟钱儿，就想像那些真有钱的人一样在乡下租赁田地，种植所谓安全的瓜果菜蔬，饲养身世纯洁的鸡鸭猪羊。我因常吹嘘自己多么爱好自然向往田园，就被叫上一起，去乡下见见世面。

我们走在篱笆外，望着树上姹紫嫣红的樱桃和盛放的玫瑰花，流着激动的口水和泪。走进去发现园主人没在屋里，约好的时间没人影，大家都抱怨道："不靠谱！"

朋友的媳妇是写字楼姑娘，问我草丛里那黄色的小花是什么，我说蒲公英。她尖叫一声："可以凉拌！"就一头伏下去，一面又叫丈夫把后备厢腾空。

就一会儿工夫，朋友媳妇的裙兜已经运输了两趟蒲公英，又打起了老荠菜和马齿苋的主意。正忙活呢，忽听园门口传来一声劈哑的叫喊：

"都不能摘——都扔下——"

原来是园主人回来了，一边疾走过来一边气急败坏地嚷。我与朋友交换了眼色，他低声说："野菜都要算钱？这生意没法谈了。"

"等着挨宰吧。"我冷冷道。

他媳妇都快哭了："怎么这么抠门儿啊。"

说话儿园主人就到跟前了，喘着气："全都不能摘！早起园子刚打完农药，野菜都沾上了，可不能吃啊，姑娘您去洗个手吧。"

——我们仨因为不慎发现彼此

的小人之心而万分尴尬,若不是交好多年真要考虑灭口了。

园主人骆师傅说他愿意租出去,他做指导,包教工人操作。他这园子里不仅有樱桃,还有很多花卉,最意外的是,竟然有两株南天竹。我起了坏心,非要这两株南天竹。

"骆师傅,卖我吧?""那哪行啊,那是我朋友送的。""我给钱,您说多少钱吧?""那不是钱的事儿。"

我决定不惜重金:"60!我给您60!""真不是钱的事儿。""70!""真不是——""80!我给您80!80!我豁出去了!""唉,你非要就拿去吧。"

虽然就是两盆南方的野草,但我乐死了,那是一掷千金的快乐啊。之后朋友夫妇与骆师傅谈生意,我自去园中游逛。

走了一会儿太阳出来了,野蔷薇好像被晒出了精油,空气马上就甜了。我凑上去,停在篱笆凹进去的一个角落,削尖脑袋往里挤,把身体嵌到野蔷薇花的窝里,闭上眼睛,白白地享受着一场香薰。我感觉自己消失了。

"那些人呢?走啦?""没呢。"

离我几十步远的地方传来两个人的声音,一个是骆师傅,另一个不知是谁,仿佛是站在花篱那一边。

"谈成了吗?"

"没,压价压得太狠了。"

"贼着呢,城里人——叫他们摘樱桃了吗?"

"那不能开这个口子,还不够他们摘的呢。俩女的想摘,那眼睛瞪得。"

"贪着呢。"

"老的那女的,非买我那两株竹子,我以为她能出多少钱呢,就给了80!"

"抠儿着呢。"

老的那女的站在花窝里,身子缓缓矮下去。因为我感觉天灵盖似乎稍微高过花篱,这时候实在是万万不忍被骆师傅发现。以一个古典屈膝礼的形态,我在花窝里僵持着。

忽然想到以前听一个智者说过,你总以为是世人误解了你,然而也许真相是世人并没误解你,不了解你的人是你自己。

贼着呢。贪着呢。抠儿着呢。

北方初夏空气里有奇趣。太阳晒到的地方火烫,背阴处又凉津津的,风一吹,袭来无数绺儿不同温度的空气,扭股糖似的纠缠在一起,扑在我脸上,热一阵冷一阵,冷一阵热一阵的。

张愚摘自《幸得诸君慰平生》清华大学出版社

图:小黑孩

女儿骄

@ 风停以后

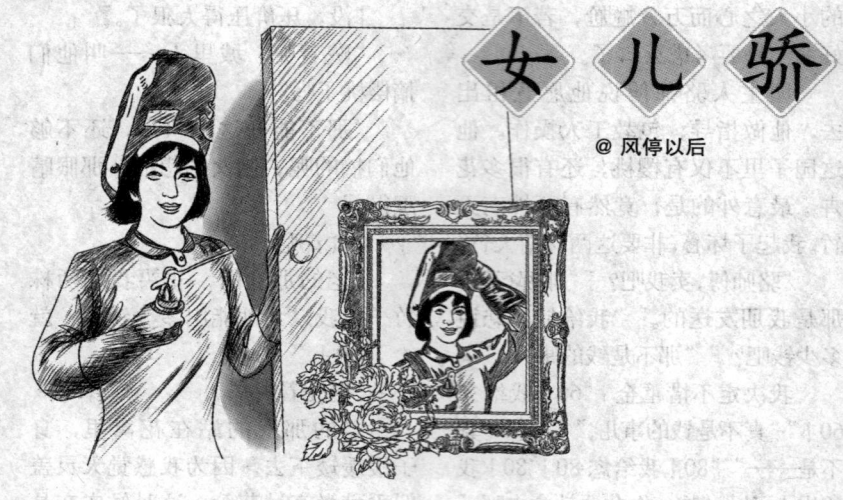

女儿18岁,粗眉大眼,英气勃勃,是我心里一等一的美女。偏偏她外婆不满意,一见面,就忧心忡忡地数落:"啧啧,个子那么高,肩那么宽,看那双脚,哪像个女孩家?"

外婆谆谆告诫女儿:"别整日打篮球,像头野象。"女儿俏皮回应:"是是,要笑不露齿,行不摆裙,像个古代的女娇娥。"外婆瞪她一眼。我问老人家,大早上急急招我们来干吗,外婆拍拍头,猛然想起初衷。

老人家说,楼下贴了告示,这片老小区要改造,叫我们来帮她收拾地下室。

外婆自嘲,说她们这代人特别惜物,就连五楼那个搬来不久的怪老太,地下室也塞得满满的。

她话锋一转,又说:"听说怪老太还是个画家呢,儿子去了外国,就像没有一样,还不如我……"

女儿挥挥手,说跟外公约好了,要去工地看外公干活,下午再收拾地下室。这引得外婆愈发不满:"这老头子,还教女孩家弄电焊……"

一般男孩子都不敢碰那个火花哧哧的焊枪,外孙女偏偏着了迷,追着外公学,焊的东西也像模像样。

女儿毫不在意,嬉笑着将面孔伸过去,响亮地亲吻外婆额角。外婆笑了,随手捋了捋女儿碎发,要女儿把鬓角头发梳下两绺来，打薄削短，说这样显脸小，秀气。

女儿甩甩马尾，不以为然："脸小能做啥？我就喜欢现在的脸。"

女儿晒得黑黑的，走路虎虎生风，鹿一般的长腿，手臂也很长，跑起来特别帅气。她对航空航天感兴趣，高考第一志愿报了航空航天大学，如今在等通知书。

下午，外婆带着我和女儿一起去收拾地下室，正巧遇到了那位孤独的老画家。她一言不发，站在绿漆铁皮门前，一遍遍拉那个门，很吃力。

女儿跳过去，说："奶奶，让我来。"她伸出结实的胳膊，拉了两把，没成功，再用脚蹬住墙角，双手发力，门砰然一声洞开。

老画家道谢，进去拾掇。女儿不走，蹲下来，细细研究那个门，说那道铁门槛变形了，凸出太多，要修一修。

她一阵风似的上了楼，取了外公的工具箱下来，用锉刀磨，拿钳子夹，用小锤敲，捣鼓了半天效果甚微。

但世上有什么事能叫这女孩投降呢？她打外公手机，要外公帮忙借电动打磨机。

电话里外公说他朋友家有，但一来一回有点路程，女儿一声"没事，我去取"，便挂了电话，蹬上自行车就走。

一会儿，她大汗淋漓地拿回机器，准备开工修理，旁边几个邻居都围过来看。

女儿移开可燃物，叮嘱所有人站远，她熟练地戴上防护面罩，戴上手套，开始打磨。机器发出很大声响，

> 打篮球，玩电焊，上九天揽月，下五洋捉鳖，谈笑女儿还。

在幽暗的楼道里，火花像烟花般飞溅。她蹲在地上，一丝不苟地干活。

一个男孩说："哇，姐姐太帅了，好像《地心引力》里演女宇航员的演员。"外婆说："啧啧，当了宇航员，谁还敢娶她……"

那位沉默的老画家突然发声："放心，你外孙女这样的姑娘，一般的小伙子还攀不上呢。"

修门槛的活计很费工夫。女儿花了近一个小时，才打磨好那道变形的门槛，还修理了门上的搭扣。

老画家一遍遍地开门、关门，轻轻松松，恬静的脸上透出欣喜。她向女儿道了好几次谢，看女儿的眼中满是欣赏。

收拾毕,又见老画家一人忙着,我们家的"大力少女"二话不说,便又帮着老画家清理旧物,流了一身大汗,脸上花一道,灰一道。外婆嗔道:"人家是花木兰,你是灰木兰。"

第二天清晨,门外放了一大束鲜花,花里有一张小画,画着女儿工作时的侧脸,非常动人。另有一张字条,上面写道:谢谢漂亮的闺女。

暑假里,我与女儿去孤儿院做义工。幼儿们大多是弃婴,有不少都有残疾。女儿一来,便背背抱抱,与小朋友们乐在一起。她跪在地上,跟孩子们打闹,伏地作倒毙状,欢笑中孩子们浑然忘记了疼痛。

有捐赠的水果蔬菜到了,女儿撸起袖子就去搬。搬完后,她换上白色罩衫,帮着厨房的阿姨细细替孩子们切晚餐的肉片。

有个小男孩,女儿抱在怀里他老是拉扯她的辫子,疼得她眼泪汪汪。改天,女儿便剪了短发,只说这样方便。

外婆叮嘱:"要上大学的人了,要买一些化妆品,不要再一身汗,要香,要美。"

女儿一笑,老人家又咕哝,"我知道,说了也是白说。"

高考分数下来了,女儿没有考上航空航天大学,我以为她会难过,但她很淡定,说:"谁也不会总是心想事成,我可以上第二志愿。"第二志愿是去某大学学电气工程,外婆失了色:"女孩子要坐办公室呀,别弄电路、焊东西……"

女儿对新学校挺满意。寄回家的照片里:头发长了一些,依然是牛仔裤、运动衫。她在信中还说最近在学车考驾照。

外婆这一次倒很意外地说:"她学开坦克,我都不稀奇,她那么能干……"

转过年来,女儿拿到了奖学金,她给孤儿院买了一台电动绞肉机。外婆说:"也留下一点钱,给自己买件衣服,女孩子还是要好看。"

这一回,女儿没有反驳外婆,她温柔地安抚老人:"您放心,我将来赚到钱会好好打扮自己,我会过得很好。"

外婆叹着气,却满心安慰地对我说:"我相信,她说的话,我都信。"

朱权利摘自《品读》

图:小栗子

名人高考轶事

@张晓峰

直接考研的易中天

易中天,1977年恢复高考时,他正担任中学老师,他觉得自己与学生同场考试很尴尬,如果没有学生考得好,就没脸见人了,所以他放弃了当年冬天的考试。1978年,国家恢复了研究生考试,易中天打算全力以赴,备战考研。他当时的想法是:我只有高中水平,考研落榜不丢人,若金榜题名,算我赚了4年。结果,仅有高中学历的他,直接考取了武汉大学中国古典文学专业的研究生。

"考题"早知道的陈育新

希望集团的创始人之一陈育新的高考故事更加离奇。1966年,初中毕业的陈育新离开了校园,回到新津古家村当农民。在随后的12年间,结婚、生子,在新津的乡间默默无闻。唯一的壮举是在一次挑菜上街时,创造了挑208斤、5里路不歇一次的纪录。政治考试之前,他经过邮电局时,无意中看见邮电局的墙壁上写着"粮食产量××吨,钢产量××吨"等4组数字。而这恰恰就是当年考试的4个填空题,每题1分。那一年,陈育新超过录取线3分。

"贵人"相助的麦家

作家麦家当年的高考成绩勉强上提档线,他根本不抱希望。体检时,麦家站在医院门口一棵小树底下乘凉,这时候,一个大胡子的胖子抽着烟踱着步过来了。麦家把那片最好的树荫让给了那人。他突然问麦家:"你是不是来体检的?"麦家后来才知道,这个人是解放军工程技术学院的招生官。麦家让给他一片绿荫,他给了麦家美好的前程。

张甫卿摘自《海南日报》

阿长与沙县小吃

@ 萧彭玮

想读就读

距离中考还有三个月，妈妈在学校附近租了一间小房子。搬到校外后，我很快养成了吃夜宵的习惯。

一天下晚自习，我和往常一样走进沙县小吃时，掌厨的夫妇正用旁人听不懂的方言争吵。端盘子的女孩子揉揉红红的眼睛问我："吃什么？"我尽量让声音温和一点："馄饨。"可我刚说完，她脸上唰地挂了两行泪水，她望一眼厨房里愈吵愈烈的夫妇，捂住嘴巴哭着破门而出，厨房里的妇女焦躁地呼喊："阿长！"

我忘记咕咕叫饿的肚子，转身朝阿长的方向跑去。

街道的尽头有一条河流，岸上的垂柳早已又绿又长，风景如画。

阿长一屁股坐在地上，我呼呼喘着气问她："你是二中的学生？"

我安慰了她许久，阿长才说店里的夫妇是她的爸爸妈妈，爸爸想让她辍学，放弃参加中考，可妈妈不愿意，便吵了起来。

"你想读就读呀！"我既伤心又愤怨，"有些事情不能只听别人的安排。"

阿长似乎受到鼓舞，忽地站起来说："我会的！"

巧合的是，第二天，我被转到

阿长所在的班级。就这样我成了阿长的后桌。

阿长似乎已经无惧爸爸的阻挠,每天鼓足干劲学习。不料一周后的晚自习,阿长的爸爸突然闯进教室,拉着阿长的手说:"走,跟我回家。"这天过后,阿长便没有再上过晚自习。阿长告诉我说,她爸爸让她把晚自习的时间用来顾店,毕竟晚上客人多得忙不过来,阿长爸爸从心底里不想让她参加中考。

一起学习

"还吃馄饨?"阿长像前几天一样问我。

我走上小吃店的二楼,独占一张餐桌,慢吞吞吃着。等我吃完,屋里已经没有其他客人了。我站在栅栏处,向下面探着脑袋,小心翼翼叫道:"阿长……"

阿长疑惑着闻声赶来,我伸开两手把她按在椅子上:"一起学习!"说着我把背来的书包打开,里面装了我的学习资料,还有她的复习参考书,我继续说,"就算爸爸占用晚自习也没关系,我们可以努力补回来。"

阿长一下子明白过来,笑着翻开了书。

过了一会儿,阿长爸爸突然出现了,问我吃完怎么不走。我说自己是阿长的同学,和她一起学习。阿长爸爸看一眼阿长,便下了楼。

这晚我回去,屋门却是开着的,我的心不禁"咯噔"一下——妈妈为什么从老家来了?

放手一搏

"阿长是谁?"妈妈摊开手里的成绩单,"这是老师发给我的,这个节骨眼还早恋?"

妈妈不准我再去找阿长,她以不可违背的语气说,我必须一放学就回家,不能去沙县小吃,她会陪读到我中考结束。

不久,阿长在教室问我:"这几天晚上怎么没来?"我忽然灵机一动:"我给你讲个故事哦,以前我学骑脚踏车,爸爸都要扶住车子,我才能勉强骑行。后来有一天,我骑了几分钟,爸爸才挥手朝我笑道:'我的手早已经松开了哦。'"

阿长真的坚定起来,即使我晚上不再陪她学习,她也会每天精神饱满地做题背书。直到有一天,阿长在教室告诉我,爸爸不准她在家学习。我心里焦虑起来,于是那天晚上,我瞒着妈妈,偷偷去了沙县小吃。

"吃什么?"

"馄饨。"我回答完，才意识到问我的是一名男生。

阿长开心地叫他哥哥。阿长爸爸把她和阿长哥哥一同拉进里屋。不料我一碗馄饨还没吃完，屋里忽然吵起来，比上次吵得还凶。过了一会儿，阿长哭着跑了出来。

我吓了一跳，和上次一样追出去。夜很黑，阿长说爸爸刚刚又劝她放弃中考了，还说无论她多努力，也考不上高中。

"我再也不想回家了。"阿长不停地抽噎。

可是不回家阿长住哪里？住我那里显然不可能。我们像走进了死胡同，茫然着，不料这时阿长哥哥忽地出现在我们面前，他说他想给阿长在附近租个房子，就和我一样。

妥协背后

阿长和我约定，要考同一所高中。

往后，每天阿长都很认真地听讲，下课会缠着老师问不懂的题目，会和别人交流，也会和我讨论一些问题。傍晚放学，我去食堂吃饭，她便背着书包离开校园。

又过了一个多月，中考成绩公布了，看到分数，我欢呼雀跃地奔向沙县小吃，可是映入眼帘的却是一个陌生的地方——门匾被换掉了，红灯笼也被摘掉了，味道消失了，门口立着的黄色木牌写着"照相馆"三个字，沙县小吃，不在了……

我马不停蹄奔回学校，想打听阿长的分数，不料班主任看到我，便说阿长留了话给我。

原来阿长根本没有参加中考。阿长的哥哥没有很多钱租房子，在阿长爸爸各种威逼利诱下，阿长妥协了，她又回到沙县小吃住，彻底放弃了考高中。而她对我说的一起考高中的话，只是想鼓励我。

> "
> 阿长和我的人生，像两条火龙峰回路转，没有尽头，迟迟不能相交……

无时无刻不像过节的行宫街，深夜里可以远远望见两排红灯笼，像两条火龙峰回路转，那是没有尽头的思念，沉默在无法醒来的梦境。

池塘柳摘自《中学生博览·甜橙派》

图：陈明贵

【请您续写】有些女孩打破世俗偏见，活出精彩人生，有些女孩却连基本的受教育权利都得不到保障。请您续写阿长的故事，为她畅想美好的人生，投稿请发送至：836361585@qq.com，来稿请注明"续写"字样。

如何科学地让蚊子不咬女朋友，专咬自己

@栗子阿孙

我们有个同事最近专门研究了一下"蚊子喜欢咬什么人"。不过，他的目的和大多数人不太一样，他希望：让蚊子咬自己！

我们这位同事有个响当当的名号："宠妻狂魔"。和女朋友出门逛街，从不舍得让她提东西；跟女朋友在家里，一直都抢着干活，家务全包；知道女朋友喜欢吃榴梿，就查了无数资料，只为选出最好吃的榴梿给她。而最近，因为蚊子猖獗，他有了新问题：明明两个人坐在一起，被蚊子叮的却总是女朋友……

这让"爱妻如命"的他无比心疼！可如何才能让蚊子都冲着自己来呢？那晚，为了给女朋友一个惊喜，他早早就下班回家开始查资料……

发现一：蚊子喜欢二氧化碳排放多的人

科学家们通过气味诱捕器研究了4种蚊子对二氧化碳浓度的敏感度，发现：随着二氧化碳浓度升高，捕获的蚊子也变多了。

另外，曾经还有个勇敢的小伙决定"以身喂蚊"，两次钻进满是蚊子的蚊帐中：第一次，只穿内裤，直到身上被咬了足够多的包才出来；第二次，除了穿内裤，脸上还戴了个特制的塑料管道，把口、鼻呼出的二氧化碳排出帐外。前后两次研究对比后发现：脸上被咬的蚊子包明显减少了。因此，理论上来

说,只要提高自己的二氧化碳呼出量,就可以有效转移蚊子的注意力,让女朋友少受点罪。

方法也很简单:见女朋友之前,去打一场潇洒的篮球,或者原地做99个俯卧撑,提高自己的新陈代谢。

发现二:蚊子喜欢出汗不洗澡的人

我们的皮肤上布满汗腺,研究者们发现:经过皮肤细菌分解后的汗液,是蚊子的心头好。

这是因为,虽然大多数汗液都蒸发了,但还有一些会被皮肤上的某些细菌分解,产生"引蚊入胜"的物质,例如乳酸、尿素、氨等。因此,在炎炎夏日不洗澡,会更招蚊子喜欢。从某种意义上讲,做个"臭男人",挺有用。

发现三:蚊子喜欢体温高的人

有一群研究者做了个试验:在室温(26℃)中,他们准备了一个特殊的箱子,里面有一块可以调节温度的区域。通过调整该区域的温度,就能知道温度是否会影响蚊子的就餐选择。

结果发现:太冷太热都不行,只有在31~40℃内,温度越高,蚊子胃口越好。而人的体温,恰好在这个温度区间内。所以,想吸引蚊子,让体温升一点就OK!

不过继续靠运动升体温……那是动不了了,只能……穿保暖内衣!

加厚保暖内衣虽然能提高点温度,却有个致命的问题:过于严实,蚊子无从下口。

于是他扎进衣柜,翻出了冬天买的宝贝——一件黑色和一件白色的羽绒马甲。可新的问题又来了:到底该穿哪件羽绒马甲,才能更好地为女朋友保驾护航?

发现四:蚊子还喜欢黑色

早在1992年,充满好奇的研究人员就做了个试验:他们准备了5种颜色的卡片,观察哪个颜色最吸引蚊子。结果发现:蚊子更爱黑色和红色,对白色黄色没太大兴趣。

想要成为人群中最吸引蚊子的那个人,选件黑色衣服总没错。

就这样,在炎热的夏日夜晚,运动到满身大汗的他,穿着一身黑色羽绒马甲,坐在沙发上,开始期待女朋友回家。

当然,大家一定猜到了,最后的结局很精彩,那天,他女朋友回来,冲着他喷了驱蚊液,对他说:"下班刚买的,驱蚊还是靠它吧!"

祎祺摘自《喜剧世界》
图:恒兰

7. 答案:爬泳、蛙泳、侧泳、潜泳、踩水、水上救护、武装泅渡、反蛙泳和狗刨。

学生不好好写论文,我想教训一下他

@曾鸣

事情其实很简单。

我指导的一个本科生不好好写毕业论文,我想教训一下他。

关系最好的同事

我把想法告诉了关系最好的同事,没想到他头摇得像印度拨浪鼓似的。

"NONONO,老而不为拳脚之能,更何况你还不一定能打得过他。"

"我可没说要打他。"我说,"我只想在论文一辩时挂掉他。"

"原来是这样,"最要好的同事长吁了一口气,"那你得问问院里的老教师,或许他们有办法。"

老教师

"年轻人,犯不着和他生气。"

老教师一脸和气地接待了我,然后从理论层面高屋建瓴地分析了这件事:

"你的精力应该放在你的论文上,而不是他的论文上。工作有几年了吧,评职称的论文发够了没有?课题申上了吗?你挂掉他的论文就能评上职称吗?再说,你费这么大劲改一篇垃圾论文对你有什么好处?对他又有什么好处?……"

我本来有很多话,但面对这一串直抵灵魂的拷问,竟不知如何回答。

"他论文写得好不好,你不照样拿工资?!"老教师说完,念了一首意味深长的诗送我:

"人生就像一场戏,因为有缘才相聚。为了小事发脾气,回头想想又何必。别人生气我不气,气出病来无人替……"

教研室主任

我觉得我得请示一下领导。

教研室主任学识渊博,上来就问了我一个难以回答的学术问题:"学生情绪是不是稳定?"

我说:"我也不知道他的情绪是不是稳定。反正我的情绪是一会儿稳定,一会儿不稳定。"

教研室主任忧虑地说:"这事其实挺难办,我要出面让学生不过,被人举报干涉答辩委员会怎么办?而且,如果学生去告,咬出那些不怎么指导学生论文的老师怎么办?万一学生想不开,有个三长两短又怎么办?"

我不知道怎么办。

最后他说:"你要实在咽不下这口气,就找找答辩组的其他老师吧。"

小周

小周也是我的同事,是答辩组的一名老师。

她以学术的标准问了我一些问题。

"他的论文怎么样?"

"不行,语句不顺、逻辑不通、结构也不完整。"

"字数够了吗?"

"字数倒是够了。"

"字数够了,你挂他干吗?"

我不知道该如何回答。

小周接着说:"这事牵涉到让学生二次答辩,二辩不是你我两人的事,还得组织老师、协调时间以及让辅导员时刻关注学生的思想动向……"

末了,她说,"这事,你还得请示一下领导。"

系主任

系主任和教研室主任问了同样的问题:"学生情绪是否稳定?"

我情绪有点不稳定,忍不住喊道:"我们不能因为学生情绪不稳定而牺牲规则!我是老师,难道连毙掉学生论文的权利都没有吗?"

系主任委婉地说:"说到规则,那我就给你讲一讲规则。作为指导老师,你有没有做好过程控制?你催学生论文,学生不理你,可你想想,是不是也存在其他同学催你看论文,而你迟迟不回的情况?你改的每一遍论文都做记录了吗?我看是你的心理出问题了吧?"

我气短了很多,但还是挣扎着说道:"你忘了去年那个写了一堆垃圾论文的同学通过答辩后疯狂庆祝的情况?!你忘了我们去年装档案时,通宵帮学生改论文格式和错别字的情况?!你忘了学生毕业半年后我们仍提心吊胆害怕他们论文被抽查出事的情况?!"

主任的眼睛里最终闪现出了一丝诡异的光。

最后她说:"要不你去问问院长吧。"

院长

院长的态度很明确,他旗帜鲜明地讲了三点:

首先,你认真负责的态度值得肯定;其次,我们教育讲究治病救人,不能放弃任何一个学生;再次,稳定是毕业工作的重中之重。

我频频点头,然后用解读英语长难句的方法想了一个下午和半个晚上。

现在,街灯都灭了。

我还在人民广场吃着炸鸡。

——一二三摘自微信公众号学术志

图:小黑孩

他一生只明确地爱过我两次

@ 刘小念

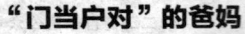

"门当户对"的爸妈

据说妈妈怀我的时候,爸爸不同意把我生下来。

37岁,初婚,中年得子,任谁都得喜出望外。可他,偏偏不肯要我。若不是姑妈风尘仆仆地赶来,这个世界就不会有我了。姑妈气急了,骂我爸是傻子。

说起来,爸爸也是个可怜人。他是以遗腹子的方式降临到这个世上的,结果不到3岁,母亲也去世了,是姑妈把他带大。

后来,姑妈又带着他出嫁。日子过得穷苦,姑夫便经常把生活的怨气发泄在姑妈身上。他第一次对姑妈动手时,我爸已经19岁了,抄起家里的凳子就要跟他拼命。最后姑夫被打成重伤,我爸也因此入狱7年。后来,爸爸刑满释放,去了一家煤矿做矿工。

我妈带着两个孩子嫁给我爸时,哥哥7岁,姐姐3岁,我爸35岁。妈妈的前夫因病去世,家里欠了不少外债。

我爸这样的身世,在介绍人眼里,与妈妈实在是"门当户对"。

傻大黑粗的他出现在哥哥姐姐面前,从编织袋里掏出糖块、苹果、香蕉、橘子,还有五颜六色的气球放在桌子上,用期待的眼神看着俩娃。

煤矿离家很远,所以他只有周

34　8.答案:即"艺术游泳",是集舞蹈、体操、游泳等项目于一体的竞技体育项目。

日才回来一次。每次回来，他一定会给哥哥姐姐带玩具、零食以及衣服之类。还在家附近的小卖部存了一些钱，跟人家说："给孩子花的，不够，我还。"

同一个屋檐，不同的爸爸

结婚两年后，妈妈怀孕了，爸爸居然不想要自己的亲生孩子，大家都说他是"帮别人养孩子的傻子"。其实，他更心疼妈妈是高龄产妇。况且，妈妈长年低血压，他不想妈妈冒险，觉得有我哥我姐就足够了。

爸爸不爱说话，只有见到哥哥姐姐才眉开眼笑。他不抽烟不喝酒，对自己十分刻薄。每年只大方一回，那就是清明去扫墓。

妈妈第一次陪爸爸去扫墓时，哭了。因为爸爸在他父母坟前长跪不起，呼唤的却是："姐，姐……"

当年爸爸为了保护姑妈，打伤了姑夫。此后，姑妈迫于姑夫的压力，跟爸爸断绝了关系。

从此每个月我爸一把工资交给我妈，她就给姑妈送去一点。可是，我妈无论如何没想到，爸爸竟然不想要自己的孩子。

决定做流产的前夜，妈妈哭得有气无力，绝望之中，突然想到了姑妈。

多年没有出现的姑妈来到我们家，她扇了爸爸一个耳光，撂下话："再敢提不要这个孩子，我就真当没你这个弟弟。"于是，在姑妈的强势干预下，这世上才有了我。

而我出生后，也真是明白了什么叫同一个屋檐，不同的爸爸。三个孩子等在巷口，他左手牵着姐姐，右手牵着哥哥。同样是进小卖部，他问哥哥要吃啥，叫姐姐随便拿，轮到我，超过一块钱就说：回家！

巧克力里的爱

我7岁那年，我爸所在的矿井塌方了。挖掘机挖了5天5夜，失踪5人，找到4具尸体。唯一没找到的，是我爸。

那些天，哥哥姐姐学也不上了，每天和妈妈一起，守着煤矿哭得惊天动地。而我被寄托在邻居家里。

5天5夜过后，开挖掘机的师傅累得不行，熄火休息了。我哥我姐跪在地上求人家。

见师傅走了，他俩扑到塌方的泥石中，一边拿手挖，一边喊"爸爸"。那哭喊声把整个矿区都弄哭了。于是，矿工们带家属，拿着锹镐陪他们一起挖。

那天晚上，他们居然奇迹般地

泪点

找到了我爸,他还活着。5天5夜,爸爸是靠兜里的巧克力活下来的。那是他下井前,在矿上超市里为我们抢购到的进口巧克力。

幸存的我爸,看到扑上来的我哥我姐,他几近涣散的眼神在努力寻找着什么,直到邻居婶子带着我连滚带爬地赶到。他的眼睛定定地,久久地放在我的脸上。两滴清泪在他全是煤灰的脸上,冲出两道清流。

他指着上衣口兜,里面还有3块巧克力。有人帮他掏出来。他眼睛依然定定地看着我,用尽他最后的力气说:"吃……"

那一年,我7岁。

后来,哥哥考上大学,又远赴北京工作,每一次送别,我爸都泪流满面。等到姐姐结婚时,跟我们家不过是隔了两条街,我爸依然伤感了很久,姐姐房间里的东西,动也不让动一下。

那天,我也有点伤感,就问了一句:"爸,为什么?"

他说:"你哥你姐……跟我小时候……一个样。"

我懂他的爱

在他好不容易熬到可以从矿上退休的第七个年头,他患上了老年痴呆症。眼看着,妈妈就要被他拖垮了。我果断说服妈妈,决定将他送进专业的养老院。

送爸爸去养老院那天,我们陪着爸爸在养老院待了一天。中午到食堂吃饭,我们四个都是一样的饭菜,可他偏偏从自己的餐盘里,给哥哥姐姐分别夹了一块肉。哥哥姐姐瞬间泪目,再没咽下一粒米。

晚上告别时,更像生离死别。姐姐在回程的车里号啕大哭,一遍又一遍地说:"爸,我对不起你。"坐在副驾驶的哥哥要我停车,他说想自己走回去。车子缓慢开走,我从后视镜里看到中年的哥哥不停地拿袖子抹眼睛,然后慢慢蹲下身去。

直到第二天早上,我才知道,我哥我姐居然连夜达成一致,刻不容缓地当夜把爸爸接回了家。

我哥说服我嫂子,开始着手在本市找工作,想回来发展。我姐给我爸白天请了保姆,她白天上班,晚上住在家里照顾我爸。

你永远无法想到,我哥我姐会惯我爸到什么程度。我爸半夜闹着要去上班,我哥就真的骑着自行车带他去了曾经的矿区,然后,指着黑着灯的办公室说:"老张,下班了。"

爸把姐姐当成他的姐姐,跟姐姐要糖吃,要滚铁环,要玻璃球,这些姐姐都可以满足他。而他还时常哭着要他的妈妈,姐姐就得带他出门去遛弯,直到他把这件事情忘记……

他们重新变回那对赤手空拳、寻找塌方下爸爸的儿女,试图抓住那个在精神世界走失的父亲。

而这一次,奇迹没有发生。爸爸患病第二年的那个夏天,突发心衰,进入弥留状态。全家人守在病床前,他在人群里寻找着。然后,他拉着姐姐的手,微弱地说:"姐……东升……东升……"东升是我的名字。

我妈哭着帮他翻译:"你爸把小燕认成了他姐姐,他这是托付自己的姐姐要照顾好东升。"

我姐号啕着握着爸爸的手说:"爸,你放心,我们都会照顾好东升……"

听完这句话,又一行清泪流过我爸瘦削的面颊。这一次,他真的走了。

送他去太平间之前,我握着他冰冷的手,泪如雨下。我告诉他:"我从7岁那年就开始懂你。你是爱我的,你怕自己偏心,所以一直在偏心。"

他一生只明确地爱过我两次。每一次,都是生离死别,每一次,都是刻骨铭心,每一次,我都懂。

林一摘自《37°女人》

图:豆薇

视点

「有钱人」迷惑行为大赏

@晚安少年

发工资的时候：

「触目惊薪」 chu mu jing xin

[注释]
形容看见自己的工资单，数值低到心里极其震惊。

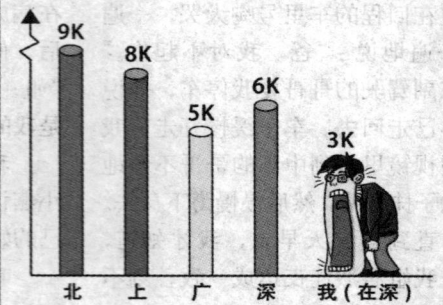

北 9K｜上 8K｜广 5K｜深 6K｜我（在深）3K

「我薪依旧」 wo xin yi jiu

[注释]
形容别人的工资都涨了，只有我的原地不动（甚至会倒退）。

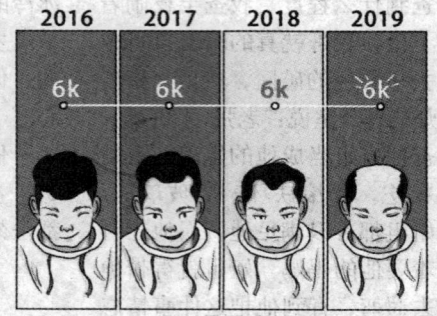

2016 6k｜2017 6k｜2018 6k｜2019 6k

9. 答案：国际标准游泳池长 50 米，宽至少 25 米，深 1.8 米以上。

花钱的时候：

kou shi xin fei
「口是薪非」

[注释]
形容自己的嘴想吃西餐厅里的法国松露等昂贵品，薪水告诉你"不行"。

sui xin suo yu
「随薪锁欲」

[注释]
形容根据自己的薪资水平选择性地封锁自己的欲望。

视点

没钱的时候：

sang xin bing kuang
「丧薪病狂」

[注释]
形容薪水花完之后，社畜处于癫狂状态。

xin jin dan zhan
「薪尽胆战」

[注释]
形容薪水花完后，成天为吃喝拉撒感到害怕。

缺钱的时候：

「储薪积虑」
chu xin ji lü

[注释]
形容本意是想把薪水攒起来，到最后钱没攒到，焦虑倒是攒了不少。

「薪若在，梦就在」
xin ruo zai meng jiu zai

[注释]
形容只要还有工资可以花，我的梦想就不会停下前进的脚步。

摘自微信公众号时尚青年

父亲的秘密

@ 丛平平

她有七十多岁了,她说自己从记事起,就没有见过自己的父亲,她和哥哥两个人一直跟着母亲生活。小时候看见别人都有父亲,兄妹俩就问母亲:"为什么别人都有父亲而我们没有,我们的父亲呢?"母亲就会不高兴,非常严肃地警告他们:"不许问!"

后来,她离开老家去了青岛。她的哥哥活到五十多岁的时候,生了一场大病去世了,剩下哥哥的妻子,也就是她的嫂子,跟她的母亲一起在老家生活。

这么多年,她问母亲最多的就是她的父亲到底是谁,现在在哪儿,是干什么的。但是她始终没有从母亲那里得到任何关于父亲的信息,母亲对这件事守口如瓶,一个字也不肯说。

大半辈子过去了,这个心结一直压在她心里,日日纠缠着她。随着年纪的增大,她对这个秘密也越来越耿耿于怀。她太想知道答案了,哪个孩子不想知道自己的亲生父亲是谁呢?那个本该看着她成长、像大山一样可以依靠的人,她竟然素未谋面!不仅如此,她还连他的任何信息都不知道!

可是,没过多久,她的最后一份期待也落了空,因为,可能是唯一知道这个秘密的

人——她的母亲,因病去世了。

又过了几年,她仍然在青岛,有一天嫂子从家里打电话过来,对她说:"之前政府派人送过来一些东西,我不识字,也不知道是啥,最近收拾东西时又翻到了。你要不要回来看看,也不知道有没有用。"

她听了嫂子的话,抽空回去了一趟,在那一堆"不知道是什么"的东西里发现了一张证书和一封慰问信。证书是发给母亲的,称母亲为"烈士家属",还有一张上面写着"光荣之家"的红纸。

原来,这就是她寻找了大半辈子的、关于父亲的秘密。

信上说,她的父亲当年是个地下党,一直干着潜伏工作,后来被委派了一项极其隐秘的任务,离开了家,并且组织上有规定,不可以向任何人泄露行踪。

她终于知道了为什么母亲从来不允许她和哥哥问关于父亲的一切。母亲苦守着这个秘密,生怕儿女知道会有危险,一直到战争结束也没有丈夫的任何消息。

母亲目不识丁,不知道丈夫的任务是不是完成了,人还在不在,去了哪儿,为什么没有回家,也不敢跟人打听,只能独自带着两个孩子艰难度日。

又或者,在母亲心里,早就知道自己的丈夫已经死了吧!那个年代,为了战争一去不复返的人太多了,谁知道战场上、渣滓洞里,会不会有自己丈夫的尸体?

之后的日子里,她按照信件里的线索,辗转寻找可能认识父亲的组织和故人。功夫不负有心人,她竟真的找到了!知情人说,她的父亲是在一次执行任务的过程中牺牲的,那是一个深夜,一屋子人都在睡觉,敌人突然冲进来,一顿扫射,一屋子的人全部没了,连挣扎的机会都没有。

而这件事的真相,也是在父亲牺牲后的很多年才慢慢被挖出来的,经过一系列的身份验证和知情人讲述,经历了诸多挫折和困难,最终父亲的身份才得以确认。真相浮出水面,政府给她家发了证书和信件,但这些东西送到的时候,她的母亲已经去世了。

也就是说,母亲到死都不知道自己的丈夫到底去了哪里,究竟是活着还是死了。也许这些都不重要,母亲这一生从未想过会得到一张"烈士家属"的证书,在她心里,自己的丈夫已然是个英雄。

心香一瓣摘自《你好,有故事的陌生人》
中国画报出版社 图:宋书成

盲点

不要小看拉肚子

@ 最后一支多巴胺

15个小时前，老张开始肚子痛、拉肚子。他蹲在马桶上，心中嘀咕着："现在的身体怎么这么差，刚吃了点西瓜，就开始拉肚子？"

反复几次腹泻之后，45岁的老张甚至开始觉得两腿发软、头晕眼花了。

"要不是她非要让我来看病，我根本不会看医生，不就是拉肚子嘛，吃点药，喝两天稀饭就好了。"老张和妻子来到医院后，还在狡辩着自己的身体有多么强壮。

12个小时前，老张来到了一家私人诊所，很快便被安排了输液。

诊所里使用的药物虽然都是基层常规用药，但对急性胃肠炎应该是有一些效果的。

在经历了将近两个半小时的输液之后，老张便感觉症状缓解了。

老张的妻子始终陪同在老张左右。夫妻两人回到家中后，又熬上了一锅小米粥，便躺在家中休息。没想到老张依旧感到腹部不适，并且总感觉自己心跳加快。

6个小时前，老张依旧在腹痛。

不仅腹痛，并且头晕乏力的症状再次出现。

夫妻两人再次来到医院输液后，老张腹痛、腹泻、头晕、乏力的症状明显缓解。输液结束后，夫妻两人离开了医院。

1个小时前，妻子搀扶着老张来到了急诊室。有些面色惨白的老

格物致知 经世致用

张不停地抚摸着自己的肚子:"挂了两次药水了,只管一会儿作用。现在还是又痛又拉,肯定有什么问题,医生你给我好好检查检查吧!"

说着话,意外发生了!

正在输液,还没有来得及去做CT检查的病人病情突然迅速恶化了,心率加快,血压骤降!

突如其来的变化完全让人措手不及,但有一点却是可以肯定的了:导致病人病情如此危重的原因肯定不是寻常的急性胃肠炎。

医生立刻加大对已经出现神志淡漠的老张输液速度,联系CT室做好检查准备。

40分钟前,老张突然加重的病情让所有人始料未及。

老张的妻子开始慌乱地哭泣起来:"就是拉肚子,怎么会这么严重,医生怎么办啊,怎么办啊?"

快速补液后,老张的血压得以提升。

下一步便是争分夺秒完善能够完善的检查,比如腹部影像学检查、血液学检查等。

果然,不仅血液学检查提示老张已经存在明显的贫血,而且影像学检查高度考虑老张存在脾破裂!

明明没有外伤,怎么会有脾破裂?

10分钟前,手术室通知可以手术了。在准备送入手术室之前,老张终于想起了一条重要的信息:"我在厕所里拉肚子太厉害了,有点头晕乏力,差一点摔了一跤,但没有摔倒,只是肚子撞在了板凳上,当时没有什么感觉。"

听见老张的话后,我和外科医生相视一笑:终于找到了答案!

事实上,脾脏是一个很脆弱的器官,在外力作用下很容易出现破裂。刨去那些车祸、高空坠落伤的患者之外,我甚至见过老人撞树撞到脾破裂的、年轻情侣之间打闹导致脾破裂的情况等。

后来,老张得救了。

但是,我们却不得不要思考了:虽然病人确实存在急性胃肠炎症状,但为何直到最后才考虑到合并外伤的可能?

老张给我们带来的教训便是:不要轻视任何一种我们常见的疾病,不要忽略任何一个有可能影响病情的细节。

祎祺摘自微信公众号最后一支多巴胺

图:恒兰

被盲盒终结的爱情

@唐 玉

第六感

我和女友是同一期应聘进入公司的,在入职培训时我就注意到她,是一个非常安静的女孩,面孔白皙,五官精致。

我们分属不同部门,唯一能碰面的机会是食堂。我在排队时会盯着门口,直到她和几个女同事身影出现,我会用余光偷偷瞄着她。

有科学表明,人的目光会传递一种生物电,可以被对方的第六感捕获。我对此深信不疑,因为无论我的余光多么隐蔽,最终的结局都是她似乎感觉到什么,向这边望过来,我赶紧若无其事扭头看别处。

我的第六感也经常捕捉到这种生物电,循着微弱的电流望去,会看到她正赶忙扭头看向别处。

这种互相打量整整持续了近两年。

有一天在食堂,我正和部门同事吃饭,她和她们部门的同事也过来,坐在同一桌。我默默吃,不看她。她也一样。

同事们陆续都吃完,端着饭盘离开,最终,我发现桌面上只剩下我和她,还在慢慢吃。

我抬头,说:"加个微信吧。"

她眉毛动了一下,随后说:"好啊。"

遭遇盲盒

我不知道用两年的凝望走在一起,算不算一见钟情。她和我是截然不同的两种人,她不能理解我拼命工作、拼命考证是为了什么,不止一次流露出嫌弃我庸俗的表情。我们之间的矛盾,在她喜欢上盲盒之后彻底爆发了。

所谓盲盒,是指成套系的小玩偶被分散装到独立的包装里,包装上并不标明里面是哪种玩偶,只有付钱后,打开盒子才能真相大白。很多人为集齐一个系列中一个主题的十几个玩偶,会连续不断买几十个甚至上百个盲盒。

女友自从"入坑"(术语,意思是爱好买盲盒)后,迸发出前所未有的热情,一个套系一个套系地收集。有一天公司发工资,我和她逛街,看着她用一个多小时将一个月的工资全都买了盲盒,在现场逐个拆开,还是没能赌到她想要的那款,她放声大哭。

没办法,我只好主动献出我的工资,当我的工资被用到一半时,她期望的那款终于出现了。我在旁边长出一口气,刚想庆幸,她说,这次某某宝宝的星座款集齐了,她要开始集梦游仙境系列。听完我差点儿昏过去。

你究竟要哪种快乐

为劝她,我使出浑身解数。比如利用工业品包装设计的专业知识,给她计算每个玩偶的成本。这些玩偶从IP授权、形象设计、样稿出模型再到生产加工,一个玩偶的成本也就十一二元,到了市场上售价五六十元一个,有时为凑齐一个系列甚至要买四五十个盲盒。

她很怪异地看我,说:"那又怎样,你为什么每样东西都要算成本?喜欢什么也要符合成本吗?"

我又转变方式,劝她遇到难以集齐的某一款时,到二手网上集市去买,综合算下来,还是比如同抽彩票一样自己买盲盒拆要划算。她仍不肯,固执地说,我就喜欢"亲生的"(指自己亲手抽中的)。

我很激动地对女友说,你喜欢盲盒,是因为它比现实更好把握,反过来说,是因为你在回避现实社会里的挑战。

我说得慷慨激昂,女友听了半天,回应了一句:"分手吧。"

那天晚上,我给她打电话,问她在做什么,她说在整理玩偶:"其实这么长时间以来,我也一直想问你,你为什么那么在意现实里的一切呢?你想升职、想加薪,你天天熬夜工作,你追求的目标其实也是想快乐。难道只有现实中的快乐才是快乐吗?为什么快乐对于我很简单,对于你却那么难?"

我愣住了,回答不出。到了深夜,终于想起了一句话,爬起来给她发微信:"我想要的,是真实的快乐,而不是盒子里那种。"

信息发出去后,页面显示,我已不是她的微信好友。

月月鸟摘自《当代工人(B版)》 图:小柯

丸子的朋友圈

大老板张富贵

刚才公司开大会时突然停电了,可是大会又很重要,于是买来一大捆蜡烛接着开。

开到一半,我想起什么,就问了一句:"今天,有谁过生日吗?"

金融小王子刘思聪:我过生日,我过生日。
大老板张富贵:好,等一下咱们开完大会,你负责把所有蜡烛吹灭。

金融小王子刘思聪

我妈:"你四叔他儿子就比你大一岁,人家都买凯迪拉克了,你连个买电瓶车的钱都没有。"

我:"那车四叔出了30多万。"

老妈:"那不还有10多万是人家自己出的嘛!"

我:"那10多万是他丈母娘出的。"

老妈:"你还有脸说,你连个对象都没有!"

话都被她说去了!

哲学系二师兄:亲妈!

郭美眉

说心里话,在生活中,我偶尔会羡慕地板——有那么多头发。

王大脸真的不是女汉子:发生什么事了?
郭美眉:唉,减肥过度导致脱发,进医院了。我想问医生配点儿药什么的,

开怀一笑 轻松悦读

医生说我吃饭不积极，吃药倒挺积极的，问我选中医还是西医。
王大脸真的不是女汉子：中医什么样？西医什么样？
郭美眉：医生说，中医的话，门口左转，煎饼果子，西医的话，门口右转，汉堡一个。还让我适量服用，别一次吃太多。

 哲学系二师兄

前段时间法拉利官方降价53万确实对我诱惑非常大，但是另一边共享单车推出的4元包月活动也让我心动不已，真是左右为难。

快递员小马：还是我的小电驴好，我和我的小电驴，一刻也不能分割，无论我开到哪里，都戴着头盔……

 快递员小马

@哲学系二师兄 待会儿我去水果店，你想要苹果还是梨？

哲学系二师兄：我想要梨。
金融小王子刘思聪：你冷静一下，等30天再说。

 王大脸真的不是女汉子

昨天我感觉身体有点不舒服，去医院看病，一位本地口音的医生用蹩脚的普通话直接问我："你有理由死吗？还是没有理由死？"

废话！老娘还有那么多美食没吃过，怎么可以死？！于是，我坚定地回答："没有理由死！"

郭美眉：这什么医生啊？
王大脸真的不是女汉子：谁知道医生听到我的回答，在病历上加了句"没有旅游史"。
哲学系二师兄：编得太假了，医生在病历上写的字你认得吗？
王大脸真的不是女汉子：人家在电脑上打的字！

 丸子

我总觉得我看电影和电视剧的时候泪点极低，动不动就能流一脸眼泪。但是同样的事情如果在现实中上演，我就没有那么多感触，甚至会冷漠对待，我到底是怎么了？

哲学系二师兄：现实生活中没有背景音乐！

盲点

我在加州感染新冠病毒的44天

@ 小 E

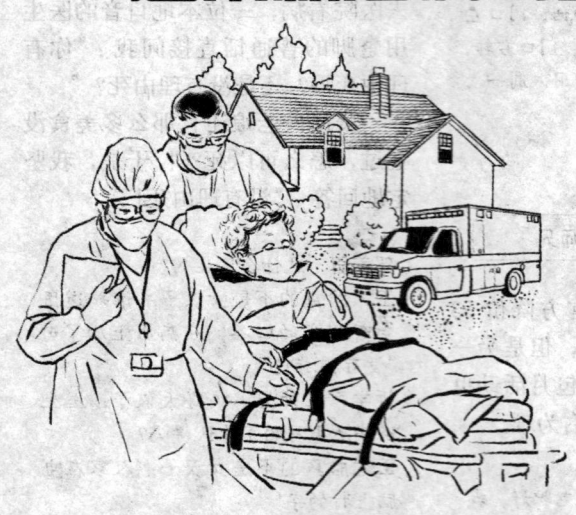

新冠病毒跟着爷爷回家了

爷爷奶奶，是一对美国教授夫妇。去年我飞到斯坦福学习，给授课教授写了邮件后，她就邀请我住在她家里节约住宿成本。今年年初，她再次邀请我来到斯坦福课堂给她当助教。住在一起久了，加上学术兴趣相投，教授夫妇把我当成家庭成员，我就喊他们"爷爷、奶奶"。

由于75岁以上的爷爷奶奶是高危人群，2月初，理性购买了一些消毒液、洗手液后，我们全家的活动范围就仅限于去学校上课和去超市买日用品。

3月5日周四，爷爷坐上了去拉斯维加斯的飞机。每一年，爷爷奶奶都会一路支持斯坦福女子篮球队打到总决赛。3月6日周五，奶奶的教工邮箱收到一份学校的通知："斯坦福校园确诊第一例新冠病毒感染者，全面取消校园内课程，所有课程搬到线上视频软件上课。"

新冠病毒跟着爷爷回家的那天，斯坦福没有了冠军奖杯，也没有了熙攘的校园生活。

我开始急性呕吐

3月14日，咳嗽了一周的爷爷被确诊为整个圣马特奥县有检测记录的第二例。作为密切接触者，我和奶奶立刻驱车到斯坦福急诊进行了检测。

3月16日，我们接连收到两个"阳性"的报告结果。随后我们都接到县健康部门的电话，"建议隔离两周"。

3月27日，当我心情紧张地联系上了圣马特奥县健康部门公开热线，电话里态度超级温暖的工作人员告诉我："非常抱歉，我们现在检测试剂非常短缺，不能再给你们做第二次检测了。现在根据你描述的'连续一周无症状、连续三天无发烧、居家隔离满两周'的情况，我宣布你可以回归正常生活的轨道上了。"

4月12日复活节的当天，在经历了整整28天无症状感染后，我突然毫无征兆地开始急性呕吐。

急诊医生坚持认为呕吐不是新冠病毒的症状之一，但他最终还是同意让我再做一次自费检测。

晚上十点半，医生拿到了血样报告、尿样报告，说："所有检测报告显示都很正常，我们不确定为什么你会呕吐。"于是带着X光报告、新冠病毒报告"正在检测中"的状态，我被允许自行离开斯坦福急诊的大门。

第二天，斯坦福急诊给我打来一个电话："你的新冠病毒检测结果呈阳性，你要在家隔离两个星期哦。"

从斯坦福急诊回来以后，我在床上整整躺了三天。在呕吐后的第三天下午，我开始感觉到脸颊烫起来，电子温度计的数字飞快蹿升，奔向38度后，我放下了手机，躺在床上，听着自己越来越沉重的心跳声，手脚开始慢慢地失去知觉。

我们喝着俄罗斯中医开的中药

疫情期间，奶奶在家晕倒过一次，送去斯坦福急诊留院观察了一晚上，她把那一晚称作"价值58000美元，但服务很不周到"的"无星级住宿体验"。

58000美元，大约41万人民币。我不敢相信自己的耳朵。

作为斯坦福的荣誉教授，斯坦福为爷爷奶奶购买的医疗保险直接支付了全部的天价医疗费。疫情期间，美国政府对年收入低于9.9万美元的纳税人发放了每人1200美元的补助金。

如果没有足够的医疗保险，这1200美元的补助金，对于超过1000美元的新冠病毒检测账单，止吐、挂水、检测的6000多美元的急诊账单，仍然是杯水车薪。

盲点

在爷爷确诊后,他的好朋友介绍了一位硅谷的中医——在南京学习了中医的俄罗斯女医生。随着一帖一帖磨成粉的中药,我看到了熟悉的拼音——"huangqi"(黄芪)、"lingzhi"(灵芝),猜测着中药里的成分。我们的生活方式也遵中医的叮嘱慢慢改变——晚餐从生拌色拉改成炒时蔬,美式三明治改成中式粥和饭。奶奶重新操练起40年前学的太极,爷爷戒了冰水改喝热姜茶,我在英文版的《道德经》里找到了亲切感。

巧的是,我们的邻居塔利罗博士就是研发瑞德西韦的医药公司吉利德其中一支科研团队的负责人。这位来自津巴布韦的哈佛医学博士得知我们确诊后,在我们家门口时不时留下面包、三文鱼,每天下班后都会给我们打一个电话问候当天的情况,也和我们分享她作为前沿科研人员对新冠病毒的认知和看法,以及她对新冠疫情在她的家乡——非洲蔓延的焦虑。

同一个急诊,冰火两重天

在第一次确诊的整整两周之后,斯坦福急诊只是例行公事追了一个跟进电话,问我们:"过去的两周都还好吗?有人给你们送吃的吗?"——奶奶听完了以后,说:"谢谢你们百忙之中的关心。"——上海话有一句意味深长的俗语"谢谢侬一家门",此情此景,尤其适用。

在第一次确诊后,同样隶属于斯坦福急诊的一个研究团队主动联系了我,希望进行追踪研究。他们每天都对我们全家进行免费的鼻腔采样检测。为了避免我们在家交叉感染,研究团队的医生匀给我们10个他们也很紧缺的外科口罩,在我打电话联系上中国驻美国大使馆,寄来40个外科口罩前,我们靠那10个口罩熬到了全家三人全部连续一周检测阴性的胜利。

隔离期间,我读了一遍《安妮日记》。如今,看到中国慢慢"回到从前"的新闻,我想起安妮的一段话:"想到大家都无须等待了,是多么美妙的一件事情!我们可以从现在开始,慢慢地改变世界。每个人,无论是伟大或是渺小,都能为了宣扬正义而做出贡献,多么美好!你总是,总是能贡献些什么,即使只是仁慈。"

没有隐瞒疫情赶着最后的航班回国,我把新冠病毒这位"不速之客"贡献给了斯坦福科研团队,终究赶上了"新冠连续剧"的精彩片段。

摘自微信公众号三明治　图:豆薇

讨价还价

@ 蔡康永

父母的过度关心可能令你烦扰，但别生硬拒绝，要学会巧妙应对。

平日，酒吧并没有很多客人。

晚上11点，一个疲倦的、穿着套装的女生走进来，把皮包往吧台上一放，叹了一口气说："我爸妈这辈子能不能饶我一次，我才不要回老家去工作，那个鬼地方什么都没有。"

酒吧老板没有接话，只是淡淡地问了一句："喝什么？"

"任何可以让我在10分钟内昏倒的东西。"

老板理解地点点头，倒了一杯正宗纯净的伏特加给她。

"到底该怎么办呀？"套装女生用力抓了抓头发，大吼一声。

这时候，酒吧老板说话了："几个月前，我接到一通诈骗电话，说是绑架了我儿子，叫我给1亿就放人。"

"你有儿子？"套装女生问。

"并没有。"

"那你还不挂电话？"

"对方跟我要1亿，我有点感动，这辈子从来没有人这么看得起我过。"酒吧老板说，"所以我开始跟对方讨价还价。我说1亿真的拿不出来，可不可以少一点，2000万如何？"

"骗子答应了吗？"

"骗子在电话那头问我，你真的有2000万？我说没有，骗子听起来很不高兴，说你这不是骗人吗？我就回答，你们不也是骗人吗？"

"你这个故事，跟我的问题有什么关系？"

酒吧老板看着套装女生，说："如果被勒索，别马上投降，要讨价还价。"

林冬冬摘自
《因为这是你的人生：蔡康永的情商课2》
湖南文艺出版社 图：半夏

九步之暖

@ 朱砂

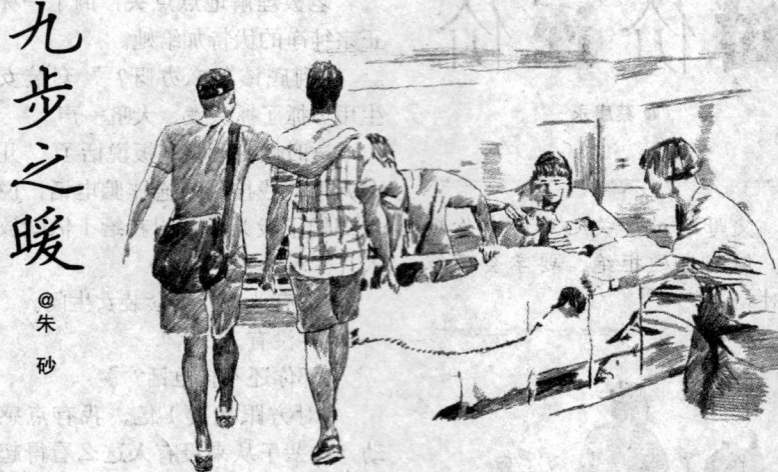

1136号病房里来了新病人,叫露露,是个六七岁的小女孩。

像每个刚入院的家长一样,露露妈妈一脸轻松地和大家聊着露露的病:年初孩子便经常喊膝盖疼,上周练舞蹈时,露露右膝剧痛,到现在,不但右膝关节肿胀,甚至整个右下肢都不能活动了。露露爸妈吓坏了,赶忙带孩子来省城。

听着露露妈妈的叙说,屋里一阵沉默。没有人比这个屋里的家长们更清楚,露露的临床表现与自己的孩子如出一辙。骨肉瘤,这种多发于青少年群体中的顽症,其五年生存率不足70%的现实让每一个人闻之凄然。

露露的病理活检结果出来了,毫无悬念的骨肉瘤。露露却毫不知情,依然快乐地笑着,给大家唱她喜欢的歌谣,讲她舞蹈班上发生的那些事。

露露常常隔着一张床和十五岁的少年一哲说话,问这问那。自从有了露露,一哲明显开朗了许多。

一哲打篮球时摔倒,膝关节肿痛,及至夜里疼痛加剧,这才到医院就医,确诊为右股骨下端骨肉瘤伴病理性骨折,病情严重,必须进行截肢手术。

由于病人的拒绝,一哲入院以来,除了消炎止痛,医生束手无策。直到昨天,父子俩终于达成协议,父亲送一哲去天津肿瘤医院,如果这个全国顶尖的专业医院的诊断和省医院一致的话,一哲答应接受医院的现有安排。

那个夜晚,我正在护办室里看书,听到有人敲门,打开门,是一哲的父亲,推着轮椅里的一哲。小心翼翼地,一哲的父亲问我,一哲是不是可以短暂地走几步?

看我疑惑,一哲轻轻地说:"阿姨,我想从病床上走到门外,就这几米远,不会有事的。"我问:"为什么?"一哲脸上有着和他的个性极不相称的腼腆:"如果我走出病房,露露就会相信,我的病好了,这样,未来当她面对化疗的痛苦时,就会有一分真实的希望支撑着她。"

一哲的父亲冲我点了点头,低低地说:"护士长,求您了,答应孩子吧,我量过,从一哲的床到门口,只需要走九步……"

第二天上午九点多,我把轮椅放在门口,然后走进1136号病房,大声地对一哲说:"祝贺你,小伙子,你的病完全好了。"

听到我的声音,一哲从床上下来,看上去快乐而轻松。然而在这个少年右脚着地的瞬间,我还是清楚地看到他面部的肌肉本能地一紧。

露露躺在爸爸的怀里,一脸羡慕地说:"一哲哥哥,等我也跟你一样把病治好了,就让爸爸带我去你家,你答应过我的,一定要带我去看大海哦。"一哲笑着点了点头:"露露,听医生阿姨的话,记着我在大海边等你。"

一哲向露露挥手,然后,一步一步地向外走,只走了几步,众人便不约而同地从后面围拢上去,用人墙挡住了露露的视线。没有人愿意让小女孩看到,那个少年走到门口,满头大汗地扑向轮椅时的痛苦模样。

那一天,那个少年,用他的九步之暖,温暖了在场的每一个人,将大家灵魂里的某根弦,轻轻地拨动……

杨子江摘自《我的人生不寂寞》
四川文艺出版社 图:黄煜博

【名师有话说】短暂的九步,却在患骨肉瘤的少年一哲脚下走得如此艰难。"满头大汗地扑向轮椅时的痛苦模样"牵动着在场的每一位。一哲看到同病室的小女孩露露,不想让自己痛苦的情绪影响她,就上演了感人的一幕:坚强地走出温暖的九步来鼓舞露露战胜病魔。生活中的我们,遇到挫折时不正是需要这个少年的坚强和乐观吗?

点评者:陕西省渭南市合阳县城关中学
高级教师 乔萍

盲点

世界唯一参加过二战的熊

@ 鼓浪隐士

1939年9月,希特勒发动对波兰的闪击战,拉开了二战的序幕。当波兰人在西面做着顽强、无力的抵抗时,苏联军队忽然在东部杀入,腹背受敌的波兰很快就在德苏两国夹击下灭亡了,不少波兰军人沦为苏军的俘虏。

苏德战争爆发后,苏联当局就把波兰战俘组织起来,送给英国人,让他们加入盟军作战。于是这些波兰人被礼送出境,来到英军驻防的伊朗哈马丹安顿下来。

波兰军队在哈马丹休整期间,有一天,当地一个小男孩在山下发现了一头刚出生的小熊(叙利亚棕熊),于是就抱着它到附近的波兰军营交换肉罐头。流亡他乡的波兰军人被憨态可掬的小熊吸引,答应了孩子的请求。就这样,波兰军营成了小熊的家,战士们给它取名"佛伊泰克"(欢乐的勇士)。

小熊佛伊泰克很快适应了军营生活,它养成了按时洗澡的好习惯,还与士兵们吃相同的军粮。而且随着年龄的增长,它居然爱上了吸烟、喝酒。如果得不到啤酒,小熊还会独自躲在角落里生闷气。它更是战士们最好的玩伴,不少士兵在训练之余,都会与小熊打闹、嬉戏,甚至一起摔跤。佛伊泰克带给波兰士兵无数的欢乐,排

解了他们的亡国、流浪之苦。

佛伊泰克跟着波兰军队开拔,先后在伊拉克、叙利亚、巴勒斯坦、埃及等地生活。1944年,2岁的小熊已经成年,它站立时高达1.82米,体重220公斤。而这时,盟军在意大利前线急需兵力,于是佛伊泰克所在的波兰第2兵团第22炮兵运输连,奉命前往亚平宁半岛执行任务。

当波兰军队准备登上前往意大利的运输船时,却遇到了麻烦。按照英军规定,只有正规军人才能上船,而且佛伊泰克体形硕大,相貌凶猛,被视为"危险动物"。可与熊朝夕相处两年的波兰士兵怎肯舍弃伙伴呢?于是他们想到一个办法,授予佛伊泰克二等兵的军衔,加入军队编制,并为它发放军饷。就这样,这头熊以"正式军人"的身份,与波兰士兵一起上了前线。

佛伊泰克体格健壮,充满力量。于是它被波兰人训练成炮弹的搬运者,负责炮兵的后勤补给。在惨烈的卡西诺战役中,佛伊泰克迎来了其战场首秀。它沉稳地抬着炮弹,往来于基地与阵地之间,即使走在山路崎岖的卡西诺山道上,它搬运的炮弹也从未滑落。而且它不像人会被爆炸声所惊吓,而是在枪林弹雨中奋勇向前,及时把炮弹送到阵地上。

有位英军老兵回忆:"我突然发现自己部队里出现一头巨大的棕熊,怀里还抱着一颗沉甸甸的迫击炮弹,淡定地从我身边走过,这景象把我吓得半死。"

盟军取得卡西诺战役胜利后,棕熊佛伊泰克所在的部队徽章被改成了"炮弹熊"。后来,这支波兰部队被部署到英国苏格兰的柏维克郡哈顿村。当地媒体不断报道佛伊泰克的"英熊"事迹。有报道说:"查尔斯王子带着威廉王子与哈里王子前往帝国战争博物馆参观时,特别强调不必特地再解说佛伊泰克传奇的一生,王子殿下说他们父子三人对于佛伊泰克的事迹了然于胸。"

战后,波兰军人纷纷解甲归田,佛伊泰克也在爱丁堡动物园安顿下来。有不少波兰战友去看望它,老兵们曾回忆:"我只要叫它的名字,它就会坐下来摇头晃脑,向我要烟抽。""它就像一条大狗,没人怕它,它喜欢抽香烟、喝啤酒,而且喝起啤酒来的样子和男人们没有两样。"

1963年12月,佛伊泰克以22岁的高龄(对熊来说是如此)辞世,但它的传奇却从未被淡忘。

洛奇狮摘自微信公众号鱼羊史记

图:恒兰

亮点

野兔

@薛培政

【作者寄语】我来自山东沂蒙山区的农村,作为一个作家,我有责任写出乡村父老乡亲的善良、正直、大爱与悲悯。我走进乡野深处,走到村街里巷,就是为了去寻觅、挖掘那一个个鲜活生动的故事,一个个亲切得如乡邻一般的人物。

1973年冬月底,罗冈大队小学开运动会,场地设在村北闲田里。

寒意料峭中,高音喇叭播放着入场曲,闲置数月的田里,人声鼎沸,比赶集还热闹。

一阵冷风袭来,小学生们不安分地在队列里扭动着身子,冷得跺起脚来。

一只受惊的野兔,从不远处老桑树底部树洞蹿出。

"兔子!"一个眼尖的小男生,惊喜地叫着冲了过去。

几个男生也大叫起来跟着跑出去,队列一下子就乱了,接着大队学生炸了营般散开,追赶兔子去了。

顿时,田里跑的跑,叫的叫,你推我,我搡你,摔跟头的,跑掉鞋子的,扔了棉袄的,欢呼雀跃,每个人都想抓住那只兔子。

"于老师,你过去看看,这些学生在弄啥?简直无组织无纪律!"一位年轻老师应声跑开了。

此时的田径场已经变成狩猎场,一只近在咫尺的野兔,对平时闻着肉香就流口水、能吃顿肉就跟过年一样的学生而言,成为一种抵挡不住的诱惑,旋风般狂奔的人群卷起漫天黄尘。

那只走投无路的野兔,箭一样地东窜一头,西窜一头,把追逐它的学生逗弄得大汗淋漓。一些低年级的学生,渐渐因体力不支,干脆歪在地上,呼哧呼哧喘着粗气。

"快追上了!快追上了!"旁观的人群发出歇斯底里的呼喊。

野兔已近在眼前,几个学生左推右搡,争相抢抓。就在一个瘦高个男生扑向野兔的刹那,斜刺里伸出一只手,揪住了野兔后腿。

抢走野兔的正是于老师。

在校长的再三吆喝下,"抓野兔"闹剧暂告结束,现场平静下来,运动会开始了。

老支书风风火火赶过来,人没到跟前,他就朝校长喊道:"校长,校长,过来问你件事!我听人说,你们逮到只野兔?"

校长说:"呃——是!"

老支书两手一击道:"那太好了,赶紧拿来,我救急!"

拎来野兔,老支书扔下五元钱,急匆匆走了。

老支书拎着野兔进家交给老伴道:"赶紧收拾收拾,先炖一小半,多炖会儿,炖烂点,剩下的腌起来!"

少有的肉香合着炊烟,从老支书家临街的厨房里飘出。

午饭时分,老支书端着食盒,走进村南那座小院。在五保户韩石头床前,他高声喊道:"老哥,有肉吃了!"床上的老人被扶着坐起身后,说:"兄弟,你叫俺心里咋落忍,俺当时就那么随口说一说,权当是说梦话,兄弟你,你咋当真哩……"

"老哥,别想那么多,把身子骨养好了再说,只要咱不惜力气地干,总会过上不缺肉吃的好日子……"说这话时,他扭过头抹了一把脸,心想年年都这样宽慰群众,可年年难变样儿,连自个多少日子没沾到荤腥,他也记不得了。

那是一个食品奇缺的年代,村里除过年杀口猪,平时就没人闻过肉香味。老支书听病重的韩石头心心念念想吃肉,就派人到公社肉食店买肉,可晚了一步。正发愁时,听说师生们逮只野兔,就火速赶了过去。

半个月后,韩石头去了。

老人走得很安详。

神 秘

@ 薛培政

从树顶上看去,南园真的很大,树叶发出沙沙沙的响声。两只受惊的黄鼠狼一前一后窜进灌木丛中。灌木丛后,有几间土坯房。

家里的大人们从不让我往园子里去,说是园子里关着右派。啥是右派?爹瞪我一眼,大人之间的事情,小孩子家家的不要乱打听。

树上的知了放开喉咙地叫着,我溜进园子里,爬到树上摘蝉壳。

一个奇怪的人出现了,他瘦得

亮点

像麻秆一样，蓬乱的头发盖过耳朵，苍白的脸上布满皱纹，鼻梁上戴着一副眼镜，一只腿架已经断了，用一根绳子系在耳朵上。

快下来，别摔着。那个奇怪的人张着胳膊对我喊。

就在这时，刘大喇叭跑来了，他凶巴巴地喊，臭小子，谁让你进来的，还不快滚！我哧溜溜滑下树后，一溜烟跑了。

刘大喇叭是大队治保主任，负责看管那些接受管教的四类分子，还扭押偷庄稼的人游街示众。谁家小孩儿不听话，大人就吓唬说，刘大喇叭来了，孩子再不敢吱声。

傍晚时候，刘大喇叭慌慌张张跑向村卫生所，跨大门槛还绊一跟头，说南园出事了，住在园里的那个人晕过去了。

村里医生出诊了，刘大喇叭急得直跺脚，这可咋办？

恰巧驻军沈军医背着药箱打此过，问明情况后，跟着刘大喇叭进了南园。

我惦记着树上的蝉壳，便悄悄朝园子摸去。

就听沈军医对刘大喇叭说，病人身体虚弱，除加强营养外，还要多到户外走走。

沈军医和刘大喇叭离开园子不久，我就看见一个熟悉的身影，抱着个小布包，像只灵巧的小鹿一闪进了旁边屋子。军红——我惊讶得差点喊出声来。

军红是沈军医的闺女，是我们小学一（2）班的班长。

未等我去撵她，又隐约看见刘

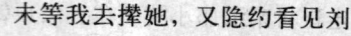

大喇叭提个包袱,也进了那间屋子。

没几天,就听刘大喇叭老婆在骂街,说家里招贼了,走趟娘家回来,攒的鸡蛋不见影儿,哪个龟孙偷去吃了噎死他。

军红来找我玩。我说,我知道你那晚去哪了,南——

她连忙上前一步,伸手捂住我的嘴,将我拉到旁边夹道,告诉我,妈妈说园子里那个人病得可怜,让我给他送些饼干。

见我没说什么,她问我,咱俩是不是好朋友?我使劲点点头。

那我以后晚上再进园子,你能不能给我做个伴?你跟我去,我送你水果糖。我咽了口唾沫,说,中!

每隔几个晚上,军红就来约我。

每次进园子,让我躲在树后听着动静,她再进屋子。听见有人来,就让我学猫叫。

夜幕下,我站在园子里,想起三奶奶讲的那些无头恶鬼、黑脸妖精的故事,只觉得浑身一阵阵打冷战,牙齿也吓得咯噔咯噔响。为催着军红快点离开,我几次学猫叫,可等我和军红匆匆走出园子时,却见不到半个人影儿。她嗤笑说我胆小鬼,可我分明听见背后传来熟悉的咳嗽声。

那晚一片漆黑,大风把树枝刮得狠命地摇晃,发出咯咯吧吧的响声。我和军红又一次走进园子。她进屋前,瞪我一眼小声道,再乱学猫叫,小心我拧烂你的嘴。不一会儿,我望见有个像萤火虫一样的火星在闪动,我壮着胆子往前走两步,那火星逗我似的往后退两步,我吓得倒退回树旁,急慌慌学起猫叫。军红拉着我跑出园子后,猛地推搡我一把,你个胆小鬼,真没出息!

两年后,园子里住的那人落实政策要回城了。临走时,他拉着军红和她妈妈的手,哭得像个泪人,军红妈也不时擦眼泪,还给他煮了一兜鸡蛋。奇怪的是,临上车前,那人咋和刘大喇叭拥抱着不放哩?

那人走后,刘大喇叭站在街头,盯着我看了好一阵,问,小子,啥时候学会猫叫的?还怪像哩。我心里一怔,抬头瞟了他一眼,见他正朝我笑,他笑起来的时候,看着一点也不凶。

图:点点

【作者简介】薛培政,男,山东省临朐县人,河南省作家协会会员,河南省小小说学会理事。有百余篇作品散见于《小说选刊》《小小说选刊》《百花园》《山西文学》等报刊,并入选各类年度选本。获《小小说选刊》双年度优秀作品奖、金麻雀网刊2019年度小小说佳作奖。

因地制宜，巧于耕耘
——浅谈薛培政《野兔》《神秘》

@ 张 琳

薛培政是一位擅长编织乡村故事的作家，在他淡而耐品的笔墨下，乡村风貌徐徐展开，尽管如速写一般并无多样色彩，内中故事却能让读者感知出一种与心灵相契的温度。

在《野兔》《神秘》中，薛培政运用了多样创作技法，向读者传递了一样的情感——那迢遥岁月中，贫瘠乡村里无处不在的善良，那么朴素，那么纯净，那么暖心。

《野兔》采用全知视角，用成人的眼光回眸1973年的一段故事。运动场捉野兔、老支书买野兔、老支书老伴炖野兔、老支书给病重的韩石头送野兔、韩石头病逝时走得很安详等情节，甚至上述情节中的语言、动作等细节，薛培政都洞悉一切，从容调度，娓娓道来。

而《神秘》则采用有限视角，叙述者"我"是小学生，用孩童的眼光去打量神秘的乡村世界。南园里的一棵树顶，是"我"选择的一处窥视点，南园里的一切尽收眼底，就连那"奇怪的人"苍白脸上的皱纹、断腿眼镜用绳子系在耳朵上，都清晰可见。有限视角的局限性，决定文中所言必须是"我"的所见所闻所感，写作中，薛培政没有失手。比如刘大喇叭去村卫生所找村医巧遇沈军医的情节，情态（慌慌张张）、对话、动作（跺脚）描摹得细致入微。看到沈军医跟着刘大喇叭进了南园，他写道，"我惦记着树上的蝉壳，便悄悄朝园子摸去。"这句话，点明了"我"亦在场，又尾随两人去南园，移步换景，很自然地与后面的故事衔接起来。

《野兔》《神秘》两文，共同存在一个很有意思的现象，就是《野兔》的后两段（两句话），《神秘》的最后一段，假如去掉，各自仍不失为完整的故事。薛培政如此谋篇布局,并非赘述,而是意图呼应前文。

《野兔》交代了食品奇缺年代"村里除过年杀口猪,平时就没人闻过肉香味"的故事背景,为了渲染所有人都很想吃肉的馋劲儿,作者大胆用全文二分之一强的篇幅作铺垫,写了一场学校运动会演变为"捉兔会"的轻喜剧,师生们竭尽全力围猎野兔,只为聊解嘴馋。病重的韩石头"心心念念想吃肉",老支书为了满足他的心愿,到公社肉食店买肉无果,听到师生捉了只野兔,就赶到现场买下来。韩石头吃上了炖野兔,按说故事就可结束了。但薛培政在最后又补充了两句话,"韩石头去了""老人走得很安详",以此来呼应上文"心心念念想吃肉"的韩石头在老支书帮助下,如愿以偿,所以走得"很安详"。

相较而言,《神秘》里的前后呼应更具艺术色彩。军红为园子里的人送东西,"我"替她望风,发现情况就学猫叫。那个漆黑的夜晚,"我"遇到了一件神秘的事情,在为军红望风时,"我望见有个像萤火虫一样的火星在闪动,我壮着胆子往前走两步,那火星逗我似的往后退两步",急慌慌之下,"我"学起猫叫。在故事最后一段中,刘大喇叭问"我","啥时候学会猫叫的?还怪像哩。"至此,神秘的"火星"疑云在前后呼应中顿然消散。

通过《野兔》《神秘》可以看出,熟悉乡村生活的薛培政用手中的笔,悉心打理着他的文字田园,因地制宜,巧于耕耘,气定神闲地守望着接踵而至的丰收。

(作者系中国作家协会会员、安徽文学院第五届签约作家、《安徽文学》编辑。)

扫码进入中国微型小说学会微信公众号,更多精彩微型小说等您发现。

电子邮箱

编辑部　wenzhaiban@126.com　　吴　艳　976248344@qq.com
蔡美凤　836361585@qq.com　　　杨怡君　499081339@qq.com
胡　捷　gxy1987@foxmail.com

接受无纸化，全凭咱心大

@ 蔚新敏

胖燕是个爱赶时髦的人，新鲜事物都染指，然后传染给我。

那天，我猛然发现胖燕以前推销给我的保险最后一次缴费是2018年年底，我得开最后一次的发票，留作缴费完成的证据。可胖燕不以为然："系统里你缴够年限了，开票没用，保存不占地儿呀？"

这么霸气的拒票，一下就激起了我的战斗力："钱缴了开票，应当应分。"她笑话我："现在都无纸化办公了，我从不跟我的客户说开票，也没人要票。"胖燕说无纸化办公是趋势，她朋友有电子版不动产权证书，具有纸质版同等的效力……疫情期间网课，胖燕儿子全都是在网上答题写作业考试，胖燕倍儿美："省了买本买笔的钱。""还费了电费呢。"我嘟囔。胖燕还说她疫情期间办了个云借书证，手机上看，不花钱。"费眼。"

但是，就算out了我也想要票，一票在手，心底无忧。我以请吃小龙虾为犒赏让胖燕带我到了公司开票，未果，因过了一年期限，票开不出来了。我差点拍桌子："无纸化，赖你没商量。"胖燕见我真动气了，给我下载了保险的App，又拍照又输入身份信息，进去一看，系统不但显示我缴费已满，连我爱人的、孩子的，统统都在。她很骄傲："怎么样，这软件不比发票那张纸有说服力吗？"可老话说的，千年的字儿会说话，没那张纸，我心不落听。

我硬要票，那晚，胖燕被我搅和得血压骤高，她求我放了她，承诺以后大不了比我多活一阵儿,怎么也得等理赔了我她再挂。话都到这分上了,我只好说就这样吧,票我不要了,我祈祷保险App与我同老,与日月同辉。胖燕说我是满嘴荒唐言。不然怎样?无纸化面前,我是心不甘气不顺,渺小又无奈。

有个周末,胖燕要我陪着去银行存钱,自动存款机那小棚子里装我俩有点挤。胖燕插卡,我放钱,突然,胖燕盯着屏幕叨叨:"真倒霉,机器故障,钱被吞。"我赶紧拉她去柜台,小柜员不慌不忙:"周日,柜台人不多,干吗要自动存?"好像她知道那机器要坏似的。

胖燕她烦柜台还得填单,小柜员却说现在存钱不填单。"哎,那怎么办?"小柜员要了胖燕的卡和身份证操作了一下还回来:"周日,修机器的不在,只能等周一,留个电话吧。"

可能不是我的钱我不着急,我拉着胖燕要出去吃个冰棍败败火,胖燕不挪步:"我钱被吞了,得给我个证明吧。"小柜员惜纸如金,什么都不给开,还是让先回去等电话。胖燕说:"你得给我纸上写我的钱数,不然不承认怎么办?"小柜员说系统里有,监控也有。胖燕还不舍得走……

为了拉胖燕从营业厅出来我出了一身汗。胖燕所推崇的无纸化到她自己身上,怎么就那么难?那天半夜三更,胖燕微信问我银行不会不承认吧,你看咱们手里嘛都没有。我哄她:睡吧,银行那么大,不会黑你这点钱的。从第二天的黑眼圈里我看出胖燕整夜没睡。

小柜员把钱打进了胖燕的卡里,胖燕还不放心,要个小票,人家没给,胖燕开通了短信提醒,还不放心,最后我给她微信转了一块钱她提现到卡里,短信出来她看到余额才放了心。无纸化,心眼小的真接受不了。

可那天,胖燕来我家要A4纸,一要就500张,胃口真大。她解释,网课以来,儿子视力下降,买了打印机,除了听课在网上,作业全纸化,她还打印了3本教辅。我告诉她,其实教辅网上买特便宜,自己打印,纯粹浪费大树。

胖燕家儿子对无纸化的点评是:"无纸化应该像卫生间里的蹲便和坐便,有人离了蹲便不行,有人离了坐便不行,总不能让人家憋死吧。其实,大多数人,每天在蹲便和坐便间来来回回,怎么都成。"这比方打得,虽然重口味,但是,听着怎么这么舒坦?

摘自千龙网 图:小黑孩

万物总有灵，众生皆成佛。

大咪、二咪和小花

@ 王食欲

我妈妈公司曾经养过两只流浪猫，一只叫大咪，一只叫二咪。

大咪是公司老总在自己的车下发现的。那时候是冬天，大咪躲在汽车发动机下面取暖过夜。当老总把它拎出来时，大咪用它划了道疤的黄眼睛瞪着老总，活像个奶凶奶凶的戴着大金链子的东北黑社会大佬。

大咪一副很有性格的样子引起了这位"霸道总裁"的注意。老总便让公司的保安给大咪用纸壳和破棉被搭了个小窝。

员工们每天路过这个小窝，都会冲着窝里的大咪挥挥手，留下各种香肠零食。那年冬天特别冷，但靠着这个小窝，大咪侥幸地熬了过来。

开了春，大咪抖抖皮毛，用养了一年冬膘的身体挤过公司的铁艺栅栏门，溜走了。

保安嫌猫窝太脏太乱，几次提议要把它拆了。老总仰天长叹："20世纪90年代，咱们公司盖了半个朝阳区的住宅。没想到啊，我快退休了，却连个猫窝都盖不好。这用户体验不行，猫都不愿意住。拆了吧！拆了也好。拆了重新盖一个，盖个别墅。"

说来也巧，"猫别墅"刚盖好，大咪就回来了。

那时候院子里的玉兰都开了，保安把人工湖的水也放满了。粉粉白白的落花下，大咪趴在池边舔水。在大咪身边还趴着一只通体橘黄的小奶猫，那便是二咪。

公司里有位设计师，特别喜欢二咪，常常给二咪买各种昂贵的猫罐头和小香肠。

二咪的性格和大咪很不一样。大咪爱惹事儿，招猫逗狗，天天打架。二咪则是个怂货，大咪一打架，它就蹿到树上躲起来。等大咪完事儿了，它才敢滑下来，挨挨蹭蹭地跟在大咪尾巴后面。

院子里的桃花开了又谢，金黄的银杏叶很快铺满了草坪。在设计师的零食关照下，怂货二咪长大了。它的体格甚至比大咪还肥硕。

大概是橘猫的基因吧……

然而，身体强健了，二咪的胆子仍是很小。那年冬天，胆小的二咪犯事儿了。

外面的流浪猫看着二咪体形渐丰、皮毛油亮，便打上了大咪和二咪的主意，跟着二咪顺着铁栅栏的缝隙，钻进了公司院儿里。

那天，员工上班时，院子里的雪堆上趴着七八只流浪猫，个个对大咪"猫别墅"前的猫粮零食虎视眈眈。幸亏保安及时出手，才制止了一场鏖战。

不过，大咪和二咪虽逃过了这一劫，往后的日子却也不好过了。自打二咪泄露了住址，公司院里开始不断有流浪猫狗上门挑事儿。

大咪和二咪住不下去了。天气一回春，大咪便带着二咪离开了。

两只猫一走就是三年。

老总和设计师总是在思念它们，就像家有游子的老母亲，日日担忧大咪和二咪在外面吃得好吗？住得暖吗？大咪又打架了吗？二咪绝育手术还没做，不会已经和其他母猫生了一窝了吧？

公司等了大咪和二咪一整年。第二年时，老总把"猫别墅"拆掉了，拆迁时造成的垃圾处理费，花了四十二块五。

这是该公司经手的建筑项目中，最便宜的拆迁费。

三年后的一个秋日黄昏，二咪独自回来了，带着一身的伤。血结痂在它的皮毛上，看起来瘦弱可怜。

那天设计师正准备下班回家，看到二咪，她立刻冲过去把它抱进车里，飞奔去了宠物医院。一番打针接骨，二咪才起死回生。

二咪回来后，老总常抱着它问："大咪呢？大咪去哪儿了？怎么就你回来了？"

公司里都在猜测，经常打架斗殴的大咪，恐怕已经死了。

二咪治好伤后，设计师就在自己办公室的落地窗外给它搭了个小窝。二咪在外面玩够了，回到公司就有个窝住，还有小鱼干吃。

设计师特别疼它，每年公司带员工出国旅游，韩国的辣肉肠、日本的三文鱼、欧洲的猫罐头……她都会给二咪带点进口零食。

设计师救过二咪一命，二咪从此特别黏她。只要设计师不在外做工程，一回到办公室，二咪就会趴在落地窗前痴情地望着她。

设计师有一辆小奔驰，二咪认识她的车，一到快下班了，就趴在车前盖上晒太阳。在设计师开车回家前，她都会挠挠二咪的小下巴。有时候，就为了等设计师挠它这么一下，二咪常常能在车前盖上趴一下午。

后来，二咪身体变差了，越来越差。有时候它连路也走不了几步了。于是它便不再离开公司，每天躺在窝上，陪伴着落地窗内的设计师。

直到有一天，二咪突然消失了。

全公司连带司机和食堂大厨，统共四十几号人，下了班后都在附近的小区寻找它，生怕这个老弱病残猫出点什么意外。

一个月后，二咪回来了，身后跟着一只黄黑斑纹的小花猫。设计师给它起名叫"小花"，和二咪养在了一个窝里。

小花来到公司后不到一周，二咪就死了。

> 万物总有灵，不可妄欺生。众生皆成佛，化身千百相。

老总做主，把二咪装进一个盛苹果的木头箱子里，在公司人工湖的小栈桥旁给埋了。埋葬的确切地点，就在二咪第一次来公司时，和大咪一起舔水的那片小草坡。

冬天又到了，设计师每次回家前，仍会期待着二咪趴在她车前盖上等她挠痒痒。老总若是加了班，夜里发动汽车时，总会弯腰看看车下有没有一只眼上带疤的小猫在取暖。他们时常怅然地坐进车里，唉声叹气。

然而，临从公司院里开车出去时，人工湖的栈桥上，却总能一闪而过小花的身影。

月亮狗摘自豆瓣网

图：小栗子

宇宙是什么味道的

@ 宇宙塑料没有人

近地空间

2003年,美国宇航员唐纳德·佩蒂特曾经对近地空间的气味做过非常诗意的描述:

"每回当我观赏外舱盖并打开内舱门迎接那两位疲惫的舱外工作者时,都会被一种奇怪的气味刺激到。这种味道很难描述。我能想到最贴切的描述可能是金属味——一种令人愉悦的、甜蜜的金属气息。它让我想起了我大学暑假的时候,用电焊枪修理伐木机时所闻到的那种焊接金属的味道。"

德国宇航员亚历山大·格斯特则认为他所闻到的太空更像是某种香水——一种核桃与摩托车刹车片的气味组合。

此外,太空游客阿努什·安萨里形容她所闻到的是一股"烧焦的杏仁饼干味"。

还有些宇航员认为他们鼻腔里的宇宙是铁水味的、臭氧味的,甚

至是烤牛排味的……

月球

月球也有一种特殊的刺鼻气味,而且据说令人难以忽视。

有多难以忽视呢? 美国国家宇航局为了对宇航员进行登月模拟训练,特地邀请了香水品牌欧米伽的调香师来重现月球的味道。

阿波罗17号的宇航员尤金·塞尔南将这种气味描述为"用过的火药"。

盲点

木星

跟我们在同一个星系的木星，号称宇宙中的超级厕所，因为它闻起来是氨水的味道。这个厕所行星有1321个地球那么大，且常年挂着50多级的氨气飓风，想想都要捏起鼻子来。

在由氨组成的外层云下，我们又会发现一层厚厚的硫黄云层，同样有着另一种特殊的臭味。再继续深入，你将会闻到苦杏仁味的氰化氢，可致死。

据说我们的太阳系味道也非常刺激，因为这里有着丰富的碳和低度的氧。想象一下车尾冒黑烟的汽车，汽油燃烧不充分就会这样，太阳系环境中的情况与之相似，气味也很有可能跟黑烟相似。

土卫六

2009年12月，NASA证实了一个存在多年的猜测——土星的六号卫星"泰坦"的地表上确实存在着液体。但不要高兴得太早，泰坦上的湖泊与海洋并非宜人的大水池子，而是含油的烃类汤。

这些烃类化合物使得泰坦地表布满了黄色的浑浊气味，闻起来就像是有人在常年未清洁的车库里打翻了一罐汽油。

彗星

根据欧洲航天局的研究，彗星67P的香型相当复杂。

首先得益于其中大量的氨和硫化氢，它的基调有点像猫尿与臭鸡蛋的混合。前调可能是微苦的、杏仁味的氰化氢气体，以及些许酒精的气味，二氧化硫若有若无的酸味将作为中调的补充出现，尾调则以二硫化碳的辛辣味道完美收尾，香型浓郁，层次鲜明。

好在彗星一直在宇宙中游荡，要是长期挂在地球附近的话，估计也够我们受的。

银河系中心

闻了那么多并不令人愉悦的宇宙香型，我们终于熬出头了。

我们把鼻子再伸得远一些——银河系的中心区域，那有一片尘埃云名为射手座B2。这里可能有着全宇宙最好闻的味道。天文学家认为它闻起来应该像是覆盆子或者朗姆酒。

当德国波恩大学研究所的天文学家用西班牙的IRAM射电望远镜在那片区域寻找生命的前兆——氨基酸时，氨基酸是没有找到的，但却意外发现了那里丰富的甲酸乙酯储量。

张秋伟摘自《课外阅读》

狗剩

@ 钟宇

多年后,自己的故事能在《故事会》上发表,也算是梦想得到了实现!

钟宇 2020.5.29

很多病人都喜欢给我们这些心理咨询师讲故事,在讲故事以前,他们都会一本正经地说这么一句:"不管你信不信,事情就是这样……"

冯老师却不会这样,他会将右手的食指与拇指搓几下,仿佛上面粉笔残留的粉末始终没有干净过,然后他会告诉我,这是一个梦,一个很可能关乎前世今生这么个扯淡话题的梦。

梦里,狗剩很饿……

狗剩不知道爹这几天到底在想些什么,时不时望着自己发呆,又时不时小声地和娘在角落里说话。

狗剩的哥已经11岁了,个子很矮,长期缺乏营养,让他的头显得与躯干完全不成比例。

狗剩的弟弟3岁了,还不会说话,只知道哼哼和哭。

说到这里的时候,冯老师苦笑道:"而我在梦里,就是狗剩……"

上个月的某一天,狗剩的爹抱着弟弟出去了,那天,娘坐在屋后面望着村后的山发了一整天呆,一句话也没有说。

狗剩的哥告诉狗剩,弟弟被爹卖给有钱人了。这样,弟弟就能够吃到很黏稠的小米粥。

狗剩问哥:"那为什么爹不把我们也卖掉,让我们也吃黏稠的小米粥?"

哥想了想说:"我们都大了,吃得比较多,有钱人养不起。"

那天晚上,狗剩和哥哥喝到了骨头汤,有油性,碗底还有骨头渣子。狗剩也不知那是什么肉,他没吃过什么肉,他很想要爹娘给自己一根骨头啃,但他不敢开口,因为他看到爹眼睛红通通的,不是那种哭过之后的红,而是爹上次拿着砍柴刀追着偷自家粮食的贼时候的那种红。

他们吃了半个月的肉,之后全家再次陷入饥饿。

这天早上,爹把狗剩喊到院子里,狗剩看到娘又朝屋子后面走去,应该又是去发呆吧,哥猫在门后面羡慕地望着自己——狗剩明白了,爹要把自己也卖给有钱人!

狗剩被爹扛到肩膀上,狗剩想:今晚,哥又可以吃到肉汤了。

狗剩爹扛着狗剩走了十几里地,到了一个小树林里,几个汉子蹲在地上,他们的旁边都坐着一个孩子,有男有女。孩子们个个皮包骨,茫然而萎缩。

一个脸上有疤的汉子朝狗剩和爹迎上来:"大兄弟,是冯家庄的吧?"说着朝地上蹲着的人望了望,又说,"我们都是亲戚,下不了手。"

爹把狗剩放到了地上,狗剩紧紧拉着爹的衣襟,但爹推开了他,搭着疤脸汉子的肩膀走进树林深处。

半晌,他俩走了出来,疤脸汉子将狗剩拎起来拧了几下,指着一个孩子说:"差不多大小,大兄弟,你带走吧!"

爹没说话,也没看狗剩,径直走过去,把疤脸汉子指着的那孩子

名家经典 新锐先锋

搂了起来，朝来路走去。

狗剩追了上去颤声喊："爹！"

爹身子颤了一下，但还是头也不回地走了……

疤脸汉子冲爹的背影叫了声："大兄弟，孩子小，别让他太疼！"

狗剩被另一个汉子抱进了一片小树林，远远地，狗剩看到一棵大树下有一摊血，还有几件褴褛的小衣裳。

汉子面无表情地放下狗剩，开始剥狗剩衣裤。自始至终，汉子都不敢正视狗剩的眼睛。

狗剩被剥得精光吊在大树上，狗剩看见地下那堆衣服里有一件是弟弟的，那件衣服以前是哥穿，后来是自己穿，最后才轮到弟弟穿的。

汉子拿出一把锋利的砍柴刀。

狗剩茫然地盯着弟弟的衣衫，今晚爹和娘又会反锁厨房门，然后给哥端出一碗骨头汤。

狗剩的目光转向树林外面，黄河每天在奔腾着。

巨大的轰鸣声震得汉子一屁股坐到了地上，狗剩看到……黄河浑浊的水汹涌着朝林子扑了过来……

冯老师的梦到此告一段落了，

> 1938年6月9日，为阻止日军西进，蒋介石下令炸开黄河花园口大坝，造成黄河决堤改道，死亡人数高达89万。

这同一个梦，在夜晚来回放映了无数次，如同一个魅影折磨了冯老师很多年。梦里的每一个场景，在冯老师的世界里都是那么清晰，清晰到狗剩娘的某一根白发，狗剩爹肩膀上的一道刀疤。

这位历史老师搜寻着梦中的碎片，拼凑到了河南某个角落，那里有着黄河奔流，也有着一个有梦中的山的叫作冯家村的地。他又翻阅当地的县志，知道了那一年当地发生了可怕的饥荒。

最后，他一本正经地告诉我："那一天是1938年6月9日。

"那天有很多事情发生：日本人打到了黄河边上；河南闹饥荒；蒋介石下令炸开黄河花园口大坝。

"然后，那天，淹死了很多很多……很多很多的人。

"和很多很多……很多很多的故事。"

图：陈明贵

【作者简介】钟宇，畅销书作者，国家二级心理咨询师。已出版《人间游戏》《心理大师》等十余本小说。2016年当当年度影响力作家；《人间游戏》入围2018年新浪微博亚洲好书榜年度十大好书。

 笑点

牛大姐家乐事多

主要人物:牛大姐(妈妈) 牛大哥(爸爸) 牛小美(女儿) 牛小宝(儿子) 钱多多(牛小美的男朋友) 刘姥姥(牛小美的外婆)

※ 牛小美正在跟牛大哥撒娇,看到牛小宝回来,牛小美挑衅似的对他说:"都说女儿是爸爸上辈子的情人,还真不假,你看咱爸,都不爱搭理你!"

牛小宝翻了翻白眼,说:"可是,老爸叫你都是叫名字,叫我可是一直叫儿子!"

牛小美脸色慢慢不好看了,牛大哥伸出手对牛小宝说:"儿子,把你学生证拿来,我看看你叫什么名字!"

※ 牛小宝天天嘴不停手不停脚不停,牛大姐实在忍无可忍了,对他说:"妈妈不喜欢你了,妈妈喜欢安静的小姑娘。"

结果牛小宝一脸严肃地说:"妈妈,我也喜欢小姑娘。"

※ 刘姥姥看中医。
医生:"伸出左手,我把脉。"
刘姥姥:"不是男左女右吗?"
医生:"那是算命!"

※ 牛大哥对牛大姐说:"你不给我洗衣服,我已经找好洗衣服的人了!你还认识这个人。"

牛大姐当时就怒了,非要和他拼个鱼死网破。

她问是谁,牛大哥说:"就是我自己啊!我找自己洗。"

※ 牛小宝在看《熊出没》,牛大哥看到场景是冬天,就问:"熊冬天怎么不冬眠呢?"

18. 答案:奥运会游泳比赛包括个人项目和接力项目,男女各16项,共32块奖牌。

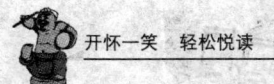

牛小宝:"成天拍戏哪有时间冬眠啊!"

※ 牛小宝想吃冰棍,刘姥姥说:"太凉了,不能吃。"

牛小宝说:"那买个小布丁吧,咱俩一人一口咬着吃。"

刘姥姥同意了,买了个小布丁,牛小宝先咬了一口后,刘姥姥说:"该我吃了。"

牛小宝马上一副语重心长的口吻:"你忘了你的高血糖了吗?这么大的人了,为什么非让人提醒呢?"

※ 周末,牛小美带牛小宝去逛超市。在超市遇见公司老总,就和他聊了几句,牛小宝无聊地四处观望,突然大叫道:"姐姐,那边有个超级帅的叔叔!"

牛小美没理他,继续和老总说话。牛小宝急了,催促她道:"姐姐,你快点儿过去看看啊。你啥时候换口味了,喜欢秃顶老头儿了?"

※ 钱多多单位体检,医生拿着仪器在他肚子上探来探去,自言自语:"啊,又有一个了,刚才没发现呢……哦,这里还有几个……"

钱多多:"医生,我还有救吗?!"

医生:"正常的血管瘤啦,良性的。"

钱多多:"其实听您口气轻松,我就知道没事。"

医生:"万一我是强颜欢笑呢?"

钱多多:"医生,我还有救吗?!"

医生:"放心啦!正常的啦!"

※ 牛大哥:"啊呀,刚才用嘴吸油管加油时不小心喝了一口汽油,怎么办怎么办?"

牛大姐:"这一次,你必须真的戒烟了。"

※ 牛小美即将入职新公司,老员工问她:"你入职培训要记的第一件事是什么?"

牛小美:"公司的收货地址。"

※ 牛大姐批评牛小宝:"如今的孩子独立性真差,什么事都要大人帮忙去做。"

牛大哥忙夸牛大姐:"要说独立,我最佩服老婆你了,你是我见到的最独立的女人,可以一个人产检,一个人逛街,一个人带孩子,一个人……"

没等牛大哥说完,刘姥姥笑着说:"在我老家,这样的女人我们都叫她寡妇……"

疑惑重重，拼命留住95岁老人背后的玄机

@不老的树

"财大气粗"的病人

早上9点，急诊门外挤满了等待就诊的病人，在等待的人群里，我一眼就看见了坐在轮椅上的崔大爷。他旁边推着轮椅的儿子看见我主动打招呼："又要麻烦您了，我爸最近咳嗽有点严重，呼吸不畅快，也吃不下去东西。""没事，不麻烦，只是呼吸科没有病床估计收不进去。"我实事求是地说。儿子爽快地说："哪能收放哪，老规矩，都听你们的，该用药用药，该治疗治疗，该上的仪器都上。"顿了顿，他突然凑近我，压低声音说，"只要人活着就行。"

如果我不认识他，我一定会为遇到这样的病人家属而庆幸，因为他既不对你的治疗方案指手画脚，也不为医疗费用和你讨价还价。但是我认识他，而且认识了9年。

9年前，我第一次接触崔大爷的时候，他身体还算硬朗。他的老伴因为呼吸衰竭而送进医院。崔大爷眼看着老伴的监护仪上变

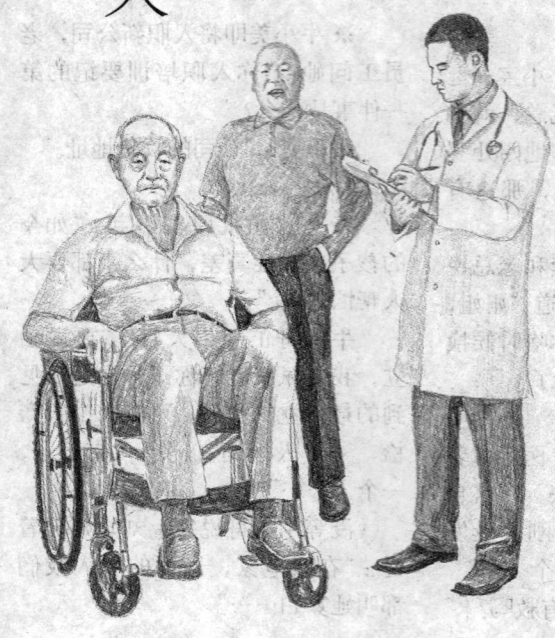

成一条直线,当医生想要抢救时,崔大爷阻止了。他悲痛地说:"算了,人走都走了,就别留着她在这世上活受罪了,86岁,活够本了。"崔大爷坐在椅子上,双手握着老伴的手,一声不吭地坐了半个小时。儿子则拽着主治医生的衣领说:"你们就是一群庸医,我妈都送到医院了,怎么还能让她死?"

那个时候我刚工作不久,不解地问主治医生:"这是怎么了?刚才明明是他坚持不抢救的。"主治医生淡淡地说:"以后你也会遇见这种人,表面装孝子,老人一住院就给亲戚朋友打电话,估摸着来看的人差不多了,就放弃治疗或者干脆出院。亲戚们肯定觉得不是儿子不孝顺不给老人治,而是医院放弃治疗了。他既保了名声,又省了钱。"

事后,崔大爷对儿子说:"以后,我要是病倒了,也像你妈这样,不抢救,不治疗,听天由命。"我以为这个儿子以后对待父亲也会用同样的方式,但是他没有。

老人是"摇钱树"

老太太去世第二年,崔大爷就病倒了,他本身有高血压、糖尿病史,入院是因为感冒发烧引起的肺炎、胸腔积水。我以为崔大爷的儿子会像上次治疗老太太一样对治疗阻挠或者指手画脚,可谁知他很爽快地说:"你们想怎么治怎么治,再贵的药都没问题,只要能帮我父亲看好病,让他老人家长命百岁就行。"

我单纯地以为这个儿子良心发现才如此孝顺,收住院的时候才知道,原来崔大爷是离休干部,不仅医药费全免,住院还有营养费补贴。

出院的时候,儿子找到我说:"谢谢您又让我爸多活了几天,谢谢了,以后免不了经常来麻烦您。"如他所说,接下来的几年,崔大爷几乎成了医院的常客,他的身体一年不如一年,每年都因各种疾病而住院。

崔大爷93岁时突然倒地,送到医院发现是急性脑中风。刚入院没多久,老人就已经处于昏迷状态,失去言语和吞咽功能。儿子高薪请了一个护工,月薪5000多,24小时在医院照顾崔大爷的饮食起居,自己却很少出现在医院。

护工是个中年女人,她对照顾崔大爷显得很不耐烦,加上没有家属过来探望,她对这份工作更加不上心,经常偷懒,一天只喂两三次。崔大爷在那边饿得嗯嗯啊啊了半天,护工却不知在何处与人聊天。

有时看见儿子来了,崔大爷努力眨眼睛,嘴角往两边撕扯,一副激动得想要哭出来的表情,艰难地喘息,喉咙里发出呜呜的声音,细听之下,他说的是,我想回家。他伸手想要抓住儿子,可儿子淡淡地抽出手,拍拍他的手背说:"爸,你好好养病,我有空再来看你。"而他所谓的有空,经常是十天半个月不露面。有几次,护士好心提醒儿子,这个护工对老人不上心,但儿子不以为然,并没有重视。

艰难地"去死"

进入ICU没多久,崔大爷就昏迷了,氧气指标不高,血压也很低,心电监护的报警声立刻响了起来。我和儿子谈病情,他此时并没有意识到崔大爷病情的严重,很随意地说:"不用问了,老规矩,要让我说多少遍。我爸命大,撑一撑就过去了。"

我把崔大爷的情况告诉儿子之后说:"家里还有什么人,该见的都通知一下吧,你爸这次很有可能撑不过去。"儿子此时才意识到崔大爷病情的严重性,他呆呆地说:"我还有个姐姐在国外,我马上联系她。"

几天之后,远在国外的女儿终于赶回来了。

女儿趴在老父亲身上哭得泣不成声。在得知父亲的状态后,女儿坚决要求撤掉呼吸机,放弃治疗。儿子一听急了:"不行,爸好端端地活着,你凭什么撤掉呼吸机?"

> 都说家有一老,如有一宝。养儿防老,是中国人的传统,可当孝心的背后掺杂个人利益,这份孝心让人心寒。

女儿冷笑着说:"你一辈子游手好闲没个正经工作,靠着爸的退休金生活,如今你儿子还房贷也需要爸的退休金,你这算盘打得好精明。"

"爸每个月有2万块钱退休金,是家里收入最高的人,你不能断了我的财路。"儿子说这话的时候,一脸的理所当然。

许是见到了最想见的人,崔大爷在女儿回来的第二天就永远地离开了这个世界。我来到崔大爷床前确认意识状态,他的眼睛浮肿,眼角堆积着泪水。可我一点都不难过,甚至有些替他高兴。

摘自《知音·海外版(上半月)》

图:陈明贵

"N"房东

@ 桐城小花

复工后租房,找了好几家中介,房子有合适的,就是中介费太高。那天,我从中介出来,外面刮着风,突然一个白色的网球帽刮到我脚下,我没刹住步子踩了上去。那个叫阿哲的男人这时候走过来让我赔帽子。

风刮来的让我赔?我的气不打一处来,租个房还能杀出个"碰瓷"的。我边跟他掰扯边朝前走。拐了个弯,阿哲停下来,心平气和说帽子只是个噱头,他是想出租房。

原来风还能刮来好消息。阿哲说他不是房东,但是他被房东授权可以转租。我半信半疑。

房子真是不错,一室一厅,装修典雅,欧式风格,窗明几净,价格跟简装的差不多。

我有点迟疑,有点警惕。他解释说,疫情中他的公司倒闭了,他想回老家,这边的房子就得退,但是,想找一个心仪的下家,所以没事就在那家中介附近"守株待兔",但是又怕人家发现,就用了"帽子戏法"。

阿哲拎着简单行李走的,我拎着简单行李入住了。

有一天房东来串门,说这房出租的事她根本就没费过心,都是租客找租客,自打第一个租客入住后,就按着自己的喜好精装修了房子,五年后找了个喜欢这个风格的下家入住,下家住了三年后找了阿哲,阿哲住了两年。

住了一个多月,为了好管理员工,公司租了公寓楼,我必须搬过去住。

我把房子的图片挂在网上,在众多的求租人里挑了一个准备明年考研的男生。他看了房子后也觉得租金低,怀疑我是"二房东"有猫腻。我说我不是"二房东",我是"N"房东,虽然你入住后我就退出了房子,但是,我会一直惦记着,你要好好爱护它。我给房子起了名叫"传承小屋"。

我拎着简单行李下楼的那天,男生拎着他的简单行李上楼。他说:"谢谢你哦。"我笑笑摆摆手说:"谢谢你,照顾好这房子哈。"

所有的房客,在这里遇见是缘,告别时,但愿有爱。

朱权利摘自《江海晚报》

盲点

我杀了一个好医生

@华伟552

一

东汉末年很多人拥兵自重,军阀遍地,执政的汉献帝刘协说话完全不算数。但我觉得谁想取代汉朝,都是不现实的,包括我在内。

所以我的战略是把大家团结在汉朝的旗帜下,逐一除掉那些军阀。也就是你们说的"挟天子以令诸侯"。

这是一个很艰巨的任务。据我统计,当时有一千士兵以上的军阀,全天下有上百个,有的亦兵亦匪。我从此就走上了四处讨伐的道路。

我要处理跟汉献帝的关系,他虽然个人能力不行,但周围有很多老狐狸。我还要斗董卓、打袁绍,他们死后,还有刘表、孙权、刘备,还有西北的马家。我还要对付手下那些聪明蛋,像司马懿。

说这么多,我只是想表达一下,我打了那么多胜仗,不是靠运气。我的工作压力很大,很费脑子,大家都看到了我的风光,却不知道深夜我加了多少班,你们爬上床呼呼的时候,我还在那里推演、复盘。

二

我们曹家有血压高的传统,中风很是常见。我在三十多岁的时候就患上了偏头痛并发神经紊乱三期,症状是爱怀疑人、吹牛不打草稿、杀人不眨眼、没有耐心等。

我一直在找一个好医生,可是当时的医疗条件太差了,我们的军医都是些赤脚医生转型的。他们看不好我的头痛病。

记不清是哪一天,我中风了,大概有半个小时时间,我浑身不能动,我以为自己要死了,内心特别恐惧。后来服务员进来倒茶,发现后才叫的救护马车。

再后来尚书令兼军师、比我小两岁的华歆介绍了一个医生,他就是华佗。

因为是安徽谯县老乡,我们聊了很多很多,他一天给我测量三次血压,我讲自己为什么要从军,我的理想、我的身体、我的诗歌。

说来奇怪,以前从来没有任何医生,能这么深地走进我的精神世界,可能我太孤独了吧?!

我很珍惜华佗,可后来我还是杀了他。

华佗为我治病两年后,我的身体好多了。可是战斗的压力实在是太大了,我还是再次中风了。华佗是我的医疗专家组组长。他认为,随着我的年龄增大,血管已经很脆弱。

第二次中风的直接后果,是我走路没有以前那么快了,还有点歪歪斜斜。华佗说,我的脑袋里有淤血,必须开刀。

我的天,开刀是什么意思?

我的身体可以在战场上受伤,那是战争的礼物,但我觉得没有任何人能够对我进行"手术",尤其是开颅手术。

我甚至怀疑他是要为关羽报仇。

实话实说,华佗之所以出名,就是因为他有次给网红关羽看病,为他刮骨疗伤。后来他们就成了无话不说的好朋友。关羽这个人,我也欣赏,可惜我们理念不同,不能同谋大事,后来他跟诸葛亮不和,也不肯过来帮我,真是气死人。

公元 220 年,关羽在荆州被我们的人杀掉了,身首异处。我是不想这样的,因为我很爱才,他们杀死关羽后才向我汇报的。

可是华佗不这么想。

我现在还记得,华佗跟我说治疗方案的时候,侃侃而谈,甚是自信。

可他越自信笃定,我越是怀疑。他的大致意思是,我的头痛是

盲点

因中风引起的,病根在脑袋中,不是服点汤药就能根治的,必须喝下"麻沸散",据他说是麻醉药,喝了不疼,鬼才信。

喝下麻药之后,再用锋利的斧头砍开脑袋,就是右脑勺偏后的地方,取出风涎淤血。最后是缝合。

每一步都触目惊心。我估计你们现在听了也要发抖。

还有这种操作?我信了你的邪。

华佗,没想到你是这样的医生。

他说话的时候,我一直盯着他的眼睛,希望能找出一点破绽。

当天晚上华佗就在监狱里看月亮了。

专案组审了他好几天,好像用刑了,就是找不到境外势力背景。说他为关羽报仇,也没有什么证据。

我对这个审理结果很不满意。后来我觉得,华佗必须死。

当时正是统一天下最紧要的关口,我又在C位,天天上头条。

情况很复杂,想杀我的人,实在太多了。

必须有一个警示震撼,简单说,就是杀鸡给猴看。

我一狠心,签发了死刑通知单。

后来我才知道,华佗死后,他的诊疗笔记《青囊书》也失传了。

是的,我现在后悔了。杀什么人,也不能杀医生啊。

我们那个时代,医生为所有人需要,但他们的社会地位不高,工资也很低。

他们完全是靠内心的大爱和良心来坚持工作的,努力和陌生的病人成为朋友。

> 华佗(约公元145—208年),东汉末年著名医学家。晚年因遭曹操(公元155—220年)怀疑,下狱拷问致死。

我居然杀了华佗这个内心有大爱的人。

我内心很崩溃,后来还悄悄为他流过泪。

但是我没对任何人说过。

后来我被头痛折磨得死去活来,很多时候根本HOLD不住。据测算疼痛指数达到十五级。

说起来,不仅头痛,连心都疼了。

如果说我一生错过很多次,杀华佗应该是最大的错。

白丁儒摘自《阅读与作文(高中版)》

图:小栗子

 大千世界 时代之帆

你遇到过**最真实**的**小概率事件**是什么

@ 酸奶大泡泡 等

@ 酸奶大泡泡：五六年前的事儿了，有一次开车压了实线变道，被交警抓住了。

拦下我的车以后给我开罚单。刚写了两个字，笔没油了，交警大哥有点尴尬，说你等会儿。

他就去旁边车里拿了另外一支笔，划了两下，发现还是没油。

交警大哥都笑了，跟我说算了，你走吧。

我果断上车准备开溜。这时候另外一个交警大哥骑着摩托车过来了。

拦住我的交警大哥立刻就冲我大喊，哎你别走。

然后他又从新来的交警大哥那借了支笔过来继续开罚单，写了一个字，笔再次没油了。

交警大哥都无语了，跟我说走吧走吧，没你事儿了……

@ 辣鸡腿腿：三年前一个下午，我拿了材料打车回公司，在出租车上和外地的合作方通电话，对方说话挺冲，聊得不大愉快。

我心情也不大好，骂了几句。挂了电话之后，司机师傅问我："姑娘，你刚是在和崔××打电话吗？"

我心想同名同姓的人很多就点了点头，师傅问我："是×省×市××公司的崔××吗？"我听

到这里真的觉得不大对……

我一脸惊悚地看着司机师傅。

师傅笑了笑和我说:"我是崔××他爸!"

随即当着我的面给刚挂了电话的合作方打了电话,开着免提:

"崔××我拉你同事呢,就是刚和你打电话的那个!你给人说话态度好点!"

后来聊了几句才知道合作方他爸在我们市里开出租,那个下午之后这个合作方再也没和我吆五喝六过……

@徐芊芊:我四爷爷过六十大寿那年,我六岁,同家人去拜寿。来了很多亲戚,拥拥挤挤一大堂子。

当时我表哥说要去商场买蛋糕,就骑着自行车走了。我平日里还算乖,那天突然心血来潮,说要去找表哥。于是在神不知鬼不觉中,走出了家门,亲戚家一个远房表妹,我记得她叫爽爽吧,比我小三岁。她瞧见我出门,就说要跟我一起去找哥哥。

六岁的孩子没有一个人走那么远过,我记得当时天都暗了,有五六点那样。也不知自己在哪里,地方挺偏的样子,有一些开摩托车赚钱的人,还有一些卖凉菜、烧烤的路边摊。我有点怕了,但也不知归路在哪里,站那迷茫地四处望。

爽爽哭了,有个开摩托车的大叔走过来,问小朋友怎么了,几岁了,家里大人呢?

我毕竟年纪稍大,长了心眼,就拉着爽爽要走。爽爽就光傻哭,一动不动。

我急了,有个大妈也凑上来,动手动脚的,说要带我们去什么什么地方,反正一看就不怀好意。

这时,我妈突然出现了,说这是我家孩子,你们要干吗?

那两个人就讪讪走了。

然后,我妈就打个的带我们回家了,她自己又回原处工作。

后来妈妈告诉我,她那天值班,鬼使神差就被派到那个偏僻的地方出外勤。她一辈子就去过一次那个地方工作,我也一辈子就离家出走去过一次那个地方。

她又鬼使神差地往那里瞟了一眼,她也不是那种爱多管闲事的人,却又鬼使神差地走上去,想看那两个像人贩子的人对两个走丢的孩子说什么。

天色又暗,走近了才发现,是自己的女儿。

摘自微信公众号知乎日报

图:小柯

聚焦真情 分享感动

钓鳄

@ 西雨客

一

我背着书包匆匆往家赶,路过河边,却看到几个人将一根木头丢进水里。木头一头系着一根长长的绳子,绳子一端绑着一块肉。

我纳闷地停下来,仔细看,才发现站在树旁的另外一个人。那是一个男人,身材粗壮,显得很憨厚。只是此时,他盯着水面,愁眉苦脸。

河面潋滟,白鹭兀地掠过,一节暗绿色的背脊浮出水面。

我吓了一跳!

听到我的叫声,那男人朝我看来。

二

男人叫麦子,十年前是一个水产批发商,平时卖红鲷鱼、鳗鱼、比目鱼、河豚甚至鳄鱼。

那次他在收拾盆盆筐筐之际,惊讶地发现有一条小鳄鱼。有多小呢,两个手掌这么大。

麦子把小鳄鱼带回了家,就放在平时安置海鲜的水泥池里。

小鳄鱼初时很害怕,畏畏缩缩地躲在水池的旮旯里,直到没人了,才敢去吃麦子丢给它的小鱼。后来,水泥池被它整个摸透了,它的胆子也变得大起来。麦子拿着一条鱼,抛过去,它便从水里猛地蹿出来,一口衔住鱼又溜回水里。

它常吃鲫鱼,一口吞一条,但它最喜欢的还是鲷鱼,不过鲷鱼贵,麦子舍不得给它常吃。

吃了十多桶鲫鱼后,小鳄鱼长到了两米左右,水泥池彻底装不下

它了。

麦子看着在地面上蹭来蹭去的小鳄鱼,想把它卖了。两米的鳄鱼,是市场上销路很好的规格。

他思量再三,用衣服盖住它的头,抱住它,放到那辆老货车上,朝自己的水产铺开去。

麦子家距离水产铺挺远,途中要经过一座老旧的石桥。就在他刚要通过时,石桥"嚯"的一声断裂了。

麦子大惊,再去踩油门已然来不及。货车倾斜,陡然落进了河里。

极度慌乱的他表情狰狞,双手乱抓,他想摸索到把手打开车门,可明明很近的距离却变得遥不可及。

"咕噜噜",扑面而来的河水顺着车门缝隙和车窗裂缝涌进来。麦子觉得自己要死了。

"砰!"一道闷声在麦子耳边响起。紧接着,随着又一道闷声响起,麦子迷迷糊糊地看见车门玻璃"嘣"地被撞碎,一条粗长的尾巴扫过这里。

麦子打起精神,抓住机会,从缺口猛地蹿了出去。

他逃过了一劫。

上岸后的麦子看到河边蹿出的小鳄鱼,失声痛哭。他觉得自己真是一个畜生。

麦子回家的第一件事就是砌一个大池子,他把自己进的活鲷鱼全倒进去,说:"给,吃吧,吃光它们!"

小鳄鱼从两米长到三米,又从三米长到四米。它赫然从一个只及腰粗的小家伙变成了一个庞然大物。

小鳄鱼的事麦子没有让任何人知道。因为见惯了鳄鱼交易的他知道这有多可怕,他怕小鳄鱼成为餐桌上的一道美食。

但计划往往跟现实背道而驰。几天前,这里骤降特大暴雨,河水突然上涨,湍急的水流淹没了洼地,朝着麦子所在的渔村漫延。

麦子一见暴雨,暗道一声不好,顾不得活计,赶紧开车往家赶。等他赶回去,小鳄鱼早不见了。

他疯了一样蹚进水里,呼唤着小鳄鱼,可哗哗的雨声将他的声音盖过。但他不能坐以待毙,他必须通知村子里的人。

他不敢保证小鳄鱼不伤害他们。

通知得七七八八,就在他去通知仅剩的一个领着小女孩儿过活的寡妇时,麦子惊骇地发现小鳄鱼就在水里玩耍的小孩儿身旁。它两只鼻孔露出水面,显然做好了狩猎的准备。

麦子猛地大喝一声,飞快地冲过去,挥起手里准备好的铁棍狠狠砸去。

"吭"的一声,铁棍落在小鳄鱼的嘴巴上,也落在麦子的心头。

小鳄鱼的牙齿被砸掉两颗,它晃了晃脑袋,看向麦子。

这可能是它第一次跟麦子对视。

它眼里更多的是不解,不解这个跟自己生活了十年的朋友为何在这一刻想要杀死它。

它腾地沉下去,不见了影。

那暗绿色的背脊在水里游荡,划出一道大大的水痕。突然,一道巨大的身影跃出水面,又猛地栽进去,激得水花四溅。

我目瞪口呆,脑子里不停播放着刚刚那粗壮堪比钢锯的铁尾,还有那一颗颗泛着冷光的钢牙。

"你是想钓住它?"我听完麦子的讲述,惊呼。

"嗯。"他点头。

"诱饵里是铁钩?"

麦子点头,露出痛苦的表情:"我跟动物园说好了,等把它捉住就送去那里。不管不问,它会……死的……"

没多久,那条鳄鱼就循着肉朝水边游来。我和其他人藏在树后,大气不敢出。唯独麦子站在那,微笑着看向它。

它看到麦子,顿了顿,停了下来。

它没有逃走,似乎也没有反抗,任由麦子蹚进水里,用绳子套住了它的大嘴,用黑布蒙住了它的眼睛。

不知为何,我感到无尽地难过,为它,也为麦子。

不过,他们应该会幸福吧。我想。

<small>林一摘自《吃心情的麦芽精》江西美术出版社</small>

<small>图:陈明贵</small>

【作者简介】西雨客,本名刘航宇,写作者,自由画师,1993年生于北方,目前在南方生活。2012年开始创作,目前主要创作各类小说和图画书。小说见《少年文艺》《十月少年文学》《读友》《儿童文学》等杂志。作品曾获冰心儿童文学新作奖,读友杯、周庄杯等多个短篇小说奖;青铜葵花儿童小说奖、图画书奖,接力杯金波幼儿文学奖;上海好童书奖等。小说代表作《你的脚下,我的脚下》,图画书代表作《好想好想吃草莓》。

笑点

别人家的孩子和我们家的孩子

@ 王小柔

在别人家孩子都紧锣密鼓地做复习题，削尖了脑袋想着考试的时候怎么把同学们甩下，自己一枝独秀的时候，我们家的孩子正蹲在地上，守着盆水，往他的绿角蛙身上淋。一边和弄水，一边说："蛤蟆一沾水就变绿，你能知道它公母吗？"

我急得直揪自己头发："你多做个卷子行吗？"地上说："老师没留，为什么要做？"我说："得95分都在班里倒数了，局势紧迫啊同学！"地上说："我都会了。"我说："都会，你还错那么多？"地上的我们家孩子用俩手指头轻轻揪起蛤蟆后腿儿："妈妈，你看脚上有蹼垫的就是公的。"

这样的对话是令人绝望的。

在别人家孩子琴棋书画无所不能的时候，我们家孩子却把身上有毛的、带黏液的、生鳞片的稀奇古怪的爬行动物招家来了。那南美角蛙刚来的时候，还有点可爱劲儿，挺小的圆滚滚，不声不响，吃完就睡。这东西眼神儿不好，你要不拿个镊子夹住食物在它嘴边晃，人家

民防小知识1、感冒、生病、身体不适或虚弱、饭后、空腹、饮酒不宜游泳。

就能生生把自己饿死,远于五厘米就看不见了。也不知道当初是怎么在雨林里混的,以为哪儿都是养老院呢。

就因为眼神儿不好,所以它伸舌头捕捉也不到位,经常是你在它左面晃,人家大长舌头嗖一下就奔右边去了,舌头上不知道是因为有黏液还是有吸盘,能啪一下就把自己给嘬在塑料盒子壁上,笨重的身子使劲往后坐才能把舌头拽回来,要是半天拽不回来,就得人上去帮一把,拽舌头。

大概是因为这绿蛤蟆眼神儿和脑子都有点问题,我们家孩子对它格外操心。写完的作业能忘在桌子上,到学校挨罚,可喂角蛙的事从来不忘,跟哄个孩子似的那么下功夫。想着法儿地给那蛤蟆改善伙食,并喂到嘴里。

功夫不负有心人啊,没几个月,一个绿球似的小蛤蟆长成了一个臃肿的大胖子,绿了吧唧的一摊,面相挺凶,成天瞪着个眼,营养太好还长出了眼眉,虽然一边儿是断的。

在别人家孩子上课外小班的时候,我们家孩子让绿胖子在木地板上蹦,说让它锻炼肌肉群。为什么非得在木地板上呢,说因为瓷砖地太凉怕拉肚子。一个蛤蟆,脏水里游得好好的,怎么就不能沾凉呢,又不是坐月子。

你就听吧,书房里一个童声在喊"加油",一只臃肿的绿蛤蟆在费劲地蹦。啪——一摊,啪——又一摊,跟烙饼似的,肚皮沾过的水印,一个圆接着一个圆,倒是把地给擦了,蛤蟆肚皮上还沾了我两根头发。

我特别惆怅地看着眼前的"驯兽表演",手里攥着几张我抄的错题。"你训练它干吗?蛤蟆也不参加考试。赶紧把这些题做了!"我们家孩子仰头说:"那我做完,你能在网上给它买点日本的钙粉吗?"我还没补钙呢,蛤蟆到更年期了吗?可是心里这么想,愣是咬着牙没敢说。我要是不同意,他不定又想出什么法子自己搞科研。展望咱们家的窗台,全是他动手制作的各种房子,蜥蜴的,蜘蛛的,乌龟的,蛤蟆的。可这不算才艺啊!

作为家长,我特别语重心长地跟他说:"别人家孩子都有理想,你打算干吗?"我们家孩子两眼发亮,笃定地说:"我立志要当个铁匠!"

可愁死我了。

<small>林冬冬摘自《世界那么大,纯属撑的》
上海人民出版社　图:小黑孩</small>

请摘下你的墨镜

@ 赵淑萍

车子到了繁花巷这站,停了下来。

上来一个年轻的老师和一群孩子。老师长得很秀气。马尾辫,牛仔裤和绿色的薄夹克上装,整个人显得清爽、利落。而孩子们呢?仔细看,面容有些异样。有的,眼神呆滞,有的,嘴巴有点歪,也有的,一看就是唐氏综合征的孩子。她坐在车尾,心悬了起来。

早上,听婆婆说,今天儿子的班级要去步云街小吃城实践。她一看到这位漂亮老师,就有预感,她可能是儿子的班主任。曾有一次,婆婆对她说,中午时给孩子送衣服,看到那个年轻的老师搂着孩子正午睡呢。"多么漂亮、干净的女孩,搂着阳阳睡觉,一点也不嫌他。"婆婆看着她,话里有话。

当看到那件湖蓝色的衬衫时,她担心的事发生了:就是她的儿子。儿子夹在一些小朋友中,也上了车。

她通常是自己开车上班,今天,正好车在保养,所以就坐了公交。万一儿子看到她,在车上大叫妈妈怎么办?那时候,全车人的眼睛都会朝她看:看哪,这就是那个傻孩子的妈妈。想到这儿,她把墨镜往上推了推,脸侧到一边。

儿子是她心里永远的痛。精明能干、处处要强的她和同样出色的丈夫居然会有一个脑瘫的儿子。"既然生下来了,就是一条生命,我带到乡下去养。"她的婆婆说。

后来,婆婆就带着孩子去乡下了。她和丈夫每星期都去看儿子,买去各种好吃的和穿的。但是,他们从来不敢带孩子回城。因为儿子残疾,她和丈夫又要了一个孩子。让她欣慰的是,二胎的女儿漂亮、聪明。儿子到了读书的年龄,她和丈夫反复考虑,还是让儿子回城上学。本市的这所特教学校,在业内很有名,他们让孩子学会生活自理,还带着去超市、商场、小吃城实践。

儿子上学,由婆婆接送,女儿上幼儿园,他们自己接送。他们很少带儿子出去,偶尔带出去,也是带着两个孩子,而她,会下意识地戴上墨镜。在家里,她会搂着儿子,反复地教他说话。但是,儿子对她,总是有些疏远。

车子到步云街了,她松了一口气。孩子们在老师的带领下下了车。不知怎么,她看到儿子抱着车门边的金属杆,没有下去。"阳阳,下车!"老师拽他,他抱得更紧了。年轻的老师窘得满脸通红,要知道,此时,大家都急着上班呢。下面的孩子看到这样,有的在叫,也有的又想上车。看到这个情景,她好紧张。"摘下你的墨镜!"有个声音在对她说。她想过去,但是,脚却像灌了铅似的,移不动。

虽是初夏,天气不热,老师的额上都是汗珠。这时,不知哪位乘客说:"大家都下车吧,这样他就会下了。"这么一说,坐前头的几个乘客就下去了,接着,后面的也跟着下去了。大家没有一句怨言,还有人说:"小朋友,我们都下了,你也下吧。"

走过儿子身边时,她拉了拉儿子的手,说:"宝宝,我们下车!"但是,她没有摘下墨镜。儿子看看她,像认识,又像不认识,但还是倔强地抱着金属杆。

一分钟、两分钟……足足过去了八分钟。这时,孩子突然回过神来,意识到空荡荡的车厢只剩了自己一个,他的手松了,然后就下了车。她一把抱住了他。乘客们一个个又上了车。"谢谢!谢谢!""真对不起!"年轻的老师送乘客上车,嘴里不住地说。这次,她没上车,她摘下墨镜,紧紧拽住儿子的手,目送着公交车离开原地。

她陪着老师和学生走到街口,然后回来再坐下一班车。她在内心做了一个决定,从明天开始,她要亲自接送儿子上下学。而且,跟儿子在一起时,她要摘下墨镜。

摘自《十里红妆》上海文艺出版社

图:豆薇

【小贴士】由上海文艺出版社出版、上海故事会文化传媒有限公司出品的"中国好小说·作家系列"之《十里红妆》已于近日出版,读者可至70页扫码购买。

晚上能来我家吃饭吗

@ 魏杨烽

在家

死神今天没有完成任务,它还需要带走凡间的两个灵魂。它的第一个目标是城西那个独居的老人。

夕阳热气尚存的光线中,老人正呆呆地坐在一张小木凳上。死神不知道这家伙为何一动不动如同木雕。它弄出些动静:"咳咳。"

老人扭过头来,看见一团黑乎乎的东西飘到自己身前,当看到这团乌黑之中那双冰冷的白眼,他倒吸了一口冷气:"你是谁?"

"死神,管理生命归宿的人,"死神说话时,尘世似乎万籁俱寂,"你的时间不多,按照规矩,我可以现在就预支掉你的生命。但你还有机会,假如你能在天黑之前找来几个年轻人,让这屋子里有些生气,以证明你并未被抛弃,我可以暂且放一放你。"

死神说的话他听懂了。老人跌撞着小步走向厨房,从柜台上取来手机。

死神听见他把按键摁得"嗒嗒"响,还看见他把耳朵凑上去,听手机里头传来"嘟、嘟、嘟"的声音。两分钟后,他失望地摇摇头。

儿子在工作,他知道的。也许是一次会议,一次商谈,一份文件。电话里的人说,请稍候再拨。

"还有三小时,天黑透。"死神在屋里来回飘荡,提醒着老人。

在菜场

老人出门,往菜市场方向去。

昏暗中,老人最先看清的,是那些闪着金色水珠的新鲜蔬菜,这种生机竟使他的内心热腾腾的。

蔬菜后面是那些高矮不一却一律伛偻的年迈菜贩子们。老人脸上流露出失望至极的神情:"比起他们,死神倒选了更年轻些的我!"

他把目光投到菜棚的尽头,眼神一亮,自顾自直走到那个猪肉铺子前。年轻的胖屠夫上前一步,声音洪亮:"买猪肉?"

老人要了四两新鲜肉。

屠夫操起尖刀,"嘭嘭嘭"地砍起一圈猪腿,老人趁机凑近了些:"晚上能来我家吃饭吗?"

屠夫递上装好肉的塑料袋,告诉老人:"我儿子在家,我得陪儿子去。"

老人点点头,离开了。

在路上

一轮红日挂在天际。

老人找了个角落,从口袋里摸出手机,把按键摁得"嗒嗒"响,然后把耳朵凑上去,听"嘟、嘟、嘟"的声音。两分钟后,他失望地垂下了手。

儿子可能在吃饭,在大酒店、小餐馆,甚至在办公桌前。电话里的人说,请稍后再拨。

老人拦下几个走在回家路上的年轻人,他口齿不清,面色通红,光是他这副模样就让人戒惧,能邀请到客人更是异想天开。

这时他突然清楚地看到街对面有两个闲逛的年轻人。

一分钟后,一个满头大汗的老人插进俩人之间,他说:"小伙子们,上我家吃顿饭吧,我儿子不在家,家里没个人影,死气沉沉啊!"说着,他举了举手里的东西,"红烧肉!"

小伙子们对视一眼,高个儿脸上绽开了笑容:"当然没问题,就你一个人吗?前面带路好了。"

当老人带着希望转了个弯时,高个儿紧跟上前,用手按住了老人的肩。"我们正愁着呢,老头,现在打算问你要点钱花。"

刀尖抵到了老人的腹部。

他们摸出了老人的钱袋子,掏出里面几张钞票。同伴说:"是个穷家伙。"

高个儿狠狠地推了老人一把,老人直直地倒下,猪肉跌滚出两步远。

高个儿上前，捏起来看了看："全沾了土，吃个屁。咱们自己找那胖子买去！"

回家

老人摸索着来到十五号楼门口，一个搁藤椅上乘凉的老家伙早就盯住了他。

老人抢先高举右手打了招呼："是我是我，老张！"

"这个点来我这，晚饭不能不吃吧。就在我这儿吃了！"老张邀请道。

这时，老人感到阳光的力量一丝一丝弱下去。于是他说："再见。"

然后他把家里那个黑影的威胁告诉了老张。

"这种事情！"听罢，老张惊恐极了，"你叫你儿子回来！"

老人苦笑，从口袋里摸出手机，把按键摁得"嗒嗒"响，又把耳朵凑上去，听"嘟、嘟、嘟"的声音。最后他把电话递给了老张，电话里的人说，请稍后再拨。

见朋友转身离开，老张一拍藤椅把手："我陪你去。"

"咔嚓咔嚓"，两个老人拧开门锁时，黑夜完全降临了。

死神就站在那儿。

"你带了一个比你更老的家伙回来？"死神有些诧异。

老张抢先开口了："我来这里，是想问问，能不能把我俩一块儿带走？一次性带走两个？"

死神摇了摇头，对那两个奇怪的老人说："傍晚时有两个小混混找一个屠夫买猪肉，三两句话说不顺，起了冲突。

> 死神拿着镰刀，前来收割人们互不珍惜的生命……

"小混混想拿匕首恐吓那胖屠夫，结果反挨一尖刀，三个人干起架了。结果高个子当场死亡，屠夫也在送去医院的路上死透了。

"我今天的任务，两个灵魂，就这么到手了。"黑暗中，它冲老人们摊一摊手，"至于你们，我不打算预支你们的生命了。活着多好啊。"

话音未落，死神黑色的身子消失在墙角。

黑暗里，两个老人不知所措。

"那个屠夫，"老人苍老而悲痛的声音在黑暗中响起，"他本来要陪他儿子吃饭的。我知道。"

摘自微信公众号脑洞故事板

图：点点